KB128024

퇴마 신데렐라

II

시청 상가건물 편

지음, 레이몬드J파웰.

Raymond.J.Pawell

자문 도움, 세레나 아우구스타.

Serena Augusta

레 이 몬 드 J 파 웰 장 편 소 설

퇴마 인테리어

II

시천 상가건물 편

귀신 소문이 붙은 건물이 있으십니까?
지금 바로 퇴마 인테리어로 연락하십시오!

– 퇴마 인테리어 김주영 대표

바른북스

목차

서막

사가페

경기도의 한 작은 도시, 주택가.

주택들 사이에는, 적색 벽돌담으로 둘러진 작은 성당 하나가 자리를 잡고 있었다.

이 성당의 뒤로 골목 몇 개를 지나가면, 성당의 부임한 신부들이 지내는 사제관이 있었는데, 사제관은 사실 이름만 거창할 뿐, 주변의 다른 주택 건물과 비교해서 다를 게 전혀 없었다.

3층짜리 다세대 주택으로, 3층은 현재 공실이고, 1층에는 성당의 본당신부, 2층에는 보좌신부가 지내고 있었다.

그런 건물 앞에, 검은 수단을 입은 신부 한 명이 뒷짐을 지고 서 있었다.

그는 바로 이사야 조영현 신부였다.

이사야 신부는 노을이 져가는 하늘을 바라보며, 씁쓸한 기분을 느끼고 있었다.

성당의 본당신부로 부임해 있는 이사야는, 현재 사제관 앞에서 보좌신부인 아론 윤수영 부제가 나오기를 기다리고 있었다.

오늘은 저녁에 미사가 있는 날이었다.

평소 미사가 있는 날에는 사제관 앞에서 두 사람이 만나 함께 성당으로 걸어갔다.

딱히 규율로 정해진 건 아니었고, 두 사람이 그냥 그렇게 해오고 있었다.

따로따로 가도, 어차피 성당에서 만나겠지만, 어차피 담당신부인 자신과 보좌신부인 아론은 같은 사제관에서 묵고 있었다.

그러니까 굳이 따로따로 혼자서 걸어가는 것보단, 함께 가는 게 심심하지도 않고 좋다고 이사야는 생각했고, 다음부턴 같이 가자고 아론에게 먼저 제안했다.

아론도 이를 좋게 여겨 흔쾌히 수락하면서, 부임 후부터 계속 미사가 있는 날이면, 함께 걸어가면서, 얘기도 나누게 되었다.

덕분에 나이 차이가 좀 있음에도, 우애가 돈독해지고 있다고 이사야는 생각했다.

그런데 오늘은 웬일인지, 아론이 좀 늦어지고 있었다.

평소에는 아론이 먼저 나와서 이사야를 기다리고 있었고, 이사야도 당연하게 아론이 자신을 기다리고 있겠거니 생각하고 나왔는데, 아론이 없었다.

시계를 보니, 지금 나와도 늦지는 않겠지만, 여유를 부릴 순

없는 시간이 되어 있었다.

이사야가 한숨을 내쉬었다.

"허어어."

걱정 섞인 한숨이었지만, 아론 때문에 내뱉는 숨은 아니었다.

이사야에게는 다른 걱정거리가 하나 더 있었다.

이곳에 부임하고부터 생긴 걱정거리로, 부임 초기에 말 한마디 잘못했다가 자기 스스로에게 지운 짐이었다.

그 짐이 떠올라서, 절로 한숨이 또 나오려 했다.

그때, 사제관 안쪽에서 누군가 엉거주춤한 자세로, 헐레벌떡 나오는 소리가 들려왔다.

이사야가 보니, 안에서 아론이 신부복인 검은 수단을 입으면서 나오고 있었다.

"죄송합니다."

아론이 옷매무시를 다듬고는, 이사야에게 사과했다.

늦게 나온 것에 대한 사과인지, 수단을 잘못 입은 것에 대한 사과인지 정확하지는 않았지만, 아마 둘 다 사과를 하는 거겠지 싶어서, 이사야는 그저 웃으며 아론의 수단 옷매무시를 고쳐 제대로 단정하게 해주었다.

"자, 됐네. 가자."

"네."

이사야와 아론이 함께 성당을 향해 걷기 시작했다.

성당과 사제관의 거리는 지도로 보면 1분도 안 걸리겠지만, 실제론 주택가 골목으로 빙 돌아서 가야 해서 약 3분 정도 걸렸다.

나란히 두 사람이 걷는 와중에, 이사야의 입에서 한숨이 또 나왔다.

이에 옆에서 걷던 아론이 조심스레 이사야의 안색을 살피며 질문했다.

"무슨 일 있으신가요?"

"아, 그게……."

이사야 신부가 눈살을 찌푸리며 말했다.

"며칠 전에 왔던 개신교 신자 때문에 그래. 너도 봤지?"

"네, 그 군복 같은 거 입고 있던 그 사람 말씀이시죠?"

"자기 말로는 작업복이라고는 하던데, 내가 전에 얘기했었잖아, 그 뭐냐, 건물에 붙은 악령 구마 하고 돈 버는 사람."

"아……."

아론이 기억났다는 듯이 고개를 천천히 뒤로 젖혔다가, 다시 내렸다.

이사야가 다시 한번 한숨을 내쉬었다.

"그 사람이 와서는, 몇 달 전에 정민규 그 친구가 실종이 되었다고 알려주더라, 그러니까 이제는 자기 앞으로 구마 용품을 만들어서 보내달라고 하더라고. 내가 참 기가 다 차서."

이사야가 혀를 차며 말했다.

"나는 우리 성당에 유일한 청년이 정민규, 걔밖에 없으니까 잘 좀 맞춰줘야겠다고 해서, 알겠다고 도와주겠다고 한 거였지, 이렇게 판이 커질 줄은 몰랐는데. 아오, 참 이상하게 꼬였다."

이에 얘기를 듣던 아론은 잠시 눈을 굴리며 생각하다가, 아리송해하는 얼굴로 이사야에게 물었다.

"이상하네요, 정민규님 앞으로 교무금(월마다 내는 정기헌금)은 계속 꼬박꼬박 들어왔던 걸로 기억하는데요?"

"나도 그게 이상해서 물어봤어, 그러니까 뭐라는지 알아? 정민규가 죽은 게 아니고 실종된 거니까, 돌아올 거라고 믿는다고, 그래서 자기가 지금까지 교무금 납부를 대신 했다고 하는 거야. 우리한테는 그 친구가 실종되었다고 몇 달을 한마디도 안 해놓고!"

이사야가 인상을 찌푸리고, 입술을 삐죽 내밀며 투덜거렸다.

"나는 그것도 모르고, 계속 구마 용품 만들어서 보내줬었는데."

"허, 이상한 사람이네요."

"그래서 내가 그저께 교구청에도 '일이 이렇게 되었는데, 이러면 우리 가톨릭은 이제 이 사람들이랑은 관계가 없는 것 아니냐, 구마 용품 만들어서 돕는 건 이제 그만하는 게 좋을 것 같다.'고 말했는데, 교구청 주교님께서는 일단 내가 보낸 물건들이 거기 있기 때문에 그렇게는 안 된다고 하시면서, 내년에 다른 성당으로 옮겨줄 테니까, 그때까지만 여기서 계속 잘 지켜보고 있으라고 하시더라고……."

"아, 하긴 천주교 성도와의 연결고리는 끊어졌어도, 신부님께서 만들어서 보내주신 용품은 남아 있으면, 나중에라도 얘기가 나올 수 있으니 그러시는 거겠네요."

"솔직히 그 용품들도, 물론 효과야 있겠지만, 일반적인 구마 용품은 아니지."

이사야의 말에 아론도 고개를 끄덕이며 동의했다.

천주교에서 취급하는 구마 용품은 십자가와 성수, 묵주, 이 세 가지가 기본이며, 그게 전부다.

그런데 퇴마 인테리어라는 업체에서 이사야 신부에게 부탁한 구마 용품의 제작방법은 다음과 같았다.

먼저 퇴마 인테리어에서 종이상자와 마대 같은 일반적인 물건들을 구입하여, 사제관 앞으로 배송시킨다.

물건이 오면, 이사야 신부가 성수를 물건들마다 약간 뿌리고 마를 때까지, 손을 얹고 기도를 해준다.

그리고 그 물건들을 착불로 퇴마 인테리어에 배송시킨다.

이게 제작 행위의 전부였다.

그 외 퇴마 인테리어에서 이사야에게 신신당부하며 부탁한 내용으로 '해당 물건들이 효과가 있다고 변함없이 믿어 달라'는 내용이 있었다.

일반적인 천주교의 퇴마 용품의 제작방법과는 거리가 상당히 멀었다.

물론 이사야 신부는 그래도 그 용품들이 실제로 효과는 있을 거라고 생각했다.

다만, 구마는 용품으로 하는 게 아니고, 경건한 신앙심을 가진 사제와 그의 입에서 나오는 하느님의 말씀이 더 중요하다고 생각하고 있었다.

그렇기에 구마로 사업을 하는 그들의 세속적인 행동 때문에, 이사야 신부는 그 안에 경건함이 없으니 그 구마가 절대 순탄치 않을 거라고 보고 있었다.

결국 실제로 실종자도 나왔으니, 이사야 신부의 생각은 틀리지 않은 걸로 보였다.

한심한 사람들이다.

그리고 그 한심한 사람들에게 자신이 엮여 있다.

그래서 이사야 신부는 한숨만 푹푹 내쉬었다.

"어휴, 그때 거절했어야 했는데."

이사야의 한탄을 들은, 아론이 그를 위로했다.

"그래도 어떻게 생각하면, 세상 모든 일은 결국 하느님께서 다 정해놓으신 대로 가는 것 아니겠습니까? 신부님을 위한 어떤 큰 계획이 있으신 건지도 모르죠."

"그 계획이 너무 크셔서 내가 부담스럽다. 부담스러워."

두 사람은 가볍게 웃으며 성당에 도착했다.

마침 입구에서 방문하는 성도를 맞이하기 위해 서 있던 분원장 수녀이자, 큰 수녀님이라 불리는 마르타가 두 사람에게 먼저 인사를 해왔다.

그녀는 이 성당에 부임해 있는 사람들 가운데 가장 연장자였으며, 이 성당에 제일 오래 재직하고 있는 사람이기도 했다.

"안녕하세요."

"안녕하세요, 수녀님, 작은 수녀님은 어디 가셨나요?"

"에스테르 수녀는 최근에 무릎이 안 좋아지신 이동순 할머님 모시러 갔어요."

"예? 모시러 갔다고요?"

"이동순 할머님께서 이번에 손자하고 같이 미사에 참석하려고 하신다고, 좀 데리러 와달라고 전화를 주셨어요. 그래서 차 몰고 모시러 갔죠."

"작은 수녀님도 참 부지런하시네요."

"신부님들도 빨리 움직이셔야 될 거에요. 에스테르가 운전실력 좋아서 금방 모시고 올 테니까요."

"네, 네. 그래야겠네요."

이사야가 호탕하게 웃고는, 아론과 함께 성당 안으로 들어갔다.

성전 입구에 있는 성수반의 성수를 손가락에 찍고, 성호를 그으며 짧은 기도를 드린 두 신부는 성전으로 들어갔다.

아론은 곧바로 미사에 쓰이는 물품인 제구의 준비를 위해 성전 제대 앞으로 나아갔고, 이사야는 성전 입구 옆에 고해소로 들어갔다. 그렇게 아론이 미사의 준비를 하는 동안, 이사야는 고해소에서 미사 전에 성전으로 들어오는 성도들의 고해성사를 진행한다.

고해소는 직사각형으로 만든 공간을 삼등분으로 나눠서, 가운데 공간은 신부가 들어가 의자에 앉아 있는 자리, 양옆으로는 죄를 고백할 신도가 들어가 있는 자리로 구분되어 있었다.

성도들은 미사 중 빵을 나눠 먹는 영성체 예식에 참여하려면, 미사 전에 고해소를 들러 반드시 고해성사를 해야 했다. 그러므로 어떻게 보면, 이사야가 고해소에 들어간 그 순간부터 벌써 미사가 시작된 것이라고 볼 수 있었다.

이사야는 고해소에 자리를 잡고 앉아, 천주께 기도를 올리며 경건한 마음가짐으로 성도들이 고해소로 들어오길 기다리고 있었다.

이사야에겐 지금 이 순간이 그 어느 때보다 진지하게 임해야 하는 중요한 시간이었다.

규모가 작은 성당이라 이번 미사에 참여할 성도의 숫자는 그리 많지 않았지만, 숫자와 상관없이 성도들이 미사 전 드리는 죄의 고백은 그 무게 하나하나가 그 사람에겐 큰 것이므로 허투루 할 수 없었다.

조금 시간이 흘러, 이사야가 혼자 기도를 드리고 있으니, 성당 입구 쪽에서 어린아이의 목소리와 수녀들의 목소리가 들려왔다.

그 목소리들에게 귀를 기울이고 있으니, 어린아이의 재잘거리는 목소리가 점점 더 가까워지는 게 느껴졌다.

고해소에서 이사야가 앉아 있는 곳, 우측 편으로 어린아이가 고해소에 들어오는 게 느껴졌다.

"할머니, 여기 앉으면 돼요?"

어린 남자아이가 해맑은 목소리로, 밖에 있는 할머니에게 물었다.

이에 아이의 할머니는 조심스럽게 소곤소곤 아이에게 답했다.

"그래, 그래, 거기 앉아 있으면 신부님이 저기 보이지? 저기 칸막이 열고, 무슨 죄를 지었느냐고 물으시면, 잘못한 거 고백하고 용서받는 거야, 알았지?"

"네!"

아이가 답하자, 할머니가 고해소의 문을 닫아주는 소리가 들렸다.

이에 이사야가 아이가 있는 방향의 고해창을 열었다.

그리곤 아이가 겁을 먹지 않도록, 상냥한 목소리로 말을 걸었다.

"자, 우리 아들은 성호 그을 줄 아니?"

"성호요? 모르는데요?"

"성전 입구에서 손으로 십자가 그리는 거 했지?"

"네."

"그걸 성호라고 한단다. 자, 다시 한번 해볼까?"

"네!"

아이가 신이 나서 빠른 속도로 성호를 연속해서 세 번 긋고는, 두 손을 자기 무릎 위에 가지런히 모았다.

"자, 그러면 이제 하느님 앞에서 진지하고 엄숙한 고해성사를 시작할 테니, 공손히 두 손 모으도록 하자."

이사야의 안내에 따라 아이는 두 손을 가슴 높이로 들고, 깍지를 끼고 자세를 취했다.

아이가 자세를 취하는 걸 본 이사야가 진중한 목소리로 물었다.

"성도 분, 그러면 이제 잘못한 일이 있다면, 하느님께 그 죄를 고백하고 용서를 받도록 하십시오."

"으음……."

아이는 선뜻 답하지 못하고, 눈을 이리저리 굴리며 망설였다.

아이는 기억나는 잘못들이 너무 많아서 어느 걸 말해야 할지, 전부 말해야 하는 건지, 부모님이나 할머니한테 이미 혼난 일도 말해야 하는 건지, 아니면 진짜 어렸을 때 잘못했던 것도 말해야 하는 건지, 그 범위를 알 수 없어서 잠시 고민했다.

아이는 망설이다가 세 가지를 추려서 고백했다.

"할머니 지갑에서 만 원짜리 한 장 몰래 꺼내서 마트에 가서 먹고 싶은 거 사 먹은 적이 있어요. 그리고 엄마랑 아빠 몰래, 아빠 담배를 훔쳐서 펴본 적이 있고요. 엄마한테 심부름 받았는데요. 거스름돈 가지고 PC방에서 게임했어요."

"그러면 잘못했다는 걸 알고 있고, 반성하고 있으신가요?"

"……네."

"하느님 앞에 성도께서 잘못을 고백하고 용서를 구하셨습니다. 하느님께 속죄함의 증거로, 이제 성도 분께서는 이번 주 안에 할머님께 안마도 해드리고, 심부름도 잘 받으십시오."

"네."

"인자하신 하느님 아버지, 성자의 죽음과 부활로 죄를 용서하시려고 성령을 보내주셨으니, 교회를 통하여 이 교우에게 용서와 평화를 주소서. 나는 성부와 성자와 성령의 이름으로 당신의 죄를 용서합니다."

"네."

"성도 분, 성호를 그으시면서 아멘이라고 답하세요."

"아멘."

"이제 나가셔도 됩니다."

이사야가 계속 진중한 목소리로 말을 걸어서인지, 고해소에 처음 들어올 때는 천진난만하고 밝았던 아이의 얼굴이, 오히려 고해소에서 나갈 때는 어둡고 침울해져 있었다.

하지만 아이들은 대개 고해소에서 진행되는 고해성사를 싫어

해서, 딱히 이 아이만 이런 반응인 건 아니었다.

이어 반대편에 아이와 함께 온 할머니의 고해성사를 진행하고, 그 외에도 자주 오시는 아주머니 두 분의 고해성사를 진행한 이사야는 고해소에 앉은 상태로 잠시 손목시계를 확인했다.

미사까지 이제 10여 분이 남아 있었다.

이사야는 잠시 피로를 느끼며, 손으로 자신의 어깨와 허리를 톡톡 두드렸다.

혹시 평소에 오지 않던 성도가 더 올 수도 있으니, 좁은 고해소에서 이사야는 하느님께 기도를 드리며, 고해소의 자리를 지키고 있었다.

그때, 어린아이가 고해를 했던 그 자리로 누군가 들어오는 소리가 이사야의 귀에 [들린 것 같았다.]

이상하게도 소리가 정말 났는지, 이사야는 확신이 들지 않았다.

마치 잠깐 졸았다가 문 닫는 소리에 깬 느낌이었다.

천주께 분명 기도를 드리고 있다고 생각했는데, 아마 자기도 모르게 졸았던 게 아닐까 의심이 갔다.

고해창을 열고, 고해를 하러 들어온 사람을 확인하기 위해 이사야는 살짝 고개를 숙였다.

원래 고해소 내부가 어둡기는 했지만, 유독 반대편에 앉아 있는 사람의 모습이 잘 보이지 않았다.

이사야는 긴가민가한 상황에서, 다시 자세를 바르게 고쳐 취하고, 성호를 그었다.

그리고는 일단 상대편을 향해 말을 걸어보았다.

“성도 분, 준비가 되셨다면 자신의 죄를 고백하고 용서를 받도록 하십시오.”

이사야의 말에, 반대쪽에 앉아 있는 성도로부터 어떤 말이 나왔다.

처음 이사야의 머릿속에 든 생각은 ‘사람이 있긴 있구나.’하는 것이었다. 그리고 그다음에 든 생각은 ‘이 사람, 목소리가 너무 작다.’는 것이었다.

분명 뭐라고 말을 하고는 있는 것 같은데, 그 목소리가 너무 작았다.

귀를 아무리 기울여도 알아들을 수가 없었다.

이사야는 고민했다.

목소리가 작으니 처음부터 다시 크게 말하라고 해야 될지, 어떤 사정이 있어서 목소릴 잘 못 내는 걸 수도 있으니 그냥 넘어가야 할지, 어떻게 대응해야 될지 잠시 고민했다.

고해성사는 기본적으로 자신의 죄를 모호하게 고백해서는 안 된다.

확실하고 상세하게 고백해야 그에 맞는 보석을 신부가 내릴 수 있다.

외국어로 말하는 게 아닌 이상, 이런 식으로 고해를 하는 건 일종의 고해성사 모독이 될 수 있었다.

따라서 고해성사를 진행하는 신부를 위해서라기보다, 죄를 고백하고 용서를 받아야 하는 신자를 위해서라도, 이사야는 확실히 말해야겠다고 판단했다.

"성도님, 잠시만요, 저에게 성도님의 목소리가 들리지 않습니다. 좀 더 큰 목소리로 말씀해 주십시오."

"……."

이사야가 상대방의 말을 끊고 말하자, 상대방이 잠시 숨을 고르는 게 느껴졌다.

그럼에도 이사야는 단호하게 말했다.

"고해성사는 또박또박 분명하게 말씀하셔야 합니다."

"……."

"그게 어려우시다면 쪽지에 글씨를 써서 이쪽 고해창을 통해 건네주셔도 됩니다."

상대방이 마음에 상처를 입진 않았을까 걱정하며, 이사야는 상대방이 다시 죄를 고백하기를 기다렸다.

그렇게 몇 초 기다리고 있으니, 이사야가 안내했던 대로 상대방이 아까보다는 큰 목소리로 말을 해왔다.

그런데 이상했다.

음성은 분명 또렷했다.

발음이 뭉개지는 것도 아니었다.

그런데 알아들을 수가 없었다.

외국어도 아니었다.

분명 한국어로 말을 하고, 상대는 또박또박 말을 하는데, 마치 딴 데 정신이 팔려 있어서 옆에서 불러도 눈치를 못 채는 것처럼, 이사야의 머릿속으로 상대방의 목소리가 들어오지 않고 있었다.

이사야는 분명 귀를 기울이고 있음에도 그랬다.

이사야는 당황했다.

상대방은 분명 자신의 요구대로 목소리를 높여줬다.

그런데도 알아들을 수가 없으니, 이사야는 난감해졌다.

하는 수 없이 이사야는 다시 한번 상대방이 말을 하는 도중에 끼어들어, 말을 끊고 부탁했다.

"성도 분, 죄송합니다. 혹시 쪽지 같은 게 있으시면 거기에 적어서 주시겠습니까?"

이사야가 상대방에겐 보이지도 않을 정말로 미안해하는 표정을 지으며 부탁했다.

그러자 상대방은 목소리를 더욱 높여서 말하기 시작했다.

이사야는 다시 간곡하게 상대방에게 부탁했다.

"목소리를 좀 낮춰주시겠습니까? 지금 성도 분 말을 알아들을 수가……."

"……!"

목소리는 더 커졌다.

이제는 단순히 목소리가 커졌다는 게 아니라 고함에 가까웠다.

"성도 분, 고해소에서 이러시면 안 됩니다. 제가 수첩과 펜을 드릴 테니 거기에 적어서 주십시오."

"……!!!"

목소리는 더, 더, 더 커졌다.

이제는 그 소리에 귀가 다 아플 지경이었다.

이사야는 급히 자신의 수단 상의 주머니에 있는 수첩과 볼펜을 꺼내, 고해창을 통해 상대방에게 넘겨줬다.

하지만 상대방의 목소리는 계속 커져가며 괴성에 가깝게 변하고 있었다.

"……수첩에!"

"……!!!!!!"

"이보세요, 이러시면 안 됩니다! 여긴 신성한……!"

"!!!!!!!!!!!!!!!!!!!!!!!!!!!"

"……아악!"

소리가 너무 커서, 이사야는 두 손으로 자신의 두 귀를 막고 몸부림을 쳤다.

그럼에도 고함소리는 이사야의 손을 비집고, 귓속으로 들어와 고막을 찢을 듯이 때렸다.

"그마아안!!!"

결국 이사야는 비명을 지르며 고해소 밖으로 뛰쳐나왔다.

쾅!

"……으헉, 헉, 헉."

고해소의 문을 박차고 나온 이사야는, 식은땀으로 얼굴이 범벅이 된 채로 자신이 있던 고해소의 옆 칸을 바라봤다. 사색이 되어 거친 숨을 내뱉고 서 있으니, 주변에 있던 수녀들과 성도들이 무슨 일인가 싶어서 놀란 얼굴로 이사야를 바라봤다.

이사야는 주변을 둘러본 뒤 놀란 얼굴로, 상대방이 아직 안에 있을 고해소의 문 쪽으로 서둘러 걸어갔다.

그리고는 고해소의 문을 거칠게 열어제꼈다.

벌컥!

열린 문을 통해, 성전의 빛이 고해소 내부를 환하게 비췄다.

안에는 바닥에 떨어진 이사야의 수첩과 펜만 있을 뿐.

사람은 없었다.

놀란 이사야가 뒤를 돌아봤다.

어느새 큰 수녀 마르타가 다가와, 걱정스런 얼굴로 이사야에게 물었다.

"신부님, 무슨 일 있으세요?"

"저기 큰 수녀님, 저기 이 안으로 누구 들어오지 않았나요?"

이사야가 아무도 없는 고해소 내부를 가리키며 물었다.

이에 큰 수녀 마르타는 고개를 내저었다.

"아니요, 더 오신 분 없으신데요."

"그러면……. 그러면, 누가 막 소리를 쳤다던가 하는 건 못 들으셨어요?"

"들었죠, 신부님께서 소리를 막 지르면서 나오셨잖아요."

마르타가 어이없어하는 얼굴로 이사야를 위아래로 훑어보았다.

"왜 그러세요?"

이사야는 마르타의 물음에 답하지 못한 채, 그대로 바닥에 풀썩 주저앉았다.

자신이 방금 겪은 일이 무엇인지 알 수 없었다.

성경에 보면 가끔씩 성부께서 그가 사랑하는 종에게 환상으로 나타나셔서 어떤 계시를 내리는 사례가 종종 있어왔다.

혹시 그런 게 자신에게도 나타난 게 아닐까 하고 이사야는 생각했다.

악마나 악령, 악한 존재에 의한 일을 경험한 거라는 생각은 전혀 들지 않았다.

왜냐하면 이사야, 자신의 마음은 이런 무서운 일을 겪었음에도 오히려 가슴 한쪽 구석이 불같이 뜨거워지고, 주체할 수 없을 정도로 감정이 북받쳐 오르며 눈가에 눈물이 고여왔으니, 어떻게 악한 존재가 행한 일이라고 감히 판단할 수 있을까.

이사야는 그저 기쁘고 감격스러워, 숨이 거칠어졌다.

"……하하."

자신에게 찾아왔던 그 미지의 존재가 전달한 감정의 흔적이 마음 한구석에 남아 있었다.

그것은 따뜻한 감정.

사랑이었다.

자신의 목소리가 이사야에게 제대로 전달되지 않음에도, 그 존재는 이사야에게 사랑한다는 감정을 고스란히 전달해왔던 것이다.

그 존재는 미안하다고, 너를 사랑하는데, 그걸 느끼지 못하게 해서 미안하다고.

그렇게 이사야에게 말이 아닌 감정으로 호소해왔다.

그리고 그 감정의 소리가 이사야의 심금에 와닿았다.

이사야는 바닥에 주저앉은 상태로 눈물을 흘리며, 감사함에 미소를 지었다.

그런 이사야에게 마르타가 먼저 다가왔고, 미사 준비를 하던 아론과 에스테르 수녀가 놀란 얼굴로 함께 오고 있었다.

"괜찮으세요?"

마르타 수녀가 이사야의 팔을 붙잡고, 안색을 살피며 물어왔다.

그리고 그런 마르타 수녀를 바라보며 이사야는, 성냥개비의 불꽃이 순간 튀어 불이 붙듯이, 두 뺨이 빨갛게 달아오르는 느낌을 받았다.

'이 사람, 사랑스럽다.'

그런 생각을 품으며 바라볼 새, 마르타 역시도 순간 이사야의 두 눈을 바라보고는 멈칫했다.

그녀 역시도 그와 같은 감정을 느꼈음을, 이사야는 곧바로 알아챌 수 있었다.

"……."

"……."

말없이 두 사람은 서로의 흔들리는 눈동자를 바라봤다.

순간의 갈등이었다.

해선 안 된다는 이성의 만류가 두 사람의 머릿속에 잠깐 있었지만, 순간적으로 '사랑이 나쁜 것도 아닌데 왜 절제해야 하는 거지?'라는 의문이 떠올랐다.

그 질문에 이성은 망설이며 선뜻 대답하지 못했다.

그리고 이내 흔들리던 두 남녀의 눈동자가 멈추었다.

두 사람은 동시에 서로의 얼굴을 맞대고, 입맞춤을 나누기 시작했다.

마치 사막 한가운데를 거닐며 갈증에 시달리던 사람이 오아시스를 만나 물을 탐하듯이, 두 사람은 절제되어 있던 사랑의 행위를 거침없이 탐하기 시작했다.

거침없이 서로에게 빠져 입을 맞추고, 몸을 만지기 시작하던 둘은 어느새 옷도 벗어 던지고 좀 더, 좀 더, 서로에게 맞닿는 피부 범위를 늘려가기 시작했다.

이사야와 마르타가 사랑을 나누는 사이.

아론과 에스테르도 어느새 서로를 껴안고 입을 맞추고 있었고, 성전 한구석에서는 미사에 참여하러 왔던 노인과 아이, 중년 여성 두 명이서 사랑을 탐하고 있었다.

노인은 마치 육체의 감각이 폐경 이전으로 돌아간 듯했고, 어린아이는 그 성욕이 신체 건강한 성인과 같았으며, 중년여성들도 어린 소녀시절로 돌아간 듯, 수줍어하며 넷이서 구분 없이 서로를 탐하고 있었다.

미사를 위해 성전에 초를 켜고, 경건한 빛으로 가득 채웠던 성전이었지만, 내부는 음란한 교성소리로 가득 차버렸다.

사랑을 탐하던 그들은 옷도 여기저기 아무렇게 벗어두고, 이리저리로 자리를 바꿔갔으며, 심지어는 몸을 맞대는 대상도 바꿔갔다.

동성이어도, 나이 차가 많아도, 그들은 신경 쓰지 않고, 그저 사랑의 행위에만 빠져 있었다.

"음, 으음! 좋아해요!"

여러 사람으로 돌고 돌아 처음대로 이사야와 마르타가 다시 몸을 맞대었다.

서로 사랑을 고백하며 성교를 하는 그때.

이사야가 고해성사를 봤던 고해소에서, 분명 아무도 없는 걸 모두가 봤던 그 자리의 문이 스르륵 열리며, 흰 양복 정장에 검은 셔츠를 입고, 흰 구두를 신은 젊은 남성이 걸어 나왔다.

그는 흰색 넥타이를 고쳐 매고는 뿌듯해하는 얼굴로 성교 중인 사람들을 둘러봤다.

그리고는 마치 성전에 퍼진 그 야릇한 공기를 음미하듯이, 눈을 감고 숨을 들이쉬더니 기쁜 표정을 지었다.

그는 성전 한복판을 향해 걸어 나갔다.

그가 천천히 걸어 나가자, 그의 목적지에 맞춰 사람들이 자리를 이동하고는 성교를 이어갔다.

그가 한복판에 우두커니 섰다.

이제는 그의 우편에서 네 명, 좌편에서 네 명이 성교를 하며, 연신 사랑한다고 좋아한다고 고백하고 있었다.

그는 그들을 사랑스럽게 바라보며 말했다.

“너희를 사랑한다. 너희가 비록 나를 버리고 떠났지만, 그럼에도 나는 너희를 계속 아끼고 사랑하고 있다.”

그의 목소리에 답하듯이, 이사야가 성전 천장을 바라보며 감사하다고 외쳤다.

그런 이사야를 사랑스럽게 바라본 남자는 이내 두 눈을 감고 과거를 회상했다.

“예전에는 이렇게 모두가 내 앞에서 평등하게 사랑을 나누었었지, 나이를 따지지 않았다, 성별을 따지지 않았다, 혈육을 따지지 않았다, 외모를 따지지 않았다, 인연을 따지지 않았다, 직급을 따지지 않았다, 모두가 내 앞에서는 구분 없이 평등하게 서로를 사랑하는 존재가 되었다."

남자가 눈을 뜨고는, 자신의 우편에서 어린 남자아이 하나를 둘러싸고 사랑을 나누고 있는 여성들에게로 시선을 돌렸다.

아이는 천진난만한 얼굴로 남자를 향해 외쳤다.

"좋아해요!"

남자는 인자한 미소를 지으며, 말을 이었다.

"내가 거리를 두루 다닐 때면, 길에서는 이렇게 좌우로 아이들이 서로를 사랑하며 나에게 감사를 표했다. 그들은 모두 사랑을 할 줄 아는 아이들이었지. 그들에게는 벽이란 게 없었다. 그 무엇도 사랑을 막을 이유가 되지 않았으니까. 아낌없는 것이었고, 평등하게 모두에게 주어지는 감정이었다. 그 감정의 결실을 누가 죄악이라며 막을 수 있을까?"

남자의 표정이 갑자기 굳어졌다.

남자는 성전 안쪽 미사 제단을 지나 벽에 걸려 있는, 성자 예수 그리스도의 십자가 조각상을 노려봤다.

"누가 감히 사랑을 절제하라 하며, 누가 감히 사랑을 골라 하라 하며, 누가 사랑을 나누는 걸 음란하고 악하다 폄하하는가?"

남자가 격앙된 목소리로 외쳤다.

"그러면서 자기는 모두를 사랑한다고 그러는가, 다른 이들 보고는 자신만 사랑하라고 하면서? 사랑은 독점하는 것이 아니다, 사랑은 나누는 것이다!"

남자의 외침에 양옆에 있는 사람들이 저마다 외치며
"맞아요!"
"나누는 겁니다!"
라고 찬동하는 목소리를 냈다.
남자가 자신의 주위 사람들을 애처롭게 둘러보고는 다시 한번 십자가를 바라보며 경고했다.
"이전에는 너를 따르는 야만인들에게 내 사랑하는 이들이 살해당했고, 그와 함께 나도 잊혀졌지만, 이제는 다르다."
남자는 뚜벅뚜벅 제단을 향해 걸어갔다.
그가 제단 근처에 다다르자, 갑자기 돌풍이 몰아치더니 재단 위에 재구들을 모조리 박살내며 치워버렸다.
눈을 부릅뜨고 십자가상을 쳐다보며 남자가 말했다.
"더는 날 파리의 왕이라며 조롱하지 못하게 하겠다."
파리의 왕.
유대교 및 그리스도교에서는 오래전부터 이 남자를 가리켜 비하하여, '바알제불' 즉, 파리의 왕이라 불러왔다.
남자는 한때, 고대 중동 여러 국가에서 섬겼던 위대한 주군 중 하나였다.
태양과 비, 출산과 풍요.
이 모든 걸 관장하는 남자는 자신을 믿는 신자들에게 복을 내리는 신이었다.
모든 사람들이 남자를 사랑했고, 남자도 그들을 사랑했다.
그러나 그들의 평화는 오래가지 못했다.

이스라엘 민족을 이끌며 나타난 야훼에게 남자를 섬기던 국가들이 패해 몰락하며, 그는 자신을 따르는 세력을 잃어버렸다.

남자는 이를 몇 번이고 뒤집기 위해 필사적으로 노력했다.

최후에는 자신을 따르는 신도들을 몰살시킨 이스라엘로 하여금 오히려 자신을 섬기도록 유도했고, 결국 이스라엘 내 정치권에서 자신의 세력을 확보하는 데까지 성공했었다.

이에 사랑하는 이들을 되찾을 수 있을 거라고 남자가 희망을 가진 찰나.

야훼는 자기를 섬기는 유일한 민족이라 할 수 있는 이스라엘 전체를 벌해가며, 국가 자체를 사라지게 만들어, 이스라엘 내 남자의 추종세력을 전부 궤멸시켜 버리고, 자신의 추종자들만 남겼다.

이런 방법은, 복을 내리는 신이었던 그는 상상도 못 했던 것이었다.

자신을 섬기지 않는다면, 다른 이도 섬길 수 없게 하겠다는 야훼의 그 행보에 그는 경악했고, 참패를 인정하지 않을 수 없었다.

그렇게 그는 역사 속에 잊혀져 가며, 오랜 기간 자신이 사랑하는 사람들에게 '바알제불'이라는 별칭으로 조롱당해왔다.

그리고 이제 그 남자는 더 이상 어둠 속에 있지 않기로 결정했다.

그는 사랑하는 이를 되찾기 위해, 다시 한번 그때처럼 움직이기로 결정했다.

남자는 확신했다.

이제 자신에게도 기회가 왔다고.

오랫동안 잊혀져 있던 이 남자의 진짜 이름은

"바알!"

"바알이시여! 사랑합니다!"

"고맙습니다!"

이사야와 함께 난교를 하고 있던 사람들이 감격하며 그의 이름을 연호했다.

그들은 성교 행위에서 오는 쾌감에 사로잡혀 교성을 지르면서, 이를 바알에 대한 감사로 나타내고 있었다.

바알은 그들에게로 미소를 지으며 돌아가, 성교 중이던 일행 가운데 이사야의 뺨에 살며시 자기 손을 대고는 고개를 자기 쪽으로 돌려놨다. 그리고는 이사야에게 입을 맞추고는 천천히 고개를 떼었다.

이사야는 애틋한 얼굴로 살며시 눈을 떴다.

그에게 바알의 모습은 보이지 않았지만, 그의 목소리가 영혼에 닿고 있었다.

"사랑한다."

바알이 사랑 고백을 한 뒤, 그들을 뒤로하고 성전 입구로 발걸음을 옮겨갔다.

그리고는 성전을 나가기 전, 십자가 쪽으로 몸을 돌리고, 자신감에 찬 얼굴로 당당히 말했다.

"이제는 내가 너에게서 빼앗을 차례다."

선언을 한 바알은 그대로 성전을 나갔고, 그와 동시에 예수가 못 박힌 십자가상이 바닥에 떨어지며, 성전을 가득 채우고 있던 빛이 모조리 사라져, 어둠에 깊게 잠겼다.

그 어둠 속에 남은 것이라고는 여덟 명의 사람들이 내뱉은 음란한 교성뿐이었다.

"너무 좋아요, 바알이시여, 당신이 나를 사랑해 줘서 기쁩니다!"

이사야가 외치며 절정에 이르기 시작했다.

"아! 아아!"

마침내 이사야가 절정에 이르며 움직임을 멈추었고, 황홀경에 빠져 얼굴을 빨갛게 물들이며 입가에 미소를 크게 그렸다.

한참을 만족스러워하며, 감상에 젖어 있던 이사야는 이내 눈이 점점 밝아졌다.

사방이 어두운 가운데, 뱀이 똬리를 틀 듯, 사람들이 서로의 몸을 비비고 있는 광경을 어렴풋이 볼 수 있었다.

이사야만 그런 게 아니었다.

나머지 일곱 명의 사람들도 일제히 그 움직임을 멈추고, 주변을 둘러보기 시작했다.

그들은 그제야 자신들이 실오라기 하나 걸치지 않고 홀딱 벗은 알몸인 상태인 걸 깨달았고, 그들이 무슨 행동을 하고 있었던 건지도 깨닫게 되었다.

이사야는 안색이 창백해져서, 이내 일어났던 일들이 현실이 아닐 거라고 마음속으로 부정하다가 곧장 비명을 지르기 시작했다.

X

"우와와악!!!"

이사야는 모텔 침대에서 눈을 떴다.

잊을 수 없는 꿈을 꾼 탓에 상체를 벌떡 일으키며 비명을 지르고 말았다.

"허억, 허억."

온몸이 땀으로 범벅이 되어 있었고, 격렬한 운동이라도 한 것처럼 숨이 가파르고, 심장이 쿵쿵 빠르게 뛰고 있었다.

숨을 크게 들이쉬고 내쉬며, 꿈을 꿨던 자신의 마음을 차분하게 다스리고 있으니, 이내 사방이 고요하고 평화로워진 것 같았다.

이사야는 두 손으로 얼굴을 감싸고 잠시 신음한 뒤, 이마에 난 땀을 닦으며 침대에서 나왔다.

그리고는 모텔 화장실로 가서, 샤워를 시작했다.

샤워를 하는 동안에도 그저

"하느님……."

소리만 연신 내뱉으며 착잡한 마음으로 기도를 드렸다.

샤워를 마친 이사야는, 검정 트레이닝복 바지에 흰색 반소매 티셔츠만 대충 챙겨 입었다.

그리고는 침대로 가, 이불을 뒤집어쓰고는 몸을 웅크렸다.

이사야, 그와 함께 죄를 범한 일곱 명의 사람들.

모두는 에르하르도 추기경이 마련한 피난처에 몸을 숨기고 있었다.

에르하르도가 마련한 이 피난처는 수원시 외곽에 위치한 4층짜리 모텔이었다.

원래 이곳은 근처 유흥업소의 사장이 운영하던 모텔이었는데, 유흥업소 종업원들이 손님들과 함께 이곳으로 와서 잠을 자는 식으로 성매매를 하던 장소였고, 작년에 건물주가 바뀌면서 폐쇄되었다.

새 건물주는 부동산 투기 목적으로 이 건물을 매입해서, 건물 임차나 모텔 운영에는 관심이 없었고, 사실상 방치되어 있었다.

그러다 추기경의 아는 지인이 그 건물주에게 연락했고, 이에 건물주는 VIP들이 머물 숙소로 급히 마련해 준 것이다.

그렇게 해서 여덟 명의 사람들은 이곳에서 은둔생활을 하게 되었다.

그중 신부, 수녀 신분인 네 명은 별문제 없이 이곳에서 은둔생활을 시작할 수 있었다. 하지만 나머지 네 명은 일반 신도 신분이었고, 가족도 있던 터라 쉽게 격리시킬 수 없었다.

갑자기 이들이 연락도 끊고 잠적해 버리면 가족들은 실종신고를 하게 될 테고, 경찰은 아무리 수사를 못 해도, 최소한 그들이 미사를 드리러 왔었다는 것까지는 알아낼 게 분명했다.

그러니 그 네 명은 최소한의 신변 정리를 할 필요가 있었다.

이에 그중 세 사람은 수도자, 즉 수녀가 되기로 했다고 가족들에게 알리는 과정이 필요했고, 가족들을 납득시키기 보다는 통보하듯이 일 처리가 진행됐다.

한 사람. 범죄에 가담했던 어린 남자아이는 신부가 되기로 했다고 그 부모에게 알려야 했는데, 어린아이이기 때문에 그 부모에게 허락을 받고자, 수원 교구장이 직접 나서서 일종의 '신의 계시'가 있었다는 거짓말로, 선택받은 아이라는 포장을 하였고, 천주교에서 그 부모에게 재정적 지원도 해주겠다는 회유를 한 끝에야 신부가 될 아이라는 핑계로 격리를 시킬 수 있었다.

그렇게 해서 이 피난처에 있는 여덟 명은 언젠가 때가 된다면, 수도원으로 거처를 옮기고 수도사로 평생을 지내게 될 예정이었지만, 그때라는 게 언제가 될지 누구도 알 수가 없었다.

이들이 수도원으로 옮기지 않고, 이런 모텔에서 은둔생활을 지속하고 있는 건 추기경 에르하르도가 이들을 신뢰하지 못하고 있다는 점이 컸다.

에르하르도는 이 사람들이, 자신들이 벌인 끔찍한 죄로부터 숨겨달라고 찾아왔을 때, 이 사건이 언론에 알려지기라도 하는 날에는 한국 천주교 전체의 명예가 실추되는 사태가 될 것이고, 그런 대사건이 하필 본인이 추기경으로 있을 때 일어난다는 걸 두려워했다.

당장은 이 여덟 명이 부끄러운 줄 알아서 스스로 숨어 있기를 자처하고 있어 다행이었지만, 이미 악마 바알제불과 밀접하게 만나 동화되었던 이들인 만큼, 언제 또 변심하고 죄를 범해도 이상하지 않다고 에르하르도는 생각했다.

그래서 괜히 수도원으로 보냈다가 괜히 다른 수도사들에게 그 죄가 옮을까 봐 두려웠고, 이 사람들이 변심하여 세상에 나와 살고 싶다고 주장할까 봐 두려웠다.

그래서 피난처라는 이름의 격리 장소를 구해, 지키는 사람까지 고용해가며 이들을 가두고는, 언제가 될지 아무도 모르는 수도원으로 옮겨갈 날만을 기다리게 만들었다.

어떻게 보면 그에게도 선택의 여지는 없었다.

세상 밖으로 나오게도, 천주교 내부에도 그대로 둘 수 없었다.

그러니 마치 동굴에 산 사람을 넣어두고, 큰 돌로 입구를 막아 방치하듯이 한 것이다.

……안에서 알아서 죽으라고.

물론 식사를 제공하지 않는 건 아니었다.

건물을 지키는 사람들은 천주교의 주요 인사들을 지키는 줄로 알고 있으므로, 출입제한을 둔 것 외에 식사까지 제한하면 이상하게 여길 수 있으니, 식사는 꾸준하게 각 객실마다 두 끼를 제공했다.

그냥 막연하게 에르하르도는 저들이 지속되는 죄책감과 처지를 비관하여 자결하기를 바라고 있을 뿐이었다.

그러면 해결된다고 생각하고 있었다.

그러나 에르하르도는 전혀 모르고 있었다.

피난처에 온 사람들이 괴로워하는 건 죄를 저질렀다는 죄책감 때문이 아니라는 걸.

"천주시여……."

이불을 뒤집어쓰고, 웅크린 자세로 기도를 올리던 이사야가 이불을 거두며 고개를 들었다.

"……어째서 당신을 믿을 때는 느끼지 못했던 행복감이 이렇게 느껴지는 건가요?"

이사야가 원망하듯이 천장을 바라보며 따졌다.

"어째서, 당신은 절 사랑한다고 하시면서, 그 사랑을 왜 제게 절제하시는 건가요? 정말로 절 사랑하는 게 맞습니까, 대답 좀 해주세요, 이렇게 갈등하고 있잖아요! 평생을 당신의 길로 가겠다고 했던 저입니다! 사랑하는 이에게 아낌없이 사랑을 표현하고, 애정을 드러내는 게 당연한 거라는 걸 깨달았습니다. 그런데도 당신은 말만 사랑한다고 할 뿐, 언제나 제게 그 사랑을 절제하시며 표현하지도 나타내지도 않으셨습니다. 지금, 당신을 사모하는 제 마음이 이렇게 흔들리고 있는데, 뭐라도, 진짜 뭐라도! 단 한마디라도! 저에게……말 좀 해보세요."

눈에 뜨거운 눈물이 차오르며, 울컥하는 감정이 쏟아져 나왔다.

"전지전능하신 분이라면, 정말 저를 사랑하는 분이라면, 저에게 뭐라 말을 좀 해보란 말입니다!"

이사야가 침대 매트리스를 여러 번 손으로 퍽퍽 내리치고, 통곡하였다.

그는 이곳에 오고 나서 처음 3일간은 속죄의 기도를 천주께 올렸다. 자신이 범죄를 하였다고 고백하고 참회를 하고 있다고 말했으나, 사실 그건 가식이었다.

진짜 본심이 드러난 건 겨우 나흘째 되던 날이었다.

그때부터 그는 신에게 원망을 토해내기 시작했다.

바알의 속한 행위를 할 때만큼 즐겁고 행복했던 적이 하느님에게 속해 있을 때는 없었다며, 당신은 나에게 왜 그런 행복을 주지 않고 억압하느냐고, 자신이 지금까지 당신을 섬겼던 시간이 헛되었다고 말했다.

신에게 원망을 하는 시간이 길어지고, 자신이 원하는 대답을 듣지 못하는 시간이 덩달아 길어지자, 그의 마음에서는 바알에 대한 갈망이 깊어지고 있었다.

이사야가 한참 이불 속에 들어가, 소리치던 그때.

똑, 똑, 똑!

누군가 그의 방문을 두들겼다.

식사가 올 시간은 아니었다.

이사야는 손으로 얼굴에서 흘러내린 눈물을 닦아내고, 옷매무시를 정돈한 뒤, 모텔방 쪽으로 다가갔다.

그리고는 문에 대고 물었다.

"누구시죠?"

"이사야 신부님, 저 마르타입니다."

문 너머의 목소리를 듣는 순간, 가슴이 뜨겁게 일렁거려왔다.

이사야는 설레는 마음으로 문을 열었다.

문을 열자, 모텔 복도에는 마르타 뿐만 아니라 아론 보좌신부와 에스테르 수녀를 포함해, 바알의 행위에 같이 가담했던 여섯 명이 서 있었다.

단 한 명.

어린 남자아이는 같이 있지 않았다.

다만, 그 아이를 데리고 왔었던 할머니는 여섯 명 가운데 있었다.

"아니, 여러분 모두, 무슨 일로?"

이사야는 그들이 왜 왔는지 내심 짐작은 하면서도, 직접 그들의 입에서 나오는 말로 듣고 싶어서, 일부러 물어봤다.

이에 마르타가 말했다.

"신부님, 안에 들어가도 될까요?"

그 말에 담긴 뜻을 곧바로 알아들은 이사야는 웃으며 기쁜 얼굴로 그들을 환대했다.

"네, 그럼요."

이사야가 문을 활짝 열고, 옆으로 비켜섰다.

아론과 에스테르가 먼저 안으로 들어가고, 그 뒤로 평신도 3명이 따랐다. 마지막으로는 마르타가 수줍어하며 이사야를 잠시 바라보다 안으로 들어갔다.

방 안쪽에서는 벌써 사람들이 입고 있던 옷을 벗으며 이사야를 불렀다.

"이사야 신부님!"

"어서 문 닫고 오세요!"

"어서요!"

이사야가 못 말리겠다는 식으로 웃으며 자신의 상의를 벗고는 말했다.

"앞으로는 이사야가 아니라 조영현이라고 불러주세요, 그게 진짜 제 이름이니까."

조영현은 모텔의 방문을 닫았다.

1막

관리소장

오래된 상가건물 1층 구석진 곳에 있는 작은 사무실.

한복판에 낡은 원형탁자를 하나 두고, 코팅이 다 벗겨진 철제의자 세 개가 빙 둘러 놓여 있었고, 사무실 한편에는 컴퓨터 책상 두 개가 나란히 놓여 있었는데, 책상 하나에만 컴퓨터가 설치되어 있었고, 다른 하나에는 CCTV 모니터와 셋업박스가 놓여 있었다.

"……작업은 몇 시부터 몇 시까지 합니까?"

통통한 체격에 백발의 중년남성이 원형탁자를 둘러싼 철제의자 중 한 개에 다리를 쩍 벌리고 앉아 말했다.

이 남성은 이천 버스 터미널 근처에 있는 상가건물의 관리소장으로 있는 사람이었다.

그는 낡은 양복 정장차림에 안경알이 무척 작은 안경을 쓰고 있었는데, 이 안경은 도수가 없는 안경으로, 평상시에는 쓰고 있지 않다가 누가 업무 관련해서 자기를 찾아와 일 얘기를 할 때면, 그때마다 일부러 챙겨 쓰고 있었다.

그리고 이곳에 일 얘기를 하러 온 게, 퇴마 인테리어의 주영과 수혁이었다.

주영과 수혁도 각자 철제의자에 앉아, 관리소장에게 인테리어 작업일정에 대해 설명하고 있었다.

관리소장 질문에 주영이 먼저 답했다.

"다른 층은 상관없고, 가발가게가 있는 4층에만 작업할 거라, 4층에 가게들이 운영 안 하는 시간부터 바로 시작하려고 생각하고 있습니다."

주영의 대답에, 관리소장이 팔짱을 끼고 눈을 감더니, 잠시 끙끙 앓는 소리를 내다 말했다.

"지금 4층에 있는 업체들이 어디 보자, 어디 보자, 큰 거부터……한우구이 전문점 '소담정', 치킨 술집 '치맥호프', 당구장 '다마다마', 옷 수선집 '하늘수선', '현우도배장판', 그리고 '김정모 남성가발'하고 공실. 이렇게 있으니까……제일 일찍 문 여는 가게가 어디냐~. 소담정이 오전 9시부터 음식 준비하고 11시부터 손님을 받으니까~, 오전 9시부터 연다고 생각을 하면 되겠고, 제일 늦게 문 닫는 가게가 그 뭐냐, 거기다, 거기, 치맥호프가 새벽 1시까지 엽니다."

관리소장이 주절주절 말을 늘리며 간신히 답을 내놓자, 주영은 콧김을 한 번 깊게 내고는 고개를 끄덕였다.

"그러면 새벽 1시부터 오전 9시까지 8시간 작업하면 되겠네요."

"잘됐다. 하루 8시간씩, 3일이면 작업 다 충분히 끝내겠어."

수혁이 동의하며 말하자, 대뜸 뜬금없는 말이 주영과 수혁의 귀에 들려왔다.

"아, 그러면 내가 너무 피곤한데~."

관리소장이 곤란하다는 얼굴로 혀를 끌끌 차며 고개를 갸웃거렸다.

"내가 원래 9시 출근해서 4시 퇴근이거든요? 근데 그러면 새벽 1시에 내가 다시 출근해서 그날 아침까지 있어야 하는 거잖아요? 하~, 이거 좀 힘들겠네요. 힘들겠어."

"네?"

"무슨 말씀이신지?"

주영과 수혁이 이해가 안 간다는 얼굴로 관리소장을 바라보며 물었다.

"소장님은 정시퇴근하시면 됩니다."

"저희 작업하는 동안에 소장님께선 딱히 하실 일도 없는데요."

두 사람의 말에 관리소장이 반박하며 인상을 찌푸렸다.

"에이~, 내가 왜 상관이 없어요, 내가 옆에서 보면서 작업은 똑바로 하는지, 괜히 작업하다가 실수로 다른 데 건드리는 건 없는지, 마무리 정리정돈은 깨끗하게 하는지 봐야지. 그거 제대로 안 되면 여기 임차인들이요, 공사하러 온 업자들보고 뭐라 안 합니다. 다~, 나한테 전화해서 따지지. 왜 이렇게 해놨냐고,

안 지켜보고 뭐 했냐고 그런다고요."

"그런 건 걱정하지 마십시오, 저희가 작업 중에 실수하는 거 있으면 저희가 다 책임지고 보수해 드립니다. 정리정돈도 깔끔하게 하고 갈 테니까 걱정하지 마십시오."

"네, 건물주도 허락한 작업이니까 신경 쓰지 않으셔도 됩니다."

"하이고, 여기 임차인들이 그렇게 안 한다니까 그러시네."

관리소장이 코웃음을 치더니 손을 내저었다.

"여기 사람들~, 관리소장보고 네가 관리비 받고 하는 게 뭐냐고 하는 사람들이에요. 트집 잡으려고 눈을 시뻘겋게 뜨고 있는 사람들인데, 일하러 온 사장님이 책임을 진다 안 진다가 중요한 게 아니라 트집 잡힐 걸 안 만들기 위해서라도 내가 지켜보고 있어야 한다~, 이 말이에요."

"아니, 뭐."

"정 그러시면."

주영과 수혁이 잠시 눈을 마주 보고, 찰나에 의사교환을 마쳤다.

주영이 관리소장에게 말했다.

"저희 작업할 때 오시려면 그렇게 하십시오. 저희야 뭐 소장님과는 별개로 건물주한테 작업 승인받았으니, 새벽 1시에서 아침 9시까지 작업 그대로 하겠습니다. 혹시 모르니까 임차인들에게 공지만 좀 해주십시오. 그 시간에 건물주가 복도 인테리어를 다시 한다고."

"네, 뭐, 그렇게 할 겁니다."

주영의 직설적인 말에 기분이 상했는지, 관리소장이 한 쪽 귀를 손으로 후비적거리며 파면서, 뚱한 얼굴로 대충 답했다.

"그 뭐야, 뭐라 해야 하나……."

주영에게 뭔가 하고 싶은 말이 있는 눈치로 관리소장이 뜸을 들이며, 횡설수설하기 시작했다.

"여기 건물주가 건물이 많아요. 그러다 보니까 여기저기서 인테리어 하려고 한다면서, 저한테 아는 업자 없냐고 묻는 사람들도 참 많거든요? 그러면 제가 그때 어떻게 사장님 연락처를 그 사람들한테 알려줄 수도 있는데……."

"아, 네. 그래주시면 감사하죠."

"제가 또 사실 예전에 건설사 큰 곳에서 나름 과장까지 달았던 사람이거든요? 그래서 이 건물주 말고도 나름 친한 사업가들이 많아요. 그래서 지금도 가끔 저보고 어디 건물 짓는다, 빌딩 짓는다, 그러니까 사람 좀 소개시켜 줘라, 막 부탁하고 그래요. 그래서 내가 소개시켜 주면 좋은 사람 소개시켜 줘서 고맙다고, 다음에도 잘 부탁한다고 선물 보내오고 그래요."

"아아~, 그렇군요."

주영 혼자 웃으며 흥미진진한 척 말대답을 해줄 뿐, 수혁은 벌써 듣다 지쳐서 관리소장이 뭐라 하는지 그 내용을 전혀 귀에 담아두지 않았다.

그저 수혁은 이 사람이 지금 이런 말들을 왜 하는지, 그 진의를 의심하는 눈초리로 소장을 바라보고 있을 뿐이었다.

"그래서……어이고, 시간이 벌써 이렇게 됐네?"

관리소장이 말을 하다 말고, 갑자기 손목의 시계를 바라보더니, 과하게 놀라며 말을 이었다.

"점심시간이네요. 우리 인테리어 사장님은 점심식사 하셨습니까?"

"아니요, 저희는 일단 여기 작업할 현장 좀 둘러보고 그러고 나서 먹으려고요."

"아니, 그러지 마시고, 여기 현장이야 어디 안 가니까, 같이 식사부터하고 그러고 둘러보시죠. 금강산도 식후경이라는데."

"네?"

"자, 일어납시다. 저 옆에 소머리 수육백반을 기가 막히게 하는 집이 있어요."

관리소장이 먼저 자리에서 일어나더니, 자기 책상으로 가서, 주섬주섬 휴대전화랑 지갑을 챙겨, 주머니에 넣었다.

그리고는 주영과 수혁을 향해 나가자고 재촉하기 시작했다.

얼떨결에 주영과 수혁은 자리에서 일어나, 관리실 입구로 향했다.

관리실 문을 열고, 관리소장에게 거의 떠밀리듯이 밖으로 나오니, 말끔한 정장차림의 중년여성 한 명이 관리실 앞에 서 있었다.

여성은 관리실로 들어가려다, 안에서 나오는 주영과 수혁을 바라보고는 놀란 눈으로 쳐다봤다.

"어머나, 누구세요?"

여성이 먼저 주영에게 물어왔다.

이에 주영이 답하려는 찰나, 뒤에서 관리소장이 관리실 밖으로 나오며 먼저 답했다.

"어, 은행 일은 다 보고 왔어? 이분들은 4층 복도 공사한다고 건물주가 보낸 분들."

"아~, 안녕하세요."

여성이 주영과 수혁에게 인사를 하자, 관리소장이 이번에는 여성을 소개했다.

"이쪽은 우리 관리실 회계업무 담당하는 경리."

이에 주영과 수혁이 인사를 하고, 경리가 고개만 끄덕여 인사를 받고는, 곧바로 관리소장에게 물었다.

"그래서 지금 위에 보러 가시는 건가요?"

"위에 둘러보고, 내가 아는 곳에 또 공사하는 곳 있어서 거기 보러 갈 거야. 안에 들어가서 일하고 있어."

"……아아~, 그러시겠죠. 우리 소장님 아는 곳이 참 많죠."

경리가 눈을 게슴츠레 뜨고 관리소장을 쳐다보더니, 이죽거렸다.

"점심 맛있게 드세요."

"그래, 그래, 안에 들어가서 일하다, 점심 알아서 잘 먹어요."

관리소장은 불쾌한 표정으로 짜증을 내듯이 퉁명스럽게 답하고는 주영과 수혁에게 가자고 재촉했다.

주영과 수혁은 경리도 같이 불러서 가야 하나 했지만, 아무래도 관리소장과 사이가 그리 좋지 않은 걸로 보여 그냥 놔뒀다.

경리는 이후 관리사무소로 들어가고, 주영과 수혁은 관리소장을 따라 상가건물에서 나와 터미널 근처 번화가로 향했다.

작업 의뢰를 받은 상가건물 근방에는 버스 터미널이 있어서, 규모가 작은 식당들이 옹기종기 밀집해 있었지만, 관리소장은 그런 식당들에겐 눈길조차 주지 않고 그냥 지나쳤고, 다섯 블록 정도 떨어져 있는 큰 규모의 소머리국밥집으로 들어갔다.

주영과 수혁은 얼떨결에 일단 관리소장을 따라오긴 했지만, 영 기분이 좋지 않았다.

때문에 두 사람은 식당 입구 앞에 서서 들어갈까 말까 망설이고 있었는데, 관리소장은 혼자 안에 들어가더니 입구 옆 카운터 직원에게 멋대로 '세 명'이라 말하고는 자리 안내까지 받아버렸다.

그런 관리소장 행동에 수혁이 기가 막혀 하며 감탄을 내질렀다.

"와아, 뭐야 저게? 뭐 하자는 거지?"

"일단 들어가자, 우리 작업하는 곳의 관리소장인데 괜히 척을 져서 좋을 게 없어."

주영이 한숨을 한 번 내쉬고는, 수혁의 어깨를 툭 친 다음 같이 안으로 들어갔다.

관리소장이 종업원에게 안내를 받아 먼저 자리를 잡고 앉아 있는 테이블에, 주영과 수혁이 다가가서 마주 보는 자리에 앉았다.

그러자 관리소장이 메뉴판을 손으로 가리키며 말했다.

"여기 수육백반 세 사람 따로따로 시키는 것보다, 각자 국밥 하나 놓고, 가운데 수육 소자 하나 시켜서 같이 먹는 게 훨씬 이득이에요. 그렇게 먹으면 가격은 얼마 차이 안 나는데 양은 훨씬 더 많아요."

코까지 찡그려 가며 웃어 보이는 관리소장의 태도는 마치 엄청난 할인 혜택이라도 알려주는 듯했지만, 주영과 수혁은 가게 메뉴판을 보자 할 말을 잃고 말았다.

소머리국밥 한 그릇에 만삼천 원이었고, 수육 소자가 삼만 원이라고 적혀 있었다.

관리소장이 비싸다고 말한 수육백반은 만팔천 원이었다.

주영과 수혁은 관리소장 말하는 행태를 보았을 때, 웬만해선 절대 자신이 나서서 계산할 성격의 소유자가 아니라는 걸 쉽게 알 수 있었다.

즉, 두 사람이 볼 때, 이 관리소장이란 사람은 밥 한 끼 얻어먹으려고 두 사람을 여기까지 데리고 와서는, 멋대로 비싼 음식을 시켜 먹으려고 하는 걸로 보였다.

이에 참지 못한 수혁이 고개를 숙여 바지 주머니에서 뭔가 찾는 시늉을 하면서, 혼잣말을 하는 척 큰 소리로 중얼거렸다.

물론 관리소장 들으라고 하는 말이었다.

"아이씨, 겁나 비싼 거 먹네."

수혁의 행동에 주영은 당황하면서도 내심 동감을 하고 있었기에, 그냥 웃는 얼굴을 유지한 상태로 수저를 챙겨 세팅하기 시작했다.

관리소장은 분명 수혁의 말을 들었을 텐데도 별 반응이 없었다.

그는 종업원이 갖다 준 생수를 컵에 따라 벌컥벌컥 마시고는 화장실 좀 가서 손을 씻고 오겠다며 일어섰다.

소장이 멀리 가는 걸 빤히 지켜보던 수혁은, 이내 소장이 화장실로 들어가자, 투덜거렸다.

"진짜 뻔뻔하다. 그렇게도 얻어먹고 싶나?"

"일단 먹자. 경기도 이천이 쌀하고 소머리가 그렇게 맛있다더라."

"야, 너도 그래. 우린 건물주 허락받고 작업하러 오는 건데, 저 인간 눈치를 왜 봐?"

짜증을 내는 수혁을 향해 주영이 웃으며 생수를 컵에 따라 주고, 자기 컵에도 따로 한 모금 마셨다.

단순하게 생각하면 수혁의 말이 맞았다.

저런 관리소장 따위야 무시하고 진행하면 된다.

건물주가 하겠다는데, 건물주에게 고용되어 밑에 있는 관리소장 말 따위야 무슨 상관이겠는가?

하지만 그건 주어진 일만 하면 되는 직원 입장에서나 가능한 생각이다.

그일 이후를 생각해야 하는 사장의 입장에서는, 일 관련되어 만나는 사람들은 누구든지 조심스럽게 대해야 했다.

"편하게 가는 게 좋은 거야. 못해도 저 사람이 우리보다 건물주랑 더 오래 알고 지냈을 거 아니야. 그러면 저 사람도 어느 정도의 입김은 있겠지. 작업하는 거 보니까 별로더라, 이상하게 하더라, 그런 소리 건물주한테 해서 괜히 흔들면 우리만 안 좋아."

모처럼 자기를 신뢰해 주는 고객을 만나, 그 고객의 소개로 다른 고객을 만나 일을 받았다.

처음부터 끝까지 좋은 이미지만 남기고 싶은 욕심이 주영에게는 있었다.

종업원이 와서 주문할 건지 물었지만, 주영은 일단 관리소장이 갔다 오면 주문하기로 하고, 종업원을 돌려보냈다.

그렇게 수혁과 주영이 잠시 잡담을 하며 시간을 보내는 동안, 마침내 관리소장이 화장실에서 바지를 끌어올리며 나오더니, 자리로 돌아오지 않고, 계산대로 향했다.

그리곤 종업원에게 자기 카드를 내밀었다.

그 광경에 주영이 놀라, 의자에서 일어섰다.

헐레벌떡 서둘러 계산대로 향했지만, 이미 계산은 다 되어 있었다.

"아니, 소장님, 지금 뭐 하세요?"

"아, 편하게 드시라고 미리 계산했어요, 제가 모셔왔으니 제가 사는 거죠, 여기 수육 진짜 맛있습니다."

"소장님, 저희는 사드렸으면 사드렸지, 얻어먹는 사람들 아닙니다."

"에이, 그런 게 어디 있어요, 이번에 저희 건물에서 일하실 때 깔끔하게 해달라고 의미로 사는 거니까, 잘 드시고, 잘해주시면 됩니다."

"아이고, 소장님."

"자아, 자리로 돌아가시죠."

관리소장이 앞장서서 자리로 돌아가고, 주영은 자신이 너무 섣부르게 남을 판단한 기분이 되어 민망해졌다.

자리에 앉아 멀리서 바라보던 수혁도 상황을 파악하고는, 자리에 돌아온 관리소장을 향해, 멋쩍어하는 모습으로 고개 숙여 감사 인사를 했다.

주영도 자기 자리로 돌아와, 다시 한번 관리소장에게 감사 인사를 했고, 얼마 뒤 나온 국밥과 수육을 맛있게 먹었다.

관리소장의 말대로 식당의 음식은 확실히 맛집이라 불릴 만했다.

국물은 진하면서도 잡내는 하나 없이 깔끔했고, 고기는 부드러우면서도 담백했다.

주영과 수혁은 정말 맛있게 음식을 먹었고, 반찬 하나도 그릇에 남기지 않고 깔끔하게 비웠다.

마지막으로 스텐 컵에 물까지 따라 마시니, 절로 감탄사가 입에서 나왔다.

"정말 맛있네요, 진짜 잘 먹었습니다, 소장님."

"감사히 잘 먹었습니다."

주영과 수혁이 말하자, 관리소장은 흐뭇한 미소를 짓더니, 먼저 일어났다.

"나 먼저 가게 앞에 나가 있을 테니까, 두 분은 천천히 나오세요."

관리소장은 그렇게 말하고는 먼저 가게 밖으로 나갔고, 주영과 수혁, 두 사람은 조금 전에 관리소장 흉을 봤던 것 때문에 가슴에 찔려, 미안함에 입맛을 다시다가 식탁 위에 티슈로 입술을 닦고는 천천히 자리에서 일어났다.

가게 밖으로 나오자, 관리소장은 휴대전화를 들고 어딘가로 문자를 보내고 있는 중이었다.

“소장님, 진짜 맛있게 잘 먹었습니다.”

주영이 다시 한번 관리소장 옆으로 가서 감사 인사를 건네자, 관리소장이 건성으로 답했다.

“에, 에, 그래요.”

“소장님, 그러면 저희는 이제 상가로 돌아가서 현장 좀 살펴보다가 가겠습니다.”

“그러세요.”

소장과 인사를 마친 주영과 수혁은 다시 작업현장인 상가건물로 돌아가려고 몸을 돌렸다. 그런데 몇 걸음 걷자, 뒤에서 소장이 주영을 불러 세웠다.

“사장님! 사장님!”

“예?”

“잠깐만 이리 와보세요.”

식당 앞에 서서, 손짓을 해가며 주영을 부르는 관리소장을 보고, 주영과 수혁은 잠깐 얼굴을 마주 봤고, 이내 둘이 다시 관리소장에게 돌아갔다.

주영과 수혁이 함께 오자, 관리소장이 눈살을 찌푸리더니 수혁을 보고 저리 가라고 손을 휘휘 내저었다.

마치 귀찮은 똥개라도 쫓아내는 것 같았다.

“사장님하고만 단둘이서 나눌 얘기니까, 자리 좀 비켜줘요.”

달라진 관리소장의 건들거리는 어투에 살짝 기분이 나빠진 수혁이었지만, 조금 전 수혁도 관리소장에게 했던 게 있는지라 말없이 고개를 끄덕이고, 뒤로 물러났다.

주영은 살짝 불안함을 느끼면서도, 활짝 웃으며 물었다.

"소장님, 무슨 일 있으세요?"

"이리 와보세요."

반면에 소장은 굳은 얼굴로, 굳이 식당 옆 골목으로 자리를 옮기자고 권유해 왔다.

주영은 불평 없이 얌전히 관리소장을 따라 식당 옆으로 이동했다.

장소를 옮기자, 관리소장이 떫은 얼굴로 주영에게 말했다.

"저번에 거기 여자 직원하고 같이 왔었잖아요? 그 여자 직원이 혹시 이상한 소리 하고 그랬습니까?"

"예?"

주영의 머리에 수연의 얼굴이 스쳐 지나갔다.

"아니요. 무슨 문제라도?"

"아니, 그 여자 직원이 회계업무 맡는다고 하니까, 내 얘기를 좀 했었거든요. 그랬더니 영 태도가 건방지더라고."

"……죄송합니다. 저희 직원이 무례했다면 사과드리겠습니다."

"아니, 사장이 사과할 건 아니고. 그래서 말인데."

관리소장이 자기 휴대전화를 주영에게 넘겨주더니, 자기 주머니에서 담배와 라이터를 꺼내 입에 물고는 불을 붙였다.

"휴대폰은 왜……?"

"거기 내가 건물주한테 문자 보낸 거 있거든요, 그거 천천히 한번 읽어봐요."

"예?"

뜬금없는 말에 주영은 당황하면서, 관리소장 휴대전화에 적힌 문자 내용을 읽어내려갔다.

[대표님, 4층 복도 작업할 인테리어 사장이 와서 현장을 둘러보고 있는데, 하는 얘기를 들으니 아무래도 견적으로 이천만 원은 부를 것 같습니다. 제가 흥정을 좀 해서 최대한 비용 깎은 다음에 견적서 서면으로 오늘 받아서 대표님께 드리겠습니다. 그거 받으시고, 나중에 비용 바뀐다는 얘기 나오면 그거 보여주면서 가격 더 올릴 수 없다고 하시면 될 것 같습니다.]

"하!"

주영은 기가 막혀서 자신도 모르게 헛웃음이 나왔다.

헛소리로 가득한 문자 내용에는 이미 건물주가 관리소장에게 감사하다며 알겠다는 답장을 보내놓은 상태였다.

"아니, 소장님, 이게 뭡니까?"

"내가 건설회사 과장으로 일해봐서 압니다, 바닥 대리석 타일 깔고, 위에 천장을 고풍스럽게 한다 어쩐다 하던데, 그거 바닥에 유광 폴리싱 타일 깐다는 말이잖아요. 대리석 무늬 들어간 거. 진짜 대리석을 깔 거 아니잖아요?"

"네, 그렇죠."

주영은 살짝 화가 나서 목소리에 힘을 주고 답했다.

"그래서요?"

"그러면 그거 복도 깐다고 했을 때, 현 시세로 육백만 원 잡고, 천장 인테리어는 목수 작업치고, 조명 바꾼다 쳐도 그것도 한 오백 선일 테고, 인건비는 나흘 작업한다 치고, 회사 이윤 넣어도 다 합쳐서 천오백, 천육백 선이겠네. 맞지요?"

"……."

"대답 못 하는 거 보니 맞네."

관리소장이 배시시 웃더니, 담배를 한 모금 크게 빨았다. 그리고는 후우 연기를 길게 내뿜고 말을 이었다.

"내가 벌써 이천만 원이나 불렀으니까, 그 밑으로는 무조건 깎은 가격이라고 생각할 겁니다. 그러니까 이렇게 합시다. 천팔백오십으로 견적을 내세요. 거기에 부가세 10% 별도로 포함시키고, 그런 다음에 우리 김 사장은 천칠백 가지시고, 나는 백오십 가지고, 이렇게 나눕시다."

"소장님, 죄송한데요, 지금 뭐하자는 겁니까?"

"뭐하자는 거긴, 상부상조하자는 거지."

소장이 입에 담배를 문 채로 주영에게서 자기 휴대폰을 홱 낚아채듯이 가져가고는 씨익 웃으며, 자기 주머니에 넣었다.

"우리 김 사장님, 이런 거 처음인가 봐요?"

"……."

"아이 참, 눈에 힘 좀 푸세요, 김 사장님, 알아요, 알아, 사전에 협의 안 하고 내 맘대로 해서 기분 나쁘다는 거, 근데 초장에 나 같은 사람이 이렇게 안 해주면, 처음 이런 일 해보는 사람들은 말로는 아무리 설득해도 안 하려고 그래요. 나중 가면 자기들도 다 할 거면서 처음에는 '저는 그런 거 안 합니다.', 막 그런다니까."

"소장님, 저 이거 건물주한테 그대로 얘기하겠습니다. 사람을 뭘로 보시고 이렇게 무례하게……."

"봐, 봐, 이런다니까."

관리소장이 담배꽁초를 바닥에 툭 던지고는 구둣발로 지지고, 주영에게 가까이 다가왔다.

"김 사장, 건물주한테 잘 보이면, 건물주가 가지고 있는 물건에 문제가 생길 때까지는 일이 없어요. 그런데 나한테 잘 보이면 여기 건물에 문제가 없어도 일을 만들어서 줄 수 있어요. 그뿐인 줄 알아요? 나는 건설사에서 일했던 사람이라, 이 건물주가 가진 물건뿐만 아니라 큰 건설업체와 협업하는 일까지 할 수도 있어요. 내가 아까 말했잖아, 다들 아직도 나한테 연락한다고, 여기 다 인맥으로 돌아가는 판이라니까. 내가 허풍 떠는 거 같아? 내가 지금 바로 전화 한 통 넣으면 현중건설, 한나건설, XK건설, 대등건설, 아파트나 오피스텔 짓는 건설현장에 바로 김 사장 인테리어 일감 줄 수 있다니까."

"관리소장님, 제 말을 못 알아들으시네요. 저는 그런 큰 현장 관심 없습니다. 저는 고객들 상대로 속여서 마진 더 챙기는 행위 안 합니다. 저희 업체 신뢰에 해가 갈 행위 안 한다는 게 제 신념입니다."

"에헤이, 이래서 초짜들은 진짜……. 그러면 뭐, 이미 내가 건물주한테 이천이라고 말을 했는데, 건물주한테 갑자기 사백이나 깎아준다고 할 거야?"

"깎는다가 아니라, 원래 천육백이라고 견적을 내서 건물주께 직접 전달할 겁니다. 저희 일은 건물주가 직접 의뢰한 거라 관리소장님께서 관여하실 일도 아니고요. 계속 이렇게 부당한 요구를 하시면, 저도 건물주 사장님에게 관리소장님께서 이런 요구를 하신다고 사실대로 말할 수밖에 없습니다."

"김 사장, 내가 계속 말하지만, 처음 하는 사람들은 다들 김 사장처럼 그렇게 말해, 그런데 왜 결국 다들 이렇게 하는지, 내가 알려줄까?"

주영의 경고에도 관리소장은 아랑곳하지 않고, 거드름을 피우더니, 주머니에서 다시 휴대전화를 꺼냈다.

"잘 봐."

관리소장이 양팔의 옷소매까지 걷더니, 어딘가로 전화를 걸었다.

그리고는 일부러 주영도 들으라는 듯이 전체 스피커폰 모드로 통화를 시작했다.

전화통화 상대방은 전화를 받자마자, 걸걸한 목소리로 소장에게 인사부터 했다.

["아이고, 소장님, 안녕하세요."]

"어, 그래, 박 사장, 점심 먹었어?"

["아니요, 이제 먹으려고요. 제가 살 테니 같이 식사하실래요?"]

"아니, 난 밥 먹었어, 그것보다 말이야, 지금 나 일하는 곳의 건물주가 4층 복도에 인테리어 작업을 한다고, 인테리어 완전 어린 초짜 하나 데려왔더라고."

["어어, 그래요?"]

"4층 복도 바닥에 대리석 무늬 들어간 폴리싱 타일 깔고, 천장이랑 조명 좀 손 본다고, 그거 다 해서 천육백을 부른다네?"

관리소장이 주영에게 씨익 웃어 보이며 말했다.

"박 사장, 너 이거 천이백에 해라."

["천이백이요? 아이고, 사람 말라 죽어요."]

"진호가 최근에 오피스텔에 타일 까는 작업하고 남은 거 갖고 있다고 안 했었나?"

["진호? 아, 그랬죠. 그거 근데 무늬가 대리석 무늬가 아닌데? 괜찮나?"]

"괜찮아, 천이백에 견적서 하나 써가지고 바로 팩스로 하나 나한테 보내. 내가 건물주랑 얘기해 보고 연락 줄게."

["예, 바로 보낼게요."]

"그래."

삐롱-

통화 종료 버튼을 누르고, 관리소장은 의기양양한 얼굴로 주영에게 말했다.

"건물주한테 천육백 부르면서 내가 떼먹으려고 했다고 해보세요. 나는 천이백에 하는 업체가 있으니까 천이백 이하로 하자고 했는데, 김 사장이 거절했다고 하면서 나랑 싸웠다고 할 테니까."

"와아, 소장님."

주영은 지금까지 여러 곳에 다니며 나름 많은 진상을 만나봤다고 생각했었지만, 이렇게 막무가내인 사람은 처음 보는지라 화조차 나지 않았다.

그저 텔레비전이나 책에서나 보던, 전설 속 신기한 동물의 실물을 처음 접하는 느낌이었다.

주영은 헛웃음을 지으며 물었다.

“백오십만 원 소장님 몫으로 안 떼어주면, 일을 못 따게 하겠다. 이겁니까?”

“김 사장. 말이란 게 아 다르고 어 달라요.”

관리소장이 답답하다는 얼굴로 주영에게 되려 화를 내더니, 자신이 억울하다는 듯이 손짓까지 섞어가며 말했다.

“내 몫을 좀 주면, 그만큼 내가 혜택을 주겠다고 하는 겁니다. 그걸 그렇게 이해해야지. 방금 나랑 통화한 박 사장도 처음엔 김 사장처럼 막 안 한다고 그랬어요. 그런데 방금 통화하는 것 봤죠? 싫다고 합니까? 내가 손해 안 보게 도와주면서 일감 주니까 좋다고 받잖아요. 나 도와주면은 일감 안 끊기게 해준다, 이 말이지. 내가 아까부터 상부상조하자고 하는데, 그걸 거절해 놓고는 내가 협조적으로 나와주기를 바라면 그게 더 뻔뻔하고 나쁜 놈 아닌가? 내 말이 틀려요?”

오히려 자신이 더 답답하다는 듯이 한탄하며, 관리소장은 바지 양쪽 주머니에 두 손을 각각 하나씩 찔러 넣고, 건들거리며 말을 이었다.

“어떻게 할래요? 내 방식대로 하면 우리 김 사장도 돈 더 받아서 좋은 거잖아요? 지금 답해줘요.”

“하아.”

주영은 웃으며 허리춤에 손을 올리곤, 고개를 잠깐 옆으로 돌렸다가, 소장에게 말했다.

"싫습니다, 답이 됐습니까?"

주영이 확답하자, 관리소장은 검지로 주영을 가리키며 혀를 찼다.

"쯧쯧쯧, 쓸데없는 부심 부리면서 인생 선배가 주는 도움 뿌리치면 사업이 잘될 것 같아? 사장이 어리다, 어려, 나만 이러는 줄 알아? 다른 사람들 다 그러는데, 혼자서 버틴다고, 쯧쯧쯧, 뭐 건물주한테 가서 하고 싶은 말 있으면, 가서 실컷 하시고, 나한테 뒤늦게 사과하고 그러지 마쇼. 어?"

"예, 예, 그러겠습니다. 사과고 자시고 이 일 말고도 저희 일 들어오는 거 많으니까 걱정 마십시오."

주영이 코웃음을 치며 말하자, 관리소장은 낯빛이 붉으락푸르락 변하더니, 팔짱을 끼고는 말했다.

"나이도 많은 윗사람이 아랫사람에게 사장 대접해가며, 존대까지 써줘 가면서, 기껏 조언을 한 건데 말이야, 이리 맘을 몰라주고."

"됐습니다, 소장님. 그만하십시오. 저는 이만 가보겠습니다."

더는 얘기를 해봐야 좋을 게 없다고 판단을 내린 주영은, 귀찮음과 짜증 섞인 얼굴로 퉁명스럽게 답하고는 몸을 돌렸다.

그러자 뒤에서 관리소장이 외쳤다.

"갈 거면, 국밥값은 내놓고 가!"

주영이 발걸음을 멈추고, 다시 관리소장을 쳐다봤다.

"사람이 말이야, 밥까지 사 먹였으면 감사합니다, 하고 순응할 줄도 알아야지. 밥은 꾸역꾸역 먹어놓고 모른 척하고 말이야."

"소장님, 진짜 가지가지 하시네요, 진짜."

주영이 부글부글 끓는 속을 진정시키며, 바로 주머니에서 지갑을 꺼냈다.

그리고는 만 원짜리 일곱 장을 꺼내, 소장에게 내밀었다. 그러자 소장은 바로 만 원짜리를 받아 자기 주머니에 쑤셔 넣었다.

그 모습이 참 하찮게 여겨져, 주영은 관리소장을 게슴츠레한 눈으로 쳐다보며 말했다.

"이제 됐습니까?"

"되긴 뭘 돼?"

관리소장은 초등학생 아이가 삐지듯이 새침한 표정을 지어 보이고는, 주영의 어깨를 옆으로 살짝 밀치며 걸어가기 시작했다.

주영이 그 뒷모습을 보며 황당해하며, 그 뒤를 따라 식당 옆에서 나오니, 아직 상황을 모르는 수혁이 소장에게 인사를 하고 있었고, 소장은 그런 수혁을 거들떠도 안 보고 씩씩거리며 가고 있었다.

수혁이 어리둥절한 얼굴로 주영에게 다가왔다.

"야, 뭐야, 왜 저래?"

"저 아저씨 상상 이상이다."

주영이 팔짱을 끼고 멀어져 가는 관리소장의 뒷모습을 그윽하게 바라보며 감탄했다.

수혁이 안 좋은 상황이라는 걸 눈치채고, 심각한 얼굴을 했다.

"왜? 저 인간이 뭐라 했는데?"

"자기 몫으로 백오십 달라고 그러더라. 백오십."

"백오십? 작업하는 사람 하루 인건비가 이십만 원에서 삼십만 원인데?"

수혁이 깜짝 놀란 얼굴로 저 멀리에 관리소장을 쳐다봤다.

관리소장은 근처에서 무단횡단으로 길을 건너더니 이내 시야에서 사라졌다.

이에 수혁은 목소리를 높였다.

"아니, 지가 이 일에서 하는 게 뭐 있다고?"

"내가 그렇게 안 한다고 거절하니까, 자기가 아는 사람한테 우리가 부르는 것보다 훨씬 싸게 해서, 일을 그쪽으로 넘기려고 하는 것 같더라."

"아니, 건물주가 우리한테 이미 우리한테 일 넘긴 거잖아. 비용은 걱정 말라고 했었잖아?"

"정확하게는 한소레 부동산 방 사장님이 저 상가 건물주에게 우리를 소개시켜 준 거지. 저 건물주가 우리를 처음부터 쓰겠다고 했던 게 아니잖아. 건물주는 우리가 정확하게 어떤 사람인지도 모르는 상황이니, 그냥 저쪽 가격이 싸다면 그쪽으로 넘어갈 수도 있지."

"야, 우리보고 그냥 인테리어를 하겠다는 게 아니고 퇴마를 해달라고 요청한 거잖아? 근데 저 관리소장이 소개하는 일반 인테리어 업체로 바꾸겠어?"

"글쎄다."

주영이 씁쓸한 미소를 지으며, 수혁에게 말했다.

"사람 마음은 갈대라는데, 하물며 돈이 얽혀 있으면 생각은 금방 금방 바뀌잖아, 일단은 견적 보고 건물주에게 연락해야지."

"거 참."

수혁이 고개를 절레절레 흔들었다.

"밥 사준 것도 결국 그거 부탁하려고 한 거였구먼?"

"그 밥값도 결국은 나한테 돌려받더라, 대단하지?"

"아니, 너는 그걸 또 줬어? 왜? 뻔뻔하게 모른 척하지."

"깨끗하게 털고 가야지. 남기면 찜찜하잖아."

주영이 어깨를 으쓱이며 말하자, 수혁은 한숨을 내쉬었다.

"지혜가 여기 있었으면, 저 관리소장은 찍소리도 못했을 거다. 주영이 너도 혼났을 거고."

"그러게, 지혜에겐 비밀로 해야겠다."

"……."

"가자, 일하러."

주영이 수혁의 어깨를 손으로 툭 치고 앞장서서 걷기 시작했다.

수혁은 그런 주영을 안쓰럽게 바라보다 옆으로 붙어 함께 걸었다.

X

견적을 본 이천 상가건물의 4층은 복도가 콘크리트 폴리싱 바닥으로 되어 있었는데, 콘트리트 폴리싱은 건물의 기본 콘크리트 바닥에 그대로 연마 작업과 여러 코팅제를 도포하고, 광택 작업을 하여, 값싸게 바닥 마감 작업을 하는 시공이다.

주로 공장이나 공공기관, 학교 등에 여러 사람이 이용하되 바닥 관리를 따로 하기는 힘든 곳에서 이용하는 작업 방식인데, 의뢰받은 상가건물은 오래된 건물인 만큼 코팅이 대부분 벗겨져 있어서, 접착제를 바르고 타일을 붙이는 작업은 수월할 것 같았다.

주영은 수혁과 함께 4층 복도의 전체 면적을 재고, 복도 천장 면적, 등의 개수, 스피커 설치 장소 등을 알아보고, 복도 사진을 찍었다.

복도 사진은 사무실에 가지고 가서, 수연이 주영과 상의하여 인테리어 전후 이미지를 만들어, 견적서에 첨부할 예정이었다.

앞전의 한소레 부동산 방석호 사장이 의뢰했던 성북구 단독주택의 경우. 소유주이자 의뢰자인 방 사장이 견적을 본 그날 바로 작업을 해달라며 승인을 했기에 이런 작업을 할 틈이 없었다.

이번 의뢰는 방 사장이 의뢰를 했지만, 현장 건물의 소유주는 다른 사람이었다.

견적을 보고, 차근차근 차례를 밟아 가야 하니, 실제 작업까지는 시간적 여유가 있었다.

무엇보다 현장에 붙은 괴담 자체가 굉장히 미약했다.

주영과 수혁은 상가 옆에 주차장으로 돌아오며 찍은 사진을 함께 확인했다.

그 어디에도 심령사진으로 볼만한 건 없었다.

보통 귀신들은 자신의 존재를 드러내려고 노력하며, 힘을 얻기 위해서 소문을 부풀리려 한다. 그래서 사진을 찍을 때 일부러 찍히거나, CCTV 카메라 근처에서 일종의 퍼포먼스 행위라고 할 수 있는 연출을 선보이고는 한다.

그런데 이번 견적을 보는 동안에 잠깐 만났던 4층 임차인들 가운데서도 귀신을 봤다고 하는 사람은 거의 없었다.

그나마 직접 목격도 아니고, 목격담을 전해 들은 사람이 한 명 있었을 뿐이었다.

그 사람은 건물 복도와 화장실을 청소해 주는 환경미화원이었다.

환경미화원은 4층 호프집에서 일하는 종업원에게 들었다고 알려줬는데, 그 종업원이 귀신을 본 손님에게 들었다며 자신에게 알려줬다고 했다.

"보나마나 그 손님은 또 누군가에게 들은 거겠지."

수혁이 주영의 옆에서 길을 걸으며, 두 손을 깍지 낀 다음, 자기 머리 뒤로 붙이고는 귀찮은 표정을 지었다.

"솔직히 말해서 이게 귀신이 정말 붙은 상가인지도 모르겠어."

"일단 그 손님이 말한 게 사실이라면, 일단 귀신이 하나 정도는 붙어 있을 수 있는 거지."

주영이 걸으면서도, 휴대전화로 찍은 사진들을 유심히 살펴보며 말했다.

"원래 괴담이란 게 사소한 것에서 시작하잖아."

"아니, 그래도 좀 그렇잖아. '손님이 화장실에 갔다가 가게로 돌아오는 길에 복도 옆 가발가게 안에 누군가 서 있는 걸 봤다더라, 자세히 보니 검은 긴 생머리의 흰 소복을 입은 여자가 서 있었다더라, 그래서 놀라서 허겁지겁 식당으로 돌아왔다더라.'.
더라, 더라, 더라인데 순서가 좀 안 맞잖아?"

"그렇긴 하지. 순서가 확실히 좀 이상하지."

주영이 휴대전화 화면을 끄고, 주머니에 넣으며 찝찝한 표정으로 말했다.

생각해 보면 모든 게 이상했다.

작업 의뢰를 받은 본 상가건물에는 악마 중에서도 최하급이라 할 수 있는 귀신이, 하루아침에 사람 모양의 형체를 구성하고 연출할 정도로 괴담이 붙은 장소가 아니었다.

불길한 징조나, 이목을 끄는 사건도 없었다.

굳이 사건이라면 가발가게 남자 사장님이 심장마비로 가게 안에서 돌아가셨다는 일이 있긴 했지만, 조사해 보니 고독사처럼 시신이 발견되기까지 오래 방치되었던 것도 아니고, 가게에 온 손님과 얘기하는 중에 쓰러지셔서 119가 출동하여 병원 이송 후 돌아가셨다고 하셨다.

그러니 귀신 소문이 붙는다고 해도, 가발가게 남자 사장님 소문이 붙어야 하는데도 뜬금없이 붙은 흰색 소복을 입은 여자귀신 소문하며, 정작 그 소문 자체도 유명하지 않은데 벌써 형체까지 갖추고 나타났다는 귀신까지.

확실히 일반적인 상황은 아니었다.

주영은 무언가 중요한 핵심을 놓치고 있는 것 같아, 개운하지 않은 찝찝한 느낌이 들었다.

주영과 수혁은 밴을 세워둔 주차장에 도착했고, 주차장 요금

소에 가서 계산을 마치고 오며, 주영이 어두운 안색으로 한숨을 내쉬었다.

"안 그래도 관리소장 때문에 짜증 나는데, 신경 쓰이는 점이 한둘이 아니네."

주영의 말에, 수혁도 동의하며 주차장에 세워진 밴의 운전석으로 향했다.

"주영아, 이거 의뢰 거절할 건 아니지?"

"아니지, 일단 의뢰는 받았으니까, 견적 내용은 전달해 봐야지."

한숨을 섞어가며 주영이 답하자, 수혁이 열쇠로 운전석 문을 열고는 차에 타며 말했다.

"말 잘해. 여기까지 왔는데, 관리소장 때문에 놓치면 아쉽잖아."

순간, 주영은 움찔하며 동작을 멈췄다가, 보조석의 문을 열고는 밴에 타며 입술을 삐죽 내밀고 말했다.

"야, 너, 말 이상하게 한다?"

"……어?"

"이거 놓치면, 내가 말을 잘 못해서 그런 거야?"

"갑자기 뭔 말이야?"

수혁이 인상을 찌푸리며 차에 시동을 걸었다.

차에서 나는 소음이 커지자, 덩달아 주영의 목소리도 높아졌다.

"말 잘하라는 게 무슨 의미냐고."

"그냥, 말 잘하라고."

"안 그래도 관리소장 때문에 짜증 나는데, 너까지 말을 그렇게 섭섭하게 하냐?"

"아니, 내가 뭘 어쨌다고? 말 잘하라는 게 뭐?"

수혁이 황당해하며 덩달아 목소리가 높아지고, 이에 주영이 안전벨트를 매면서 말했다.

"말 잘하라는 그 말이 섭섭하다는 거지. 그렇잖아, 이거 놓치면 내 탓이라는 거야?"

"이 새X, 괜히 트집 잡네? 야, 지금 나한테 화풀이하려는 거냐?"

"트집이 아니라, 너랑 나랑 같이 일한 세월이 있는데 내가 말을 잘 못 하거나 한 적이 있냐? 말 잘하라는 게 뭐냐고. 그게 나한테 네가 할 소리냐?"

주영에 이어, 수혁도 안전벨트를 매면서 눈살을 찌푸리며 답했다.

"야, 과대해석 좀 하지 마, 시험 앞둔 애한테 공부 열심히 해라 그러는 거랑 뭐가 달라? 친구 사이에 할 수 있는 말인 걸 가지고."

"그게 무슨 친구 사이에 나올 말이야. 그건 윗사람이 아랫사람한테 하는 말이지."

"공부 열심히 하라고 응원하는 말이 왜 윗사람 말이야? 친구 사이에서도 다 하는 거지."

수혁이 사이드 브레이크를 내리고, 밴을 몰며 천천히 주차장을 벗어나기 시작했다.

움직이는 창밖 풍경을 보며, 주영이 토라진 목소리로 말했다.

"야, 말이 명령어로 되어 있는데 어떻게 그게 친구 사이에 하는 말이야? '공부 열심히 해라, 말 잘해라.'. 너는 친구 사이에 이거 해라, 저거 해라 그러냐?"

"할 수도 있지. 무슨 법으로 금지된 것도 아니고."

"지금 누가 법을 따지자고 그러냐. 네가 나한테 섭섭하게 말이야, 내가 뭐 말실수를 한 적이 있는 것도 아닌데, 말을 잘하라니."

"아이, 진짜. 말꼬리 잡고 괜히 화풀이하네, 이거."

"뭐가 화풀이야, 네가 나한테 한 말에서 나를 무시하는 게 느껴져서 하는 말인데."

"내가 널 언제 무시했다고 그래?"

수혁은 기가 막혀 하면서도, 교차로 앞 신호등에 들어온 빨간불에 맞춰 밴을 잠시 멈춰 세웠다.

"야, 알았어, 미안해. 미안하다고. 내가 널 왜 무시하겠냐?"

"정확히 뭐가 미안한데?"

"휴우, 내가 말 잘하라고 무신경하게 말해서, 널 섭섭하게 한 거 미안하다. 이제는 좀 더 신경 써서 말할게. 됐지?"

"……다음부터 조심해서 해줘."

"알았어."

교차로 신호등에 파란불이 들어오고, 수혁은 다시 차를 몰기 시작하며 고개를 갸웃거렸다.

"내가 친구를 사귀는 건지, 애인을 사귀는 건지."

수혁이 중얼거리자, 주영이 과장되게 놀란 얼굴로 수혁을 바라봤다.

"뭐야? 너, 나랑 우정인지 사랑인지 헷갈리는 거야?"

"이 새X가, 돌았냐?"

수혁이 경기를 일으키며 주영에게 외쳤다.

그러자 주영이 낄낄거리며 웃기 시작했다.

주영의 그런 모습을 보곤, 수혁은 자신이 당했다는 사실을 깨닫고, 허탈하게 웃으며 아랫입술을 깨물었다.

"아놔 진짜, 너 진심 민규랑 거리 좀 둬라. 어떻게 민규가 하는 짓을 네가 하고 있냐. 씨X."

"왜? 민규처럼 살아봐, 인생이 즐거워."

"민규만 즐거운 거야. 그 지밖에 모르는 씹X끼, 오늘도 같이 좀 견적 보러 오자니까 지 혼자 안 왔잖아."

"걔랑 같이 왔으면 더 힘들었다. 관리소장이 밥 먹자고 했을 때 걔 있었으면 무슨 짓을 했을지 몰라."

말과는 다르게, 주영은 내심 민규가 있었으면 관리소장이 저런 태도를 보이는 일도 없었을 거라고 생각하며 웃었다.

그렇게 주영이 수혁과 한참 잡담을 하고 있으니, 주영의 휴대전화가 울려대기 시작했다.

주영이 휴대전화 화면을 확인해 보니, 한소레 부동산 방석호 사장의 이름이 발신자로 찍혀 있었다.

"예, 방 사장님. 안녕하세요."

주영이 전화를 받으며, 밝게 인사를 건넸다.

그런데, 전화를 걸어온 방 사장의 목소리는 밝지 못했다.

방 사장이 말을 하기 시작하고, 주영의 표정이 차츰 굳어가기 시작했다.

수혁은 힐끔 주영의 반응을 보고는, 뭔가 안 좋은 소식이라는 걸 직감하고, 조용히 운전만 하고 있었다.

주영이 손으로 눈썹을 벅벅 긁고, 방 사장에게 답했다.

"사장님, 저희는 그런 걸 요구한 적이 없고요. 거기 관리소장이 거짓말하는 겁니다. 오히려 관리소장이 오늘 저희보고 공사 견적을 부풀려서 자기 몫으로 좀 달라는 요구를 했고요, 그걸 거절했더니, 그런 거짓말을 하고 있는 겁니다."

주영이 지친 목소리로 답했지만, 전화기 너머로 들려오는 방 사장의 목소리에서는 답변에 납득하지 못한 기색이 역력했다.

"그 음식값은요. 관리소장이 오늘 저희보고 밥 먹자면서 데리고 가가지고 계산을 자기가 한 겁니다. 저희가 요구한 게 아니라……. 사장님, 그 영수증은 일단 관리소장이 계산한 게 맞습니다. 맞는데요. 저희가 요구한 게 아니라고요. 저희가 이천 지리를 잘 아는 것도 아니고, 거기에 그런 식당이 있는 줄도 몰랐습니다. 관리소장이 멋대로 데려간 거라고요."

주영이 설명했지만, 방 사장은 믿지 않는 눈치였다.

청문회를 하듯이 따지는 방 사장의 질문을, 주영은 다시 한번 찬찬히 듣고 답했다.

"사장님, 관리소장이 부른 가격은요. 관리소장이 아는 업체라는 곳에서 다른 데 작업하다가 남은 재고로 하기 때문에 가능한 가격입니다. 저희는 복도 바닥에 대리석 무늬가 들어간 타일을 넣을 예정이었는데, 그 업체는 남은 재고로 하는 거라 대리석 무늬도 아닌 타일 넣는다고 하더라고요. 타일 대리석 무늬 들어간 걸로 해야 한다고 해보십시오. 바로 정상가로 가격이 오를 겁니다."

이제 주영은 이마에 손을 얹은 다음, 눈을 감고 설명하기 시작했다.

"그리고 저희는 인테리어만 하는 업체가 아니지 않습니까? 어디까지나 저희는 거기 상가에 귀신이 나온다고 하시니까, 그에 맞춰서 퇴마를 하기 위해 인테리어를 하는 겁니다. 당연히 가격면에서는 일반 인테리어 업체보다 더 나온다고 보시면 됩니다."

["@#$%^&?"]

"아니죠, 사장님. 그런 식으로는 저희가 할 수가 없습니다. 다른 데 하고 남는 재고라는 게, 지금 하려는 현장에 무조건 딱 맞는 제품일 수가 없지 않습니까? 건물에 디자인이나 상황에 맞춰서 들어가는 게 인테리어인데, 다른 곳에 쓰던 인테리어 재고를 갖다가 가지고 와서 작업한다는 게 업자 입장에서만 좋죠. 고객 입장에서는 안 좋은 거죠. 그리고 재고라는 게 딱 현장에 필요한 물량만큼 남는다는 보장도 없고요. 막상 작업 들어갔는데, 남았던 재고로 다 완료가 안 되면 결국 물량 추가 구매해야 하고, 그러면 그 돈이 그 돈인데요."

["@#$%^&?"]

"사장님, 그러니까 정말 간단하게 설명드리면요, 관리소장이 아는 업체가 제시했다는 그 가격은요. 재고 떨이로 하는 가격이라고 생각하시면 됩니다. 다른 데 들어가고 남은 걸로 하는 떨이 가격이라고요. 그리고 그 사람들은 저희랑 다르게 퇴마 작업 같은 건 하지도 않지 않습니까? 그런데 계속 그 가격에 맞추라고 하시면 저희는 못 한다니까요."

[“@#$%^&, @#$%^&?”]

“거기 관리소장이 자기 몫으로 저희보고 백오십만 원을 달라고 하는데, 저희가 그걸 어떻게 동의를 하겠습니까? 지금 문제는요. 거기 관리소장입니다. 건물주 사장님께서 방 사장님께 항의하신 것도, 그 건물 관리소장 말만 믿으셔서 그러신 것 아닙니까?”

[“…….”]

“사장님, 건물주 사장님 연락처 문자로 보내주시면 제가 연락해서 관리소장이 이리이리 말하더라고 잘 설명드리겠습니다.”

주영이 정중하게 말하자, 방 사장이 뭐라뭐라 답을 한 뒤, 통화는 그렇게 끝이 났다.

주영이 귀에서 휴대전화를 떼고는, 한숨을 길게 내쉬며 짧게 욕설을 내뱉었다.

수혁이 물었다.

“뭐야? 관리소장이 벌써 건물주한테 연락한 거야?”

“그런가 봐. 연락해서는 우리가 뭐 밥을 사달라고 하고, 마진을 쓸데없이 부풀리고, 관리소장이 깎아달라는데도 그렇게는 못한다고 거짓말을 했다고, 건물주가 방 사장님한테 전화해서 왜 이런 업체를 소개시켜 줬냐고 뭐라 했다고 그러더라.”

“그래서, 그러면 이제 어떻게 되는 거야?”

“내가 건물주랑 직접 통화해 보겠다고 했는데, 방 사장이 그럴 필요 없다고 자기가 얘기해 본다네. 어떻게 되는지 나중에 알려주겠대.”

주영이 의자를 뒤로 푹 젖히고, 뒤로 누웠다.

그리고는 한쪽 팔로 눈가를 가리고 앓는 소리를 냈다.

"세상에 진짜 별의별 인간이 다 있구나 싶다, 수혁아."

"관리소장 진짜 개X라이네. 와."

수혁이 혀를 내두르며 기가 막혀 했다.

두 사람 모두 기분이 안 좋아서, 이후 대화 없이 콧김만 내뿜으며 서울 톨게이트로 들어올 때까지 가만히 있었다.

서울에 도착해, 성북구 정릉동에 있는 퇴마 인테리어 사무실로 거의 다 왔을 무렵, 때마침 주영의 휴대전화 벨이 울리기 시작했다.

주영이 보니, 이번에는 휴대전화 화면 속 발신자 표시에 '친구 수혁이 동생'이라고 적혀 있었다.

발신자를 확인한 주영이, 억지로 기운을 내서 밝은 목소리로 받았다.

"응, 수연아, 왜?"

누구에게서 온 전화인지 알게 된 수혁은 불길한 느낌에 인상을 찡그렸다.

수연이 주영에게 개인적인 일로 전화를 하는 경우가 별로 없기 때문이었다.

"거의 사무실 다 왔어."

주영이 창밖을 보며, 수연에게 답했다.

이어 주영은 가만히 수연이 하는 말을 듣고는, 피곤한 목소리로 답했다.

"전화로 하기엔 얘기가 길다, 사무실 가서 얘기해 줄게. 일단 전화 끊자."

주영이 전화를 끊고, 손으로 머리를 쓸어 올렸다.

이에 수혁이 주영에게 물었다.

"왜? 뭔데?"

"방석호 사장이 사무실로 전화해서, 건물주가 작업 취소했다고 말했대."

"작업 취소? 아니 그러면 이천까지 차 끌고 간 게, 그냥 다 끝난 거야?"

수혁이 재차 확인하자, 주영이 고개를 끄덕이며 두 눈을 감았다.

"수혁아, 차 돌려. 근처 카페에서 아이스 커피 좀 마시고 가자. 짜증 난다."

"에휴, 그러자."

2막

귀신과 사탄

경기도 이천에 있는 한 상가건물 4층.

새벽 2시가 되어, 모든 가게가 문을 닫아 불이 꺼져 있었고, 상가복도에만 불이 켜진 가운데, 중년남성 네 명이 복도에서 인테리어 작업을 하고 있었다.

상가의 관리소장, 관리소장과 친분이 있는 인테리어 업체 박사장.

이 두 사람은 바지 주머니에 각자 손을 찔러 넣어놓고는, 특유의 D라인 배가 볼 때 도드라지도록 건들건들하게 서 있었다.

복도에 있는 네 사람 중 실제로 작업을 하고 있는 건, 박 사장이 구해온 일용직 일꾼들뿐이었다.

일꾼들은 두 파트로 나뉘어, 한 명은 바닥에 손으로 걸레질을 해가며 닦고, 한 명은 타일 붙일 자리에 접착제를 바르고, 타일을 붙이고 있었다.

일꾼이 타일을 붙이고 나면, 그 위로 관리소장이나 박 사장이 팔자걸음으로 걸어가 발로 꾹꾹 타일 몇 번 밟아주고 잡담이나 나눴다.

"야, 야, 걸레 빨아와. 안 닦이잖아."

박 사장이 걸레질을 하고 있던 일꾼에게 짜증을 내며 잔소리를 했다.

이에 일꾼이 일어나서 걸레를 빨기 위해 4층 공용화장실로 향하고, 잠시 작업이 멈추었다.

쉬는 겸에, 박 사장이 관리소장에게 궁금한 걸 물었다.

"근데, 소장님. 여기 다 멀쩡한 것 같은데, 이런 거 작업을 왜 한대요?"

"귀신 나온다고, 귀신 나온다고."

"귀신이요?"

"여기 호프집에 온 손님이, 저기 가발가게 있잖아? 저기 앞에서 소복을 입은 여자귀신을 봤다고 하더라고."

관리소장이 고갯짓으로 복도 한쪽에 있는 가발가게를 가리키며 말했다.

"그래서요?"

박 사장이 물으니, 관리소장이 낄낄 웃으며 말했다.

"나중에 우리 CCTV 확인해 보니까, 술 취한 사람이 화장실 갔다가 오는데, 가발가게 유리창을 뚫어져라 보더라고. 그러더니

가게 안으로 쏜살같이 가는 거야. 근데 CCTV에는 뭐 찍힌 게 없었거든?"

"진짜로 뭘 본 건가?"

"아니지, 자, 나 따라와."

관리소장이 박 사장의 한쪽 팔을 잡아당기며, 아직 타일을 붙이지 않은 복도를 걸어가, 가발가게 앞에 섰다.

그러더니 박 사장의 서 있는 위치를 조정해 주기 시작했다.

"여기, 여기에 서봐. 그렇지."

"아니, 여기에 서면 뭐 귀신이 보여요?"

"거기 서서 가발가게 유리창을 잘 봐봐. 저쪽에 뭐 있지?"

"뭐가 있어요?"

박 사장이 불 꺼진 가발가게의 유리창을 천천히 둘러보다, 마침내 알게 됐다.

가발가게 유리창을 통해, 호프집 입구 바로 옆에 내놓은 소주 광고 입간판이 비친다는 사실을.

유리창에 비치는 각도가 절묘해서, 간판 속 모델의 상반신이 꼭 가발가게 안에 있는 것처럼 보였는데, 거기다 긴 생머리를 한 하얀 피부의 모델이 흰색 원피스를 입고 있고, 창문에 비치면서 그 모습이 흐릿해지기까지 하니, 진짜 소복 입은 귀신처럼 보였다.

"이야, 이게 뭐야? 딱 귀신처럼 보이네."

"그 술 취한 인간이 어떻게 귀신같이 이런 각도로 서가지고 봤는지 모르겠어."

"하하하, 그러면 귀신이고 뭐고 없네요?"

"없지. 여기에 귀신이 나올 이유가 뭐가 있어."

"아니, 그러니까, 그러면 여기 인테리어는 왜 하는 건데요?"

박 사장의 물음에 관리소장이 웃었다.

"아니, 내가 소문 좀 부풀렸지. 건물주한테 귀신을 본 게 한두 사람이 아니다. 가발가게에 뭐 사람도 없는 물건이 저절로 떨어지기도 하더라. 이러다 귀신 나온다고 소문 퍼지겠다. 임차인들 다 걱정하고 있다. 막 그랬거든."

"소장님이?"

"아니, 뭐, 내가 아는 사람 중에 악사꾼이 하나 있단 말이야, 무당이 굿할 때 옆에서 북치는 사람. 건물주한테 굿이나 한판 벌이자 한 다음에, 그 악사꾼하고 나하고 거기서 얼마를 좀 떼서 먹으려고 했지. 근데 이노무 건물주가 인테리어 업체를 데리고 오대? 무슨 퇴마 인테리어인가 뭐시기인가 와가지고 인테리어를 바꿔서 퇴마를 할 거라고, 내 평생 그런 사기꾼들은 또 처음 봤다니까."

"뭐로 퇴마를 한다고요? 인테리어 시공으로? 하하, 거 참, 인테리어는 우리도 하는 건데, 그러면 다 퇴마사 하지."

"그러니까 내 말이. 누가 봐도 사기잖아, 그래서 내가 그 사기꾼 놈에게 어차피 사기 치는 거 좀 나눠 갖자. 상부상조하자고 했더니만 뭐 자기들은 그런 거 안 한다나? 웃기지? 요새는 어떻게 된 게 사기꾼들이 신념 타령 많이 하더라."

"하하하, 아주 그냥 우리 관리소장님께서 사기꾼 참교육을 시켜주셨네."

"그렇지, 그렇지."

박 사장이 아부를 하자, 관리소장은 기분이 좋아서 볼을 발그레 물들이고는 고개를 끄덕였다.

"아, 그래서 말인데. 어차피 타일 모자라지?"

"모자라죠. 여기 복도를 어떻게 남은 걸로 다 해요. 한 절반 조금 하겠다."

"타일 추가 구매한다고 하면서 가격 좀 살짝 높게 해."

"예, 예."

"월에 한 번씩 멀쩡한 전등을 '고장 났다.' 잘 되는 수도꼭지 '물 샌다.' 그러면서 일이만 원 용돈 벌이하는 걸로는 하루 술값도 못 채우는데, 건물주가 알아서 인테리어를 한다고 하니까 내가 얼마나 신이 났는지 몰라. 이번에 박 사장도 좀 더 챙기고, 내 것도 좀 넉넉히 챙겨줘, 알았지?"

"걱정 마십시오. 소장님."

마음이 잘 맞는 걸 확인한 두 사람이 시시덕거리는 사이, 걸레를 빨러 갔던 일꾼이 돌아오고, 작업을 다시 시작하려고 자세를 잡을 새.

4층 복도 전체의 불이 꺼져버렸다.

"뭐야, 이건?"

"누가 전등 스위치 건드렸나?"

관리소장과 박 사장이 불 꺼진 천장을 두리번거리다, 각자 주머니에서 휴대전화를 꺼내 불을 밝혔다.

박 사장이 타일 작업을 위해, 복도 한복판에 쭈그려 앉아 있던 일꾼들을 향해 외쳤다.

"야! 너희 전등 건드렸어?"

"저희가요?"

"저희 여기 전등 스위치 어디 있는지도 모르는데요?"

"그러면 왜 나가는데, 이거?"

박 사장이 괜히 일꾼들에게 짜증을 내며 투덜거리자, 관리소장이 나섰다.

"에헤이, 박 사장, 전기 나간 거야. 지금 봐봐, 가게들 간판불도 다 나갔네."

"그러면 어떻게 한 대요? 여기 배전반이 어디 있죠?"

"비상계단에 있어. 내가 가서 확인하고 올게. 좀만 기다려."

"예, 예."

관리소장이 휴대전화 화면의 불빛을 손전등 삼아, 팔자걸음으로 어기적어기적 복도를 걸어서 비상계단으로 갔다.

복도에 남겨진 박 사장과 일꾼들은 불이 들어올 때를 기다리며, 어두운 복도에 남아 있었는데. 박 사장은 문득 조금 전 착시 현상이 떠올라, 휴대전화 불빛을 비춰가며 다시 한번 가발가게 유리창을 비추었다.

"어디 보자, 여기 서 있는 거였지?"

관리소장이 지정했던 위치에 다시 자세를 잡고 선 박 사장.

위치를 몇 번이나 다시 확인하고는 유리창을 살펴보았다.

복도 불이 다 나간 상태로 휴대전화의 희미한 불빛으로 창문을 비춰보니, 조금 전 그 입간판 속 소주 광고모델의 모습이 정말 더 귀신처럼 보였다.

“허어, 이렇게 보니 진짜 귀신처럼 보인다.”

박 사장이 흐릿하게 비춰지는 모델의 얼굴을 살펴보는 그때.

눈웃음과 함께 미소를 짓고 있던 모델의 눈이 부릅뜨는 눈으로 바뀌었다.

“어?”

박 사장이 고개를 갸웃거리고, 눈을 껌뻑였다.

눈이 좀 침침해서 잘못 보는 건가 싶었다.

이번에는 모델의 얼굴 표정이 굳어졌다. 이윽고 굳은 표정은 매섭게 노려보는 표정으로 바뀌었다.

“…….”

너무 놀라 박 사장은 아무 말도 못 하고, 눈을 동그랗게 뜨고만 있었다.

번쩍-

복도의 전등불이 다시 들어왔다.

복도 전체가 밝아지면서, 유리창에 비치는 모습도 좀 전보다 또렷해졌다.

가발가게 창문에 비친 모델의 얼굴 표정은 변함없이 밝은 눈웃음과 미소로 보이고 있었다.

박 사장은 휴대전화 불빛을 끄고, 안도의 한숨을 내쉬었다.

그러면서 그때 술 취한 취객도 이런 느낌이었을까 싶어, 어느 정도 공감이 들었다.

"눈이 침침하니까, 나 원 별……."

박 사장이 눈을 비비며 웃어 보였다.

어떻게 귀신도 아니고 예쁘장한 광고모델 얼굴에 겁을 먹었나 싶었다.

자신의 한심함에 미소를 지으며, 호프집 앞 소주 광고 입간판을 바라봤다.

눈이 뻘겋게 충혈되어 살기가 가득한 여자가 자신을 죽일 듯이 쳐다보고 있었다.

"우아아악!"

박 사장이 기겁을 하며 뒤로 쓰러졌다.

입간판 속 모델은 바닥에 쓰러진 박 사장을 내려다보며, 얼굴을 분노로 부들부들 떨고 있었다.

그 모습에선 여자라는 느낌도, 사람이라는 느낌도 들지 않았다.

그것과 눈이 마주치는 순간 바로 알 수 있었다.

"귀, 귀신이야!!!"

박 사장이 소리를 꽥 지르며 바닥에 자지러졌다.

복도에 있던 일꾼들이 깜짝 놀라, 박 사장에게 다가갔다.

"뭐야? 왜 그래요?"

"사장님, 괜찮으세요?"

일꾼 중 한 명이 박 사장의 시야에서 입간판을 가리며 섰다.

이에 박 사장이 불같이 화를 내며 외쳤다.

"네 뒤에! 뒤에! 뒤에 있잖아!!!"

"예? 뒤요?"

"뒤에 있다고!!!"

해당 일꾼이 뒤를 돌아봤다.

그러면서 옆으로 비켜섰는데, 입간판 속 광고모델은 언제나와 같이 밝은 미소로 서 있을 뿐이었다.

그 시선과 미소는 바닥에 쓰러져 있는 박 사장 근처에도 향해 있지 않았다.

"아니, 사장님. 이거 보고 귀신이라고 하신 거예요?"

"그게 날 쳐다보고 있었어! 쳐다보고 있었다고!"

"저게요?"

박 사장의 말에 두 일꾼은 그냥 황당해서 헛웃음을 지을 뿐이었다.

그때 복도 저편에서 관리소장이 팔자걸음으로 다가오다가, 바닥에 쓰러져있는 박 사장을 발견하고는 빠른 걸음으로 다가왔다.

"뭐야, 무슨 일이야?"

관리소장이 다가오며 묻자, 일꾼 중 하나가 어처구니없어하는 말투로 대답했다.

"우리 사장님, 귀신 보셨답니다."

"뭘 봐?"

"귀신이요, 귀신."

"아니, 박 사장. 이게 무슨 말이야?"

가까이 다가온 관리소장이 어리둥절한 얼굴로 자신을 내려다보며 묻자, 박 사장은 낯이 창백하게 변하더니, 눈가에 눈물이 그렁그렁한 상태로 벌떡 일어섰다.

"소장님, 저 갈게요."

"응?"

"저 좀 가서 쉬고 내일 올게요. 여기 작업은 애들이 다 할 줄 아니까, 맡기고 저는 일단 가겠습니다."

"아니, 갑자기 뭔 소리야?"

관리소장이 박 사장의 팔을 잡으며 말렸지만, 박 사장은 뿌리치더니 일방적으로 말하고는 복도를 걸어가기 시작했다.

"저 쉬어야 될 것 같아요."

"박 사장, 박 사장!"

"나중에 연락드리겠습니다!"

박 사장이 그렇게 가버리고, 관리소장은 허탈해하며 박 사장이 사라진 복도 끝을 바라보다가, 일꾼들에게 재차 물었다.

"뭐 어떻게 된 겁니까?"

"아니, 복도에 불 켜지니까 갑자기 소리 지르고 쓰러지시더니, 귀신 나타났다고 하시던데요?"

"귀신이 어디 나왔는데요?"

"이거요. 이거."

일꾼들이 호프집 앞에 소주 입간판 속 여자모델을 가리켰다.

흰색 원피스를 입은 모델은 관리소장이 알고 있는 것처럼 언제나와 같이 상큼한 눈웃음과 미소를 그리고 있었다.

"아니, 이걸 보고 귀신이라고, 나 원 참, 사람이 알고 보니 완전히 겁쟁이네, 겁쟁이야."

관리소장이 박 사장을 비웃으며 말하자, 일꾼들도 키득거리며 고개를 끄덕였다.

"아이, 뭐……. 박 사장 없어도 오늘 타일 갖고 온 거는 다 붙이고 가야 하니까, 일단 작업은 계속합시다."

"아, 네. 물론이죠."

관리소장이 일꾼들에게 다시 일하라고 지시하고, 일꾼들은 키득거리며 다시 타일을 붙이던 곳으로 향했다.

일꾼들이 다시 작업을 시작하는 걸 확인한 관리소장은, 호프집 앞 입간판 속 모델을 지그시 쳐다봤다.

그리고는 혼잣말을 하며, 코웃음을 쳤다.

"이런 귀신이면, 감사합니다, 하고 상전을 모시듯 하겠구먼."

관리소장 입장에선 그간 박 사장이란 사람을 나름 알고 지냈다고 생각했는데, 귀신 얘기 좀 들었다고 저렇게 호들갑을 떠는 겁쟁이였다는 걸 알게 되니, 사람이 그렇게 한심하게 느껴질 수 없었다.

관리소장은 괜히 입간판 속 모델 얼굴을 주먹으로 살짝 치고, 일꾼들에게로 갔다.

모델의 눈동자가 관리소장을 따라 움직였다.

작업을 하고 있는 일꾼들에게 돌아간 관리소장은 하품을 크게 하고는 말했다.

"나는 밑에 관리사무소에 있을 테니까, 작업 다 하면 거기 들렀다 가요."

"예, 알겠습니다. 소장님."

일꾼이 답하자, 관리소장은 특유의 어기적거리는 팔자걸음으로 상가 승강기가 있는 곳으로 향했다.

관리소장이 가자, 일꾼들은 곧바로 자기 사장과 관리소장 험담을 시작했다.

"지들은 손가락 까딱 안 하고, 일은 우리가 다 하는데 잘난 척은 겁나 하네."

"나이도 별로 차이 안 나는데 말이야. 반말 찍찍하더니, 처음에 그 전등불 좀 잠깐 꺼졌다고 기겁을 하고 짜증 내는 꼬라지 봤지?"

"그렇게 겁이 많으니까 지 혼자 귀신 봤다고 그 난리지."

"사장은 보면 볼수록 정신이 좀 이상한 것 같아."

"에휴, 나도 돈 빨리 모아서 내 사업해야지. 언제까지 이래야 되는지."

"근데 여기 관리소장도 은근히 싸가지가 없더라. 지가 우리 사장이야, 뭐야."

"그렇지? 오늘 처음 보는데, 관상을 보니까 딱 얼굴에 욕심 가득하고, 잘난 척하는 인간상이더라."

두 사람이 구시렁구시렁하는 사이.

걸레질하던 일꾼의 걸레가 어느새 물기를 잃어, 걸레질을 할 때마다 서걱서걱 모래 쓸어내는 소리를 내기 시작했다.

"걸레 빨아 올게."

걸레질하던 일꾼이 앓는 소리를 내며 일어나, 복도 저편에 있는 화장실로 향하고, 타일을 붙이던 일꾼은 말없이 바닥에 본드를 바르고, 타일을 붙이고 있었다.

그렇게 서너 장 붙이고 있으니,

딱!

복도 불이 또 꺼졌다.

"뭐고, 이거."

타일을 붙이던 일꾼의 동작이 멈췄다.

작업을 계속하고 싶어도, 보이지를 않으니 할 수가 없었다.

깜깜한 복도에 홀로 쭈그리고 앉아 있던 일꾼은 천장과 복도를 둘러보았지만, 빛은 한 줄기도 보이지 않았다.

일꾼은 손에 들고 있던 접착제와 타일을 옆에 내려놓고, 화장실 쪽을 향해 큰 소리로 외쳤다.

"불 또 나갔다! 불 좀 켜봐!"

혹시 안 들리나 싶어서, 일꾼은 화장실 쪽을 향해 다시 한번 외쳤다.

"비상계단 가서 불 좀 켜봐!"

하지만 화장실 쪽 방향에서는 아무런 답변도 없었고, 일꾼은 하는 수 없이 주머니에서 휴대전화를 꺼냈다.

손에 들고, 전원 버튼을 살짝 눌러 휴대전화 화면을 켰는데.

약한 빛을 내뿜고 있는 휴대전화 화면 위로 검은 실 같은 게 몇 가닥 내려와 있었다.

"이게 뭐지?"

일꾼은 화면 위에 그 실들을 엄지로 살짝 치워봤지만, 화면 위에 살포시 내려앉는 검은 실은 점점 그 가닥 수가 늘어나며, 허공에서 내려오는 느낌이 들었다.

일꾼은 실의 근원을 찾아, 휴대전화를 뒤집어 화면을 앞으로 향하게 한 뒤, 자신의 얼굴 높이로 들어 올렸다.

X

“걸레 빨아 올게.”

일꾼은 앓는 소릴 내며 일어섰다.

그리고는 복도 저편에 있는 화장실로 향했다.

화장실 걸레싱크에 손에 들고 있던 걸레를 툭 던져 넣고, 수도꼭지에 물을 틀었다.

고무장갑을 끼고 있었지만, 수도꼭지에서 나오는 찬물의 냉기는 고무장갑을 뚫고 손에 그대로 느껴졌다.

벅, 벅, 벅, 벅.

수도꼭지에 걸레를 이제 겨우 몇 번 헹구기 시작한 찰나였다.

뚝-

화장실의 전등불이 꺼졌다.

일꾼은 걸레 빨던 행동을 멈추고, 걸레싱크에서 손을 뺐다.

그리고는 화장실 천장을 잠깐 훑어보고, 입구 쪽을 쳐다봤다.

그나마 화장실은 내부에 작은 창문이 하나 있어서, 바깥의 불빛이 옅게 들어와서 그렇게 어둡지는 않았지만,

복도는 칠흑같이 깜깜한 게 또 전기가 나간 모양이었다.

“전기 또 나갔나 보네.”

일꾼이 작게 중얼거리자, 마침 저 멀리서 동료가 외치는 소리

가 들려왔다.

뭐라고 하는지는 잘 안 들리지만, 전기 내려갔다고 올리라는 소리로 들렸다.

하지만 일꾼은 동료에게 대꾸하지 않았다.

"나도 깜깜한데, 나보고 불을 키라고 그래. 내가 지 아랫사람인 줄 아나?"

작게 구시렁거린 일꾼은 계속되는 동료의 외침을 묵살하고, 다시 걸레싱크 앞에 섰다.

"이거 다 빨고 켜준다. 기다려라."

일꾼은 걸레싱크에 두 손을 넣고, 안에 있던 걸레를 붙잡아 빨기 시작했다.

대충 몇 번 치대고 말 생각이었는데.

벅, 벅, 벅, 벅.

"?"

고무장갑 너머로 느껴지는 걸레의 감촉이 뭔가 이상했다.

걸레의 결이 자꾸 바스라지고 갈라지는 게 느껴졌다.

일꾼은 무심코 손에 쥔 걸레를 들어서 펼쳐봤다. 창문을 통해 들어오는 빛에 비춰볼 생각이었다.

활짝 펼쳐본 걸레는 길고 검은 여러 개의 실로 되어 있었다.

그리고 그 가락들 모두, 걸레싱크 안쪽에서 뻗어 나오는 형태로 되어 있었다.

"……어, 아?"

머리카락들이 뻗어 나오고 있는 중심, 그 중심이 서서히 싱크 밖으로 올라오더니, 일꾼의 얼굴 높이까지 올라왔다.

[우우우우우---!!!]

X

"크어어어어."

관리소장은 관리사무소에 있는 의자 여러 개를 일렬로 놓고 누울 자리를 만들어 놓은 다음, 팔짱을 끼고 누워서 코를 골며 자고 있었다.

관리사무소에 있는 CCTV 모니터 화면에는 4층에 불이 다시 켜져 있었지만, 작업을 하는 일꾼들의 모습은 전혀 보이지 않았다.

"크어어, 크어, 컥컥."

자신이 코 고는 소리에 잠깐 잠에서 깬 관리소장은, 손으로 코를 몇 번 훔치고는 다시 팔짱을 끼고, 다시 숙면에 돌입했다.

그때였다.

사무실 밖에서 누군가 달음박질하는 소리가 들려왔다.

발소리가 어찌나 큰지, 사무실 안에 메아리처럼 울려 퍼졌다.

발소리에 관리소장이 인상을 찌푸리며 눈을 뜰 새, 누군가 관리실 문손잡이를 붙잡더니 강제로 열려고 시도했다.

철컥, 철컥, 철컥!

"뭐, 뭐야?"

관리소장이 놀라, 벌떡 일어났다.

이어 밖에 있는 누군가가 문을 두들기며 외쳐댔다.

"소, 소장님! 문! 무운!"

관리소장은 살짝 겁이 나서, 문밖을 향해 외쳤다.

"누, 누구십니까!?"

"문 열어주세요! 빨리!"

관리소장은 문을 열까, 말까 고민하다가, 문의 잠금장치를 풀었다.

그러자마자 문이 벌컥 열리며, 복도에서 타일 붙이는 일을 하던 일꾼이 창백한 얼굴로 홱 하고 쏜살같이 들어왔다.

"뭐, 뭔데, 왜?"

관리소장이 당황해서 물었다.

일꾼은 곧장 구석으로 가더니, 쪼그리고 앉아서 벌벌 떨며 손으로 밖을 가리키며 말했다.

"귀, 귀신, 귀신 나왔어요! 귀신!!!"

"뭐, 귀신?"

관리소장이 황당해하며 반문했다.

"아니, 아까 그 소주 광고모델 보고 그래?"

"그게 아니야, 진짜 귀신이라니까!"

일꾼이 사시나무처럼 벌벌 떨며 외쳤다.

관리소장이 허리춤에 손을 올리고는, 이마에 핏대까지 세우고 화난 얼굴로 외쳤다.

"박 사장부터 시작해서 다들 돌아가면서 이게 뭐하자는 짓인데, 지금?!"

X

서울 성북구 정릉동에 위치한 퇴마 인테리어 건물.

2층 사무실 안 소파에 누워 담요를 덮고 잠을 자고 있던 주영이, 휴대전화 알람소리에 부스스 일어났다.

주영이 담요를 걷어내고, 소파에 앉았다.

담요를 치우자, 잠옷 대신에 주영이 입고 있던 파란색 트레이닝복이 모습을 드러냈다.

눈을 비비고 정신을 차린 주영은, 휴대전화를 들어 시간을 확인했다.

오전 10시 30분인 걸 확인한 주영은 맨발에 삼선 슬리퍼를 챙겨 신고는 휴대전화와 지갑, 열쇠를 챙겨 사무실 밖으로 나왔다.

사무실 문을 잠그고, 2층 외부 계단을 내려온 주영은 잠이 덜 깬 얼굴로 바로 옆에 있는 교회로 향했다.

교회 정문으로 들어간 주영은 1층 계단 옆 남자화장실로 들어갔다.

세면대 앞에 선 주영은 찬물로 얼굴 세수를 시작하고, 곧바로 머리도 같이 감기 시작했다.

세면대 옆에 비치된 수건으로 물기를 닦은 주영은, 개운함에 아저씨 같은 감탄사를 내지르며 화장실을 나왔다.

그렇게 화장실을 나오니, 마침 머리가 반쯤 벗겨진 중년의 뚱뚱한 남자 전도사가 화장실로 들어가려고 이쪽으로 오고 있었다.

"안녕하세요."

주영이 먼저 인사를 하자, 전도사도 답인사를 해왔다.

"어, 그래. 잘 지내지?"

"예."

"주영아, 그러고 보니 너한테 말할 게 있었는데."

"네?"

"우리 집 아파트 현관문이 잘 안 닫히는데, 나중에 시간 날 때 한번 와서 봐줄 수 있어?"

"물론이죠, 오늘 오후에 한번 봐드릴게요."

"그래, 고맙다."

전도사가 웃으며 화장실로 들어가고, 주영은 자연스럽게 교회 밖으로 다시 나가려 했는데, 뒤에서 방금 전 그 전도사가 주영을 불러 세웠다.

"야, 주영아."

"예?"

"교회 화장실에서 머리 감고 그러지 말라니까."

전도사가 눈살을 찌푸리며 짜증이 난 얼굴로 주영에게 말했다. 그리고는 손에 들린 축축한 수건을 주영에게 보여줬다.

방금 전 주영이 머리를 말릴 때 쓴 수건이었다.

"여기 수건은 손 씻은 사람들 닦으라고 두는 거야. 이렇게 축축해지면 수건을 또 갈아야 하잖아, 이거 새벽 예배 끝나고 갈은 건데."

"아, 죄송합니다."

"씻는 건 집에 가서 씻고 와. 너 또 사무실에서 잤니?"

"예, 예."

"조금 있으면 주일 대예배 시간인데, 너 그 옷차림으로 예배드릴 건 아니지?"

전도사가 축축한 수건을 든 손으로 주영의 옷차림을 지적했다.

이에 주영이 맨발에 슬리퍼, 거기에 파란색 트레이닝복 차림인 자신의 모습을 슬쩍 내려다보고 머쓱해하며 말했다.

"아니요, 이제 집에 가서 갈아입으려고요."

"어차피 집에서 갈아입을 거면, 집에 가서 씻지."

"죄송합니다."

"얼른 가서 갈아입고 와."

전도사가 주영을 한심하게 바라보다 수건을 펄럭펄럭 흔들며 화장실 안으로 다시 들어갔다. 주영은 그런 전도사의 뒷모습을 향해 고개 숙여 인사를 하고, 교회 밖으로 나왔다.

"아이 씨, 바로 걸리네."

주영은 구시렁거리며 근처 지하철역으로 향했다.

그리고는 지하철역으로 내려가서, 대합실을 지나 반대편 입구로 다시 나왔다.

주영이 향하고 있는 곳은 근처에 있는 부모님 집이었다.

주영의 부모님은 같은 정릉동에 있는 3층짜리 신축 빌라에 살고 있었다.

빌라 건물 자체가 주영 부모님 소유였고, 3층에 살면서 2층과 1층은 월세를 내놓아, 세를 받고 있었다.

주영의 아버지는 목사 목회활동을 하기 전 부동산 투자에 관심이 있었고, 서울에만 교회 건물을 비롯해 빌라 다섯 채를 더 가지고 있었다.

그 외에 지방에도 땅과 건물을 몇 채 더 가지고 있었는데, 대부분은 친척들에게 나오는 세의 일부를 주고, 관리를 맡겨놓고 있었다.

간략하게 말해, 주영의 부모님은 부자였다.

그렇지만 주영의 부모님은 평소 그런 티를 내고 사시는 분들이 아니었고, 또 후에 개신교 성직자인 목사의 길로 들어서며 평소 검소하게 살고 있었는데, 이는 주영에게도 많은 영향을 주었고, 주영 자신도 자신이 부잣집 아들이라는 자각이 없이 사는 계기가 되었다.

그 덕에 주영의 친구들도, 퇴마 인테리어의 사무실 건물과 그 부지가 주영의 부모님 소유라는 사실을 알고 있음에도, 정작 주영을 보고 부잣집 아들이라고 생각하는 친구는 한 명도 없었다.

일요일 오전부터 서울 주택가 골목길을, 파란색 트레이닝복 차림으로 맨발에 삼선 슬리퍼를 질질 끌면서 걸은 주영은, 부모님이 사는 빌라 앞에 도착해 한숨을 한 번 내뱉었다.

빌라 입구 옆 주차장을 힐끗 보니, 부모님 승용차 2대 중 아버지 차량만 없었다.

집에 어머니가 계신다는 뜻이었다.

주영은 미간을 찌푸리고 코로 숨을 길게 내뿜었다.

체념한 주영이 빌라 입구로 들어가, 계단을 올라 3층 문 앞에 섰다.

그리고는 전자 도어락에 비밀번호를 입력하고 문을 열었다.
덜컥-
안에서 문의 걸쇠가 걸려 있었다.
주영은 입술을 앙다물고 눈을 질끈 감았다.
"누구세요~!"
안에서 어머니의 목소리가 들려왔다.
주영은 서둘러 자기 왼손에 끼워져 있던 지혜와의 커플링 반지를 빼 트레이닝복 상의 주머니에 넣고, 어머니에게 답했다.
"엄마, 저 왔어요."
"주영이니?"
"예."
열린 문틈 사이로 어머니가 거실을 지나 현관으로 오시는 게 주영에게 살짝 보였다.
이에 주영이 다시 문을 닫자, 안에서 덜컥 소리와 함께 문의 걸쇠가 젖혀지는 소리가 났다.
주영이 현관문을 열자, 교회 나갈 준비를 하고 계셨는지 검은 정장바지에 목티, 정장재킷 차림을 한 어머니가 화가 난 얼굴로서 계셨다.
"너 어제 집에 왜 안 들어왔어?"
"문자 보냈잖아요, 너무 피곤해서 사무실에서 잘 거라고요."
주영이 현관으로 들어와, 슬리퍼를 벗고 거실로 들어섰다.
"아버지는요?"
"네 아버지는 새벽 예배드리고 나서부터 교회에 계시지."

"엄마는 교회 아직 안 가도 괜찮아요?"

"너 만나고 가려고 했지."

주영이 거실을 지나 자기 방으로 향하자, 그 뒤로 어머니가 따라 들어왔다.

"아침밥은 먹었어?"

"조금 있다가 아침 겸 점심으로 먹어야죠."

"그러면 점심 먹고 엄마랑 같이 오후에 어디 좀 가자."

"예?"

자기 방에 들어와, 트레이닝복을 벗어서 옷장 옷걸이에 걸어두던 주영이 동작을 멈추고 어머니를 돌아봤다.

"어디를 가요?"

"최명필 목사님이라고 알지? 여의도에서 교회 하시는."

"예, 예. 들어본 적 있어요. 예전에 기독교 방송에 나오신 분 아니에요?"

"그분한테 딸이 둘 있는데, 거기 둘째가 너랑 나이가 비슷해. 한번 만나서 차라도 같이 마셔봐."

"안 가요."

어머니의 말에 주영은 시큰둥한 반응을 보이며, 옷장에서 교회 갈 때 입을 정장을 꺼냈다.

그러자 어머니가 주영의 엉덩이를 손으로 찰싹 한 대 때리며 화를 냈다.

"엄마가 얘길 하는데 얼굴 보지도 않고, 대충대충 대답할래?"

"아, 엄마. 나 옷 갈아입잖아."

"자, 그 애 사진 한번 보고 생각을 해봐."

주영이 뒤를 돌아보니, 어머니가 자신의 휴대전화 화면에 최명필 목사의 둘째 딸 얼굴 사진을 띄워놓고 보여줬다.

단발머리에 귀여운 얼굴상의 여성이었다.

하지만 주영은 입고 있던 트레이닝복 바지를 벗어서, 자기 방 침대 위로 던지며 말했다.

"내 스타일은 아니다."

"왜에, 예쁘기만 한데?"

"예쁜데, 내 스타일은 아니야."

"야, 그러지 말고 일단 만나봐. 만나서 얘기를 나눠보면."

어머니가 휴대전화 화면을 계속 주영의 얼굴 쪽으로 들이밀며 말하자, 주영이 고개를 홱 돌리며 양복바지를 입기 시작했다.

"나 오늘 바빠요, 오늘 점심 먹고 나면 교회 박준 전도사님이 현관문 좀 고쳐달라고 해서 거기 가봐야 해요."

"거짓말할래?"

"거짓말 아니야, 못 믿겠으면 교회 가서 전도사님한테 직접 물어봐."

주영의 얘기에, 어머니는 아쉬워하는 얼굴로 휴대전화 속 여성의 사진을 물끄러미 바라보다, 이내 재킷 주머니에 휴대전화를 도로 넣었다.

"그러면 언제 시간 되니? 일단 약속부터 잡자."

"엄마~."

주영이 질려 하는 얼굴로 어머니를 바라봤다.

"시간의 문제가 아니고, 내 스타일이 아니라니까. 아들 스타일에 맞는 여성을 데리고 좀 와보세요. 그러면 나도 신이 나서 만나러 가지. 아들 취향이 아니잖아."

"아니, 사진만 보고 네 취향인지 아닌지 어떻게 알아?"

"왜 몰라? 사진만 봐도 귀엽게 보이려고 애쓰면서 찍었는데. 나는 애교 부리는 여자 별로 안 좋아해. 난 쿨하고 지적이고 섹시하고 내조도 잘해주고 신앙심도 있고 그런 여자가 좋아요. 그런 여자 알아보고 있으면 알려주세요, 어, 머, 님."

"아이고, 꼴에 눈도 높다. 눈도 높아."

"높아야지, 엄마는 아들이 아무 여자나 만나서 사귀면 좋겠어?"

주영이 셔츠를 입고, 넥타이를 매면서 능청스럽게 반문했다.

그러자 어머니가 화를 내며 주영의 팔을 찰싹찰싹 두 대 때렸다.

"엄마 다 늙어서 죽기 전에 결혼할래? 엄마가 손주는 보고 죽자. 어떻게 아들래미 하나 딱 있는데, 여자를 안 만나려고 그러냐?"

"안 만나는 게 아니라니까요."

"야, 그냥 엄마가 소개해 주면 '예, 알겠습니다.' 하고 그냥 일단 만나."

"엄마가 소개해 준 여자들 다 내 취향이 아니고 엄마 취향이잖아."

"얼씨구, 핑계는. 너 그러면 대체 연애는 언제 하려고, 너도 금방이다? 잠깐 눈 깜빡이면 중년 아저씨야. 그때는 네가 좋다고

해도 여자들이 너 싫다고 해. 알아?"

"나중 일은 나중 가서 생각하면 됩니다."

주영이 침대에 걸터앉아 검정색 양말을 꺼내 신으면서 말했다.

그러자 주영의 어머니는 주영이 입으려고 꺼낸 양복 정장재킷을 주영의 얼굴로 집어 던졌다.

"엄마가 말하는데, 계속 건방 떨며 말할래?"

"아, 엄마, 폭력 좀 쓰지 마요."

"성경에 보면 하나님께서 인간을 보고 생육하고 번성하라고 하셨어. 그러니까 네가 지금 이러는 것도, 다 하나님 볼 때는 불순종하는 거야, 알아?"

"아브라함의 아들 이삭이 사라를 아내로 맞이하고, '다 늙어서 애를 이젠 못 갖겠다.' 할 때, 하나님이 애를 낳으리라 하니까, 사라가 애를 낳았죠? 이 사실을 믿으세요, 어머니?"

주영이 양말을 다 신고, 어머니가 던진 양복 정장재킷을 펴서 입으며 말했다.

이에 어머니가 뾰로통한 얼굴로 주영을 보며 답했다.

"……믿지."

"그러면 아들이 늦게 여자를 만나도, 생육하고 번성하는 건 하나님 말씀만 있으면 되니까, 아무 문제가 없는 겁니다. 아시겠죠?"

"아이고, 그래서 이삭처럼 부모님 다 죽고 나면 손주를 낳으시겠다 이거세요?"

어머니가 팔짱을 끼고, 주영에게 물었다.

"너 왜 그래? 왜 자꾸 엄마가 하는 말에 능청 떨면서 거절만

하는 건데? 뭐야? 사실대로 말해. 재 때문에 그러는 거야?"

주영의 어머니가 컴퓨터 책상 쪽을 턱으로 가리켰다.

그 책상 위에는 주영과 지혜, 민규, 수혁, 수연이 다 함께 폐가 앞에서 인테리어 작업 전에 찍은 사진이 작은 액자에 담겨 있었다.

어머니랑 싸울 것 같아서 최대한 좋게좋게 웃으면서 넘어가려던 주영도, 이번에는 웃음기를 살짝 잃고 말았다.

"무슨 말이에요?"

"이지혜, 재야? 아직도 걔 못 잊어서 그래?"

"……엄마 눈에는 아들이 그렇게 지고지순한 사람처럼 보여요? 거 참."

주영이 다시 애써 웃으면서 침대에서 일어났다.

"걔 떠나보낸 지가 언제인데요, 엄마는 아들의 인성을 너무 좋게만 평가하나 봐."

"그래? 그러면 저 사진 엄마가 치워버려도 되지?"

주영의 어머니가 대뜸 컴퓨터 책상 쪽으로 가더니 사진 액자를 집어 들었다.

그러자 주영이 서둘러 가서 이를 제지했다.

"뭐해요?"

"뭐하긴 나중에 다른 여자애 사귀어서 집에 왔는데, 남자친구 집에 다른 여자애 사진 있어봐라. 안 좋겠지."

"그게 무슨 말씀이세요, 이 사진은 내 친구들이랑 같이 단체로 찍은 거예요. 지혜랑 단둘이 찍은 사진도 아닌데 왜 치워요."

“그러면 친구들이랑 찍은 다른 사진으로 바꾸든가 해, 불길하게 하필 예전에 죽은 애 찍혀 있는 사진 방에 놔두지 말고. 이거는 엄마가 버린다.”

“엄마.”

어머니가 사진을 집어 들고 거실로 나가자, 주영이 따라가서 이를 힘으로 뺏었다.

그러자 어머니가 굳은 얼굴로 주영을 추궁하기 시작했다.

“너, 맞지? 아직도 걔 맘에 두고 이러는 거지?”

“…….”

“언제 철들래? 언제 철들어. 너, 잔말 말고 최 목사님 둘째 딸 이번 주 안에 만나. 알았어?”

“내가 알아서 해요, 내가 알아서 한다고요. 내가 만나고 싶은 사람 생기면 내가 알아서 만나요. 그러니까 좀 그만하세요.”

주영이 화난 얼굴로 어머니에게 말했다.

“다시는 제 물건 어머니 멋대로 버리네 마네 하지 마세요, 만약 한 번만 더 그러시면 그때는 저도 가만히 안 있을 거예요.”

“뭐 어쩌시게? 아이고, 자식새끼 힘들게 키워놨더니 죽은 여자애 하나 때문에 엄마를 협박하네. 어머, 어머, 사탄마귀가 역사를 하나 보다. 사탄마귀가 역사를 해. 아이고, 하나님.”

주영은 어머니의 비아냥에 대꾸도 하지 않고, 다시 방으로 들어가, 사진액자를 컴퓨터 책상 위에 다시 올려놨다.

사진 속에서 환한 미소를 짓고 있는 지혜의 얼굴을 바라보니 한숨이 절로 나왔다.

그때, 주영의 휴대전화 벨이 울리기 시작했다.

발신자는 방석호 한소레 부동산 사장이었다.

"네, 여보세요?"

주영이 차분하게 인사를 건넸다.

전화기 너머에서 방석호 부동산 사장이 무안해하며 주영에게 용건을 꺼내왔다.

이에 주영은 알겠다고 답하고, 전화를 끊었다.

통화를 끝내자, 주영의 방 앞에서 어머니가 서서 팔짱을 끼고 말해왔다.

"주영이 너 먼저 내려가서, 차에 시동 걸고 엄마 기다리고 있어. 엄마는 잠깐 기도 좀 드리고 내려갈 거니까."

"저 일 있어서 오늘 예배 못 드려요, 운전 직접 해서 가세요."

"야!!!"

주영이 어머니 옆으로 지나치자, 어머니가 손으로 주영의 팔을 꼬집고 때리면서 소리쳤다.

"네가 엄마한테!"

"진짜 엄마 때문에 집에 들어오기 싫다고!"

주영이 인상을 찌푸리며 외쳤다.

"아버지가 새벽 예배드리고 나서, 엄마는 집으로 돌아오는데, 아버지는 왜 같이 안 오는지 몰라요? 아버지가 목사라서 그러는 것 같아요? 남편도 아내랑 같이 안 있으려고 하는 거잖아. 내가 아버지였어도 엄마랑 같은 자리에 안 있을 거야."

"야, 김주영!"

"사람이 웃으면서 말을 하면 거기서 눈치껏 알아듣고 멈춰야지. 왜 계속 선을 넘는 건데요? 나는 어떻게든 엄마랑 안 싸우려고 하는데, 엄마는 계속 자기 말만 맞다고 하고."

주영이 쌓인 울분을 토하듯이 말했다.

"아침부터 자식 속을 이렇게 뒤집어 놓는데, 아들이 교회 가서 다른 성도분들 앞에서 어떻게 화목한 척, 평안한 척, 하나님 성전에 앉아 예배드리겠어요? 나는요, 하나님 앞에 최소한 창피해 할 줄은 알아요. 누구랑은 달리."

"하나니임!!! 저희 아들이 귀신 사탄이 들려서 이런 나쁜 말을 쏟아냈습니다."

어머니는 주영의 말을 듣자마자, 눈을 감더니 다급히 기도를 하면서 외쳤다.

"저희 아들을 용서해 주시옵고, 저 마음속에 있는 사악한 악귀를 주 예수 그리스도의 이름으로 내쫓아 주시옵소서, 부모에게 불순종하는 저 사탄마귀가 저희 김주영이의 영혼을 더럽히지 않도록 보호해 주시옵소서."

주영은 자신이 한 말에 제대로 된 변명조차 못 하고, 기도를 빙자한 비난으로 도망친 자신의 어머니를 한심해하는 얼굴로 쳐다보고는 고개를 내젓고, 현관으로 향했다.

그리고는 신발을 신으며, 아직도 기도를 빙자한 비난을 쏟고 있는 자신의 어머니에게 들리도록 말했다.

"예배드릴 옷 갈아입으러 왔는데, 누구 덕분에 정작 예배를 못 드리겠네요."

주영은 그대로 현관을 나섰고, 착잡한 기분으로 계단을 내려왔다.

예배를 드리러 안 가면, 분명 아버지가 나중에 뭐라 하시겠지만, 지금은 어머니와 잠시도 함께 있고 싶지 않았다.

예전에는 이렇지 않았는데, 지혜가 죽고 나서부터 어머니는 마치 기다렸다는 듯이 돌변하여 저런 태도를 계속 보이고 있었다. 딱히 지혜를 싫어했던 건 아닌 것 같고, 그저 아들이 빨리 누구라도 상관없으니 여자를 만났으면 하는 생각밖에 없는 모양이었다.

어머니 성격 자체가 자신이 옳다고 생각하는 부분이 있으면, 그 부분에 집착에 가까운 행동을 보이시는 유형이었다.

그 때문에 주영과 어머니의 관계는 거의 만나면 싸우는 지경에 이르고 있었다.

주영은 왔던 길을 되돌아가, 교회를 그대로 지나서 퇴마 인테리어 사무실 건물로 향했다.

그리고는 1층 차고의 문을 열고, 밴 운전석에 올라탔다.

오후에 전도사님 집 현관을 고쳐주기로 했으니, 잠깐 한두 시간 정도는 현장을 보고 올 수 있었다.

안 그래도 어머니 일 때문에 속도 상했는데, 마침 일이 들어왔다는 것에 감사하며 주영은 차에 시동을 걸었다.

3막

민규는 막을 수 없다

"여보세요?"

민규는 주영으로부터 갑자기 전화가 와서 조금 놀란 기분으로 전화를 받았다.

"어, 나? 여기 성당. 가족들이랑 미사 보러 왔지."

경기도 지방 도시에 있는 한 작은 성당.

이 성당이 위치한 도시에는 민규의 가족들이 살고 있었다.

잠깐 정민규의 가족사에 대해 간단히 설명하자면.

우선 민규의 아버지는 트럭 운전을 하셨는데, 민규가 유치원을 다닐 때 교통사고로 돌아가셨다. 트럭을 몰다 사고를 당하신 건 아니었고, 새벽 일찍 일하러 트럭이 주차된 곳으로 향하시다가 음주운전 차량에 치이셨다.

민규의 어머니는 젊을 때부터 지금에 이르기까지 간호조무사로 일을 쭉 해오고 계셨고, 아이들을 성인이 될 때까지 훌륭하게 키워내셨다.

민규의 위로는 형이 둘 있는데, 첫째 형 현규는 몇 달 전에 이혼하고 혼자 살면서, 서울에 있는 IT중소기업을 다니고 있었다.

둘째 형 준규는 근무하고 있던 물류센터의 직장 동료와 눈이 맞아 일찍 결혼해서, 밑으로는 벌써 유치원을 다니는 딸아이가 하나 있었다.

마지막으로 민규 밑으로는 태어나지 못했지만 여동생이 하나 있었다.

아버지가 사고를 당하실 때, 어머니는 여동생을 임신 중이셨다. 그때 사고소식을 듣고 혼절하셨고, 유산이 되고 말았다.

결국, 집에 막내 자리를 유지하게 된 민규는 철부지 개구쟁이로, 어머니와 형들의 사랑을 독차지하며 자라게 됐다.

현재는 민규만 서울에서 자취를 하며 혼자 살고 있었는데, 일요일에 가족 모임이 있어 잠깐 가족들과 함께 시간을 보내고 있는 참이었다.

그렇게 민규는 가족들과 성당 미사를 보러 왔다가, 미사 중간에 주영으로부터 전화가 와서, 성당 앞 골목까지 휴대전화를 들고나온 참이었다.

"어디? 이천?"

수화기 너머 주영의 얘기를 듣고, 민규가 황당해하는 목소리로 반문했다.

"언제? 지금?!"

민규가 성당 쪽을 힐끔 쳐다보고는 말했다.

"야, 안 돼. 나 지금 가족들이랑 다 미사드리러 왔다니까……. 미사드리고 오라고? 야 여기서 이천이면……아, 알았어. 알았어. 너 이거 일당으로 쳐야 하는 거 알지? 잠깐 현장 보러 가는 거라도 일당이야."

통화를 마친 민규는 고개를 팍 숙이고, 성당 의자 높이로 몸을 낮춘 상태로 살금살금 기어서 가족들이 앉아 있는 자리로 향했다.

성전 중간 즈음 위치에 앉아 있던 민규의 가족들은, 먼저 둘째 형 준규와 조카, 형수 순으로 앉아 있었고, 그 뒷줄 의자로 어머니와 첫째 형 현규, 민규 순으로 앉아 있었다.

자기 자리로 돌아온 민규가 휴대전화 메모장 기능을 켜서, 글씨를 몇 자 적고는 옆에 앉아 있던 첫째 형 현규에게 보여줬다.

[나 미사 끝나고 일 있어서 감.]

민규가 적은 글을 본 현규는 바로 인상을 찌푸리더니, 고개를 내저었다.

민규가 손가락으로 방금 적은 문장 중 '일'이라는 글자를 톡톡 치면서 가리키며, 형에게 허락을 구했다.

그런데 첫째 형 현규는 그런 민규의 행동을 무시하며, 미사를 진행하고 있는 이사야 신부님의 얼굴만 쳐다봤다.

이에 민규가 휴대전화 화면을 첫째 형 눈앞으로 스윽 들어 올렸다.

그러자, 현규가 복화술을 하듯이 입술만 살짝 움직여, 민규에게 말했다.

"야, 나중에 얘기해."

민규는 들고 있던 휴대전화를 내려놓고, 구시렁거리는 시늉을 하며 앞을 바라봤다.

앞줄에 앉아 있던 조카가 몸을 뒤로 돌리고 민규를 바라보고 있었다.

조카와 눈이 맞은 민규는 울상을 해 보이고는, 손가락으로 옆에 앉은 첫째 형 현규를 가리키며 뭐라뭐라 칭얼거리는 시늉을 했다.

조카가 이에 현규를 바라보더니 순진무구한 얼굴로 웃으며 물었다.

"큰아빠, 무서운 사람이에요?"

"……."

현규는 조카에게 미소 지어 보이며 고개를 내젓고는, 손으로 조카에게 안 보이게 민규의 옆구리를 살짝 때렸다.

미사가 끝나고 난 뒤, 담임신부인 이사야 신부가 성당 마당 입구에 서서 미사에 참석했던 신도들과 인사를 나누고 있었다.

어머니가 천주께 기도를 다 드릴 때까지 함께 성전에 남아 있던, 민규의 가족들이 가장 마지막으로 성전을 나오며 이사야 신부와 안부 인사를 나누게 되었다.

"오랜만에 가족분들 다 오셨네요?"

"네, 가족들 다 같이 모여서 미사 좀 드리자고 왔죠."

어머니가 웃으며 말하자, 뒤에 서 있던 형제들도 이사야 신부에게 인사를 했다.

이에 이사야 신부가 뒤에 형제들을 바라보며 말했다.

"민규 씨는 몇 번 뵈었는데, 다른 형제분들은 처음 뵙는 것 같네요?"

"아, 네. 앞전에 임세웅 신부님 계실 때는 저희도 가끔 왔었는데, 일이 바쁘다 보니 새로 신부님 오시고 나서는 처음 왔네요."

현규가 나서서 민망함에 웃으며 답했다.

이에 이사야 신부가 '아!' 하며 잠깐 놀란 표정을 짓고는, 활짝 웃으며 손을 내밀고 악수를 청했다.

"그러면 제 소개를 먼저 해야 했네요. 이사야 조영현 신부라고 합니다. 반갑습니다."

"아, 네. 장남인 정현규라고 합니다."

현규와 악수를 나눈 이사야 신부는 이어서 곧바로 준규와도 악수를 나누었고, 이어 형수와 어린 자녀하고도 반갑게 악수를 나누었다.

그리고 마지막에는 민규에게로 손을 내밀었다.

"민규 씨도 잘 지내죠? 어때요, 요새 그 일은 잘되고 있어요?"

"물론이죠. 도와주신 덕분에요."

"힘들거나 다친 적은 없고요?"

"그저 재밌게 하고 있습니다."

"그래요, 다행이네요. 뭐, 더 필요하거나 도움이 필요한 게 있으면 언제든지 와요. 도와줄 테니까요."

"네."

이사야가 두루뭉술하게 구마와 관련된 일에 대해 물었으나, 대화를 옆에서 들은 민규의 가족들 모두 의아함이나 의문을 품은 표정은 일절 나오지 않고, 그저 흐뭇해하는 얼굴로 바라만 보고 있었다.

그 모습을 보고 이사야 신부는 가족들 모두, 민규가 하는 일에 대해 알고 있다는 걸 눈치챘다.

"몸조심 잘하세요."

"네, 신부님도 건강하세요."

민규가 고개 숙여 인사를 하고, 민규의 가족들 모두 성당 입구 골목을 나와, 근처에 있는 공영주차장으로 향했다.

가는 길에 준규가 어머니에게 말했다.

"엄마, 점심은 서울로 가서 먹자. 내가 저번에 텔레비전 맛집 나오는 프로그램 봤는데, 갈비구이 하는 덴데, 맛도 있어 보이고 양도 엄청 많이 주더라고."

"점심을 무슨 서울까지 가서 먹니. 가다가 엄마 배고파 죽겠다."

어머니가 인상을 찌푸리며 말하자, 형수가 딸을 끌어안아 들어 올리며 말했다.

"엄마, 서울 관광하는 느낌으로 한번 가요. 점심 먹고 저녁때까지 서울에서 쇼핑도 좀 하고요."

"그래요, 엄마."

둘째 준규의 말에, 첫째 현규도 동의하며 어머니한테 말했다.

"저녁때까지만 있을 필요도 없지, 저번에 서울 실라호텔 거기 괜찮다고 하지 않았어? 엄마 오늘 거기서 아예 하룻밤 주무세요."

"그, 그럴까?"

처음엔 못 내켜 하던 어머니가 호텔 소리를 듣더니, 안색이 바뀌어 입에 미소가 그려졌다.

"거기 아침도 잘 나오고, 좋긴 진짜 좋더라."

"그러면 일단 서울 가서 점심 먹고, 쇼핑 좀 하고, 저녁 먹고, 호텔 가서 방 잡으면 되겠네요."

형수가 딸을 남편에게 넘겨주며 말했다.

준규는 딸을 받아, 비행기를 태워주며 딸과 놀아주기 시작했다.

그때, 민규가 손을 들고 말했다.

"나는 아까 큰형한테도 말했는데, 나 지금 바로 일하러 가봐야 해서 빠질게요."

"야, 너는!"

현규가 짜증을 내며 말했다.

"오랜만에 가족들 다 같이 쉬는 날 겹쳐져서 모인 건데, 그걸 또 빠지려고 그러냐?"

"아니, 일이 들어왔으니까, 일하러 가봐야지."

"막내야, 너는 어차피 가고 싶을 때 일 가고, 쉬고 싶을 때 쉬어도 되잖아. 오늘은 그냥 쉬어."

준규가 현규를 거들며 말하자, 민규가 고개를 갸웃거리며 둘째 형에게 반문했다.

"엥? 그거 나한테만 적용되는 말은 아닐 텐데. 솔직히 형들도 이제 직장 그만두고 쉬어도 되는데, 직장 일 계속하고 있으면서 그러네."

"야, 우리는 일 계속해야지. 자식이 있는데 어떻게 그만두냐? 그런데 너는 혼자 살잖아."

"그러면 큰형은? 형도 이제 혼자잖아."

민규가 현규에게 화살을 돌리며 묻자, 현규는 입술을 삐죽 내밀고는 어이없다는 듯이 웃으며 말했다.

"하! 나는 또 새로운 인연을 만날 거야. 그때를 위해서 직장 계속 다니는 거지."

"그러면 나는? 새로운 인연 안 만나나? 나도 직장 계속 다니고, 일 계속해야지."

"야, 너 일하는 직장의 사장이 네 친구잖아, 그러면 오늘은 좀 빼달라 그래."

"친구는 친구고, 회사 일은 회사 일이지."

이윽고 공영주차장 앞에 도착하고, 민규가 앞장서서 들어가더니 차 리모컨을 꺼내 들면서 가족들에게 말했다.

삑-

BWM 4시리즈 쿠페 차량 1대가 불을 번쩍이며 답했다.

"아, 몰라, 나 일하러 간다."

"야!"

현규가 뭐라 하려고 하자, 민규가 끼어들며 말했다.

"복권 당첨된 거 형들한테 20억씩 나눠 줬잖아, 그거 갚을 거야? 그러면 일하러 안 갈게."

"뭐어?"

"야, 너는 그걸 가지고 무슨."

형들이 황당해하며, 각자 자기들 차 리모컨을 꺼내 각자의 차의 잠금장치를 풀었다.

벤츠 S, 아우리 A8 등이 답했다.

민규가 형들의 차량을 한번 훑어보고는 다시 말했다.

"나 일하러 간다. 반대할 사람은 돈 갚아."

"치사하게 진짜, 민규 너 이렇게 나올래?"

"치사하면 갚을 거야? 아니잖아."

민규가 현규를 말로 제압하고, 어머니에게 말했다.

"엄마, 호텔 1박 묵지 말고, 간 김에 2박 3일은 푹 쉬셔요. 비용은 형한테 내라고 하시고."

"민규야, 그래도 너무 형들한테 버릇없이 말하지는 마. 엄마가 보기도 좀 그래."

"엄마."

민규가 웃으며 답했다.

"20억 줬으면 버릇없이 말해도 괜찮아요, 게다가 형들도 원래 나 좋아하잖아."

민규는 엄마에게 답하고, 차에 탔다.

그리고는 가족들을 뒤로하고, 차를 몰아 주차장 입구로 향했다.

이때 입구에서 주차장 관리인이 나와서 주차비를 요구했는데, 민규는 창문을 내리고 상큼하게 답했다.

"뒤에 있는 사람들 보이시죠? 저 사람들이 내줄 거예요."

그렇게 답하고는, 그대로 주차장을 나왔다.

X

주영은 밴을 몰고, 이천으로 내려와, 버스 터미널 근처에 주차장으로 향했다.

가는 길에 교차로의 표시선이 복잡하게 되어 있어서, 주영은 운전을 하면서 자기도 모르게 짜증을 내고 말았다.

조금 전, 어머니와 한바탕 싸웠기에 신경이 한껏 날카로워진 상태였다.

"길 한번 참 거지 같네, 진짜."

핸들을 돌려 주차장 앞 도로로 진입하자, 보조석에 앉아 있던 지혜가 주영에게 나무랐다.

"너 그래서 관리소장 얼굴 보면 화 안 내겠어?"

"화내겠지, 이번에도 나한테 지X 맞게 굴면 진짜 싸울지도 모르겠다."

"그래? 그러면 일단 내 가슴 만질래?"

"……갑자기 그게 무슨 말이야?"

"풀릴 때까지 내 가슴 만지라고."

"야, 나 농담할 기분 아니야."

"농담 아닌데. 자."

지혜가 안전벨트를 풀더니, 입고 있던 전투복 조끼도 풀어헤친 다음, 티셔츠만 입은 상체를 주영 쪽으로 쑥 내밀었다.

주영은 한심해하는 얼굴로 지혜를 한 번 쳐다보고, 눈이 스윽 아래로 내려갔다. 그리고는 애써 담담한 척하며 다시 정면을 바라봤다.

"야, 야, 이지혜, 너 때문에 주차장 지나쳤잖아."

"너 내 가슴 만지는 상상만 했는데도 벌써 기분 좀 좋아졌지?"

"뭐가 기분이 좋아지냐. 그대로지."

"입가가 벌써 실룩실룩하네. 에휴, 변태자식."

지혜가 다시 조끼를 제대로 입고, 안전벨트를 맸다.

주영은 다시 운전에 집중하면서, 밴을 돌려 조금 전 실수로 지나쳤던 주차장에 들어갔다. 그리고는 주차할 빈자리를 찾아, 그곳에 밴을 세워두고, 사이드 브레이크를 올린 뒤, 차의 시동을 껐다.

똑똑똑.

운전석 창문을 주차장 사장이 와서 두드렸다.

창문을 내리자, 주차장 사장이 무뚝뚝한 얼굴로 별말 없이 주차권을 스윽 내밀었다.

주영도 별말 없이 주차권을 받았고, 주차장 사장은 그대로 돌아갔다.

받은 주차권을 글러브 박스에 넣으려고 보조석 쪽으로 고개를 돌린 주영은, 이내 피식 웃고 말았다.

보조석은 비어 있었다.

주영은 옆자리에 지혜가 앉아 있었다면, 분명 자신에게 이렇게 했겠지, 라고 생각했었다.

정말로 지혜라면 그런 식으로 쉽게 자신의 화를 풀었을 것이다.

잠깐의 상상이었지만, 지혜와 대화를 나눴다는 그 상상만으로 주영의 우울했던 마음은 많이 나아져 있었다.

주영은 신의 존재를 믿듯이, 사후세계도 믿고 있었다.

그리고 지혜가 아직 사후세계로 떠나지 않고, 이승에 남아 자신과 함께하고 있을 거라는 믿음도 가지고 있었다. 자신은 비록 눈으로 볼 수 없지만, 지혜의 영혼이 자신 곁에 같이 있다고, 그런 믿음이 현상이 되어, 실제로 그렇게 될 것이라고 주영은 믿었다.

귀신들도 그런 식으로 자신의 자리를 차지하는데, 지혜라고 못할 리가 없을 거라고 생각했던 것이다.

"……."

주영은 말없이 글러브 박스를 열어, 주차권을 넣고 차에서 내렸다.

그리고는 차 키를 이용해 밴을 잠그고, 주차장을 떠났다.

지혜는 보조석에 앉아, 창문 너머로 점점 멀어지는 주영의 뒷모습을 바라봤다.

그녀는 주영과 달리 처음엔 확신이 없었다.

처음에는 자신이 정말 이지혜가 맞는 것일까 의문이 들기도 했었다.

죽은 사람의 영혼은 사후세계로 가서, 신의 심판대 앞에서 천국과 지옥, 둘 중에 한 곳으로 가는 게 기독교적 사후세계관이다.

즉, 죽은 사람의 영혼은 이승에 머물 이유도 없거니와 머물 수도 없다.

그런데 자신은 이렇게 주영의 곁에 있었다.

그래서 혹시 주영의 믿음을 이용해, 귀신이 '죽은 이지혜의 영혼'이라는 자리를 탐내어 자리를 잡고, 흉내 내고 있는 것이 아닐까 의심했었다.
하지만 지혜는 곧 그런 의심을 접을 수 있었다.
기억도 그대로였고, 주영을 사랑하는 자신의 마음도 그대로였다.
심지어 신에 대한 믿음 역시도 변함없었다.
그녀는 이렇게 죽어서도 주영의 곁에서, 그를 도와 지킬 수 있다는 사실이 기뻤다.
그래서 슬펐다.
"……."
지혜는 자신의 두 뺨을 때렸다.
아프지는 않았지만, 정신은 또렷해졌다.
슬퍼할 때가 아니었다.
"일하러 가자. 이지혜."
지혜는 밴에서 문을 열지 않고, 내려서 주영을 서둘러 쫓아갔다.
그렇게 주영과 지혜는 함께 그 지긋지긋한 관리소장이 있는 상가건물로 돌아왔다.
상가건물 1층 앞에 도착하니, 한소레 부동산 방석호 사장과 함께 미니스커트 정장차림의 젊은 여성이 서 있었다.
여성의 나이대는 외모로만 보면 20대 후반에서 30대 초반으로 보였다.

분명 정장차림이지만, 옷은 굉장히 타이트하게 입은 상태였고, 들고 있는 핸드백은 주영은 모르지만 고급 브랜드의 명품 핸드백으로 보였다. 거기에 귀걸이와 목걸이, 손목시계, 팔찌 같은 장식품에 검은 스타킹까지 하나같이 유독 반짝이는 제품들로 입고 있었고, 신고 있는 구두는 굽이 매우 높은 하이힐이었다.

어떻게 봐도 평범한 직장인의 옷차림으로 안 보였다.

"안녕하세요, 사장님."

주영이 먼저 방 사장에게 인사를 건넸다.

이에 방 사장이 주영을 알아보고 반갑게 맞아줬다.

"어, 어, 퇴마 인테리어 사장님, 오셨네."

방 사장이 먼저 주영에게 다가와 악수를 청했고, 이에 주영도 두 손으로 공손히 악수를 받았다.

이어 젊은 여성도 방 사장의 옆으로 다가와, 주영에게 인사를 건넸다.

"안녕하세요~."

여성이 간드러지는 목소리로 주영에게 인사를 하며, 한 손을 내밀었다.

이에 주영도 두 손으로, 손에 힘을 주지 않고 살짝만 여성의 손을 잡아 악수를 나누었다.

"예, 안녕하세요."

이어 주영이 방 사장에게 시선을 살짝 보냈다.

그러자 방 사장이 여성의 허리를 손으로 감싸 안으며 허허 웃어 보였다.

"여기는 이 상가건물 주인인 안지민 대표이사."

"아, 그러시군요."

주영이 웃으며 고개를 끄덕였지만, 속으로는 많은 생각이 스쳐 지나갔다.

관리소장 말만 믿고 갈대마냥 이리저리 휘둘린 건물주가 이렇게 어린 사람이었구나 하는 생각과 관리소장이 뭘 믿고 그렇게 막장으로 행동했을까 싶었는데, 건물주가 어리니 얕잡아 보고 이렇게 했구나 싶었다.

"말씀 많이 들었습니다."

여러 의미를 내포한 말과 함께 주영이 다시 한번 인사를 건넸다.

"퇴마 인테리어 사장, 김주영이라고 합니다."

"네, 퇴마……어우, 헤헤."

안 대표가 인사를 받고는, 퇴마라는 단어에 몸서리를 치듯이 몸을 떨더니, 자기 팔로 자신의 몸을 끌어안듯이 감싸고는 마구 문지르며 웃어댔다.

닭살이라도 돋았다는 듯이 하는 행동에, 주영은 의아해서 눈을 살짝 게슴츠레하게 떴다.

그러거나 말거나 안 대표는 주영이 앞에 있음에도 대뜸 방 사장을 보더니 의문을 표했다.

"오빠, 귀신 나오는 거면 그냥 무당 부르는 게 낫지 않을까? 내가 인터넷 방송하는 거 봤는데, 어디 돈 주면 퇴마사 여러 명 같이 와서 퇴마 한다고 하던데, 그게 낫지 않을까?"

"야, 이 분이 진짜 잘해. 이 분야 전문가라니까."

방 사장이 친근한 말투로 안 대표에게 답했다.

그러면서 주영에게 물었다.

"그때 뭐라고 그러셨죠? 무당을 부르면 소문이 더 커진다?"

"네, 무당이나 퇴마사가 와서……."

주영이 처음엔 방 사장을 향해 말하다가, 안 대표를 바라보며 말을 이었다.

"……퇴마의식이나 제사를 지내게 되면, 사람들 사이에서 오히려 귀신이 나온다는 소문이 기정사실로 굳어지면서 상황이 악화됩니다."

"됐고요, 무슨 말인지 알겠는데, 어쨌든 인테리어로 퇴마를 하신다는 거잖아요."

안 대표가 배시시 웃으며 장난치듯이 물어왔다.

"그러면 막 벽이나 바닥 밑에 이상한 그림이나 글씨 같은 거 넣으시는 거예요? 퇴마를 뭐 어떻게 하시는 거예요?"

"그런 거는 아니고요. 인테리어 공사로 사람들이 무서움을 느끼지 않게 구조를 바꾸고, 사람들이 귀신 소문에 대한 믿음을 잃게 만든 다음에 약해진 귀신들을 퇴치하고 있습니다."

"그 퇴치를 어떻게 하시는 건데요? 막 부적 같은 거 쓰고, 막 십자가 들고 기도하고 그러는 건가요?"

"아니요, 그냥 귀신하고 싸웁니다."

"싸워요? 치고받고?"

"네."

"뭐야, 그게."

어처구니없어하며 안 대표가 입에서 바람 빠지는 소리를 내더니, 대놓고 웃기 시작했다.

"아하하항! 아힝, 죄송해요. 너무 웃겨서."

"괜찮습니다. 처음에는 못 미더워하는 분들도 계십니다."

"그러면 싸우는 거 구경해도 돼요?"

주영이 예의 바르게 답했지만, 안 대표는 장난치듯이, 한 손을 들어 자신의 가슴 앞에서 손목만 까딱까딱 움직여 때리는 시늉을 하면서 물어왔다.

눈썹이 파르르 떨려오는 걸 참으며 주영이 친절하게 말했다.

"혹시 믿으시는 종교가 있으신가요?"

"아니요. 없어요."

"귀신을 보더라도, 귀신의 존재를 안 믿을 자신이 있으신가요?"

"그건 모르겠는데요?"

"그러면 안 됩니다. 이곳에서 귀신이 나온다는 사실을 누군가 믿어버리면, 퇴마를 하기 힘들어집니다."

"왜요?"

"사람들이 믿지 않아야, 귀신의 힘이 약해지거든요. 믿으면 강해집니다."

간략하게 설명했지만, 안 대표는 믿지 않았다.

"그런 게 어디 있어요, 그냥 보여주기 싫어서 그런 거 아니에요? 진짜 전문적인 무당이나 퇴마사들은 귀신 몽타주도 그려주면서 귀신이 어디에 있고, 어떤 자세로 있는지까지 전부 다 알려주던데요? 사장님 말대로면, 그게 다 귀신을 더 강하게 도와주는 거겠네요?"

"네, 맞습니다."

"맞아요? 맞다고요?"

"자, 자!"

방석호 사장이 끼어들며, 안 대표를 말렸다.

"너무 그러지 마, 나도 여기 김 사장한테 일 맡겨봤는데 진짜 잘한다니까."

"아니, 아저씨가 조금만 생각해 보면 사기라는 걸 알 수 있는데, 왜 이런 업체에 바가지 당하냐고, 그냥 무당 부르라고 했다니까."

"자기야."

방 사장이 주영의 눈치를 한 번 보더니 말했다.

"그만해, 처음에 관리소장한테 맡겼다가 돈만 더 깨지게 된 거잖아."

"아저씨가 틀린 말 한 거는 아니잖아."

"나중에 얘기하고 일단 여기에 일 맡기자, 진짜로 나 믿고 그냥 해. 응?"

"……알았어, 잘못되면 다 오빠 책임이야. 알지?"

"그래, 그래."

방 사장이 안 대표를 아기 달래듯 어화둥둥 껴안고, 몇 번 등을 토닥거리더니, 주영을 향해서 눈을 찡그리며 웃어 보였다.

"사장님, 일단 일 다시 의뢰 드렸으니 잘 좀 부탁드립니다."

"예, 알겠습니다. 그러면 그 관리소장님은 어떻게, 이제는 저희 작업에 관여 안 하시는 건가요?"

"그 부분은 신경 쓰지 마시고, 사장님 일만 잘해주시면 됩니다."

"네, 그러면 일단 현장 다시 살펴보고, 견적 먼저 내보겠습니다."

주영이 견적을 다시 보겠다고 말하자, 방석호 사장 품에 있던 안 대표가 몸부림을 치며 품에서 벗어나더니, 어처구니없다는 듯이 말했다.

"아니, 견적을 왜 다시 봐요? 저번 가격 그대로 가야 되는 거 아닌가요?"

"제가 전화로 방석호 사장님께 듣기로, 이 건물 관리소장님 아는 업체가 여기 와서 작업을 시작했다가, 중단하고 갔다는 얘기를 들어서요. 그 사람들이 자기들 작업하던 거, 철거하고 가지는 않았을 거 같은데요."

"그거는……."

주영의 말에 안 대표가 움찔하며 웅얼거리는 목소리로 반론을 펴려 했지만, 방석호 사장이 먼저 주영에게 답했다.

"견적 다시 봐주십시오, 그리고 견적서는 나한테 바로 보내주세요."

"오빠, 왜 그으래, 지인짜."

"잘못되면 내가 책임진다니까. 그냥 맡기자 좀."

두 사람의 생쇼를 바라보며, 주영과 지혜는 쓴맛을 혀에서 느끼고 있었지만, 겉으로 티를 내지 않았다.

주영이 애써 웃으며 알겠다고 답하자, 방석호 사장과 안지민 대표는 함께 주영에게 인사를 하고, 자리를 떠났다.

저 멀리로 걸어가는 두 사람을 바라보며, 주영이 뒷머리를 긁적이고 있으니, 지혜가 허리춤에 손을 올리고 말했다.

"됐고, 이제 위에 상황이나 보러 가자."

지혜는 곧바로 진절머리를 치며 앞장섰고, 그 뒤를 따라 주영도 천천히 몸을 돌리고 걸음을 옮겼다.

주영이 승강기를 타고 상가 4층에 도착해 보니, 저번에 왔을 때와 공기가 좀 달라져 있었다.

정확하게는 주영이 전에 왔을 땐 눈치채지 못했던 것들이 보였다.

일단 상가복도에 사람이 별로 없었다.

해당 상가 자체가 그렇게 사람이 붐비거나 자주 드나드는 느낌이 들지 않았다.

인적이 드물다.

이게 제일 먼저 주영의 눈에 들어왔다.

주영은 전에 관리소장이 말했던 각 임차인들의 영업시간과 임차인들의 업체 유형을 떠올려 보았다.

한우구이 전문점 '소담정'.

고급 한우를 취급하는 식당이라, 일반적으로 손님들이 자주 오는 곳이 아니다.

치킨 술집 '치맥호프'.

낮에는 영업을 하지 않는다.

당구장 '다마다마'.

낮에 영업을 하지만, 낮 시간에 사람들이 많이 오는 곳은 아니다.

옷 수선집 '하늘수선'.

손님이 와도 옷만 맡겨두고 바로 가버리는 작은 가게다. 가게 주인도 별도의 아르바이트 직원 없이 혼자서 운영하고 있다.

'현우도배장판'.

손님들이 직접 방문을 하기보단 대부분 전화로 문의를 한다. 거기에 사장이 작업으로 출장을 나가는 경우도 잦다.

마지막으로, 영업을 하지 않고 있는 '김정모 남성가발'하고 공실.

"……심각한데?"

주영이 복도에 약 10분간 가만히 서 있었지만, 사람을 못 마주쳤다.

그리고 그다음 주영의 눈에 들어온 건 자연광 문제였다.

낮 시간대임에도 상가복도는 창가 쪽에 있는 가게들 덕분에 대부분 자연광이 차단되어 있는 상태였다.

낮 시간에 오픈을 하는 '소담정' 식당 앞은 그나마 식당 내부 전등 조명 덕분에 괜찮았는데, 유리창에 시트지를 붙여서 복도에서 가게 내부를 아예 안 보이게 막은 '다마다마' 당구장.

그리고 낮에는 문을 안 여는 불 꺼진 호프집.

거기에 화룡점정으로, 하필이면 호프집 앞에 문제의 가발가게가 있었다.

가발가게 내부에 진열된 가발들과 불 꺼진 모습이 훤히 보이는 대형 유리창, 그 덕분에 복도는 한층 더 어둡고 스산한 기운을 더했다.

물론 복도에 전등이 있으므로 완전히 어두운 건 아니었지만, 복도 전등은 복도만 밝게 비출 정도의 빛을 내고 있을 뿐이었다. 복도 옆에 있는 가발가게와 창고 느낌의 도배업체, 공실까지 비추진 못했다.

그래서 아무리 전등으로 밝혀진 복도에 있어도, 시야만 살짝 옆으로 돌리면 빛이 비추지 못하는 어두컴컴한 공간이 떡하니 보이니, 사람들이 거기서 느낄 부정적인 감정은 상당할 게 분명했다.

주영이 허공에 대고 손을 휘휘 저으며, 공기 중에 습기를 느껴보았다.

내부 환기에도 문제가 좀 있었다.

상가건물의 창가 쪽은 임차인 세 곳이 점령해 버려, 안쪽은 외부로 노출된 공간이 없이 고립된 상태였는데, 이 때문에 환기에도 문제가 있는 것 같았다.

지혜가 복도 천장을 둘러보며 말했다.

"천장에 환풍기가 있기는 한 것 같은데, 문제는 환풍기만 달려 있고 안에 환풍기 통로 배관이 따로 있지는 않은 것 같네."

지혜의 판단은 옳았다.

주영이 천장을 둘러보다 보니, 앞서 왔던 관리소장 지인 인테리어 업자가 천장 이곳저곳을 조금씩 뜯어놓은 게 보였다.

아무래도 자기들이 나중에 작업할 거라고, 천장의 재질 및 내부 확인 차원에서 뜯은 것 같았는데, 뜯어져 있는 구멍을 통해 천장 안쪽을 밑에서 바라보니, 소방 스프링클러 배관과 전선 배관들은 보여도 환풍기 통로 배관은 전혀 보이지 않았다.

즉, 천장에 설치된 환풍기는 공기를 빨아들여도 따로 외부로 배출하는 게 아니라, 천장 안에서 공기만 돌고 있다는 소리였다.

"이건 뭔……설치를 뭐 이렇게 해놨어?"

주영이 황당해하며 놀라움을 금치 못했다.

복도에 고기 굽는 냄새 이런 게 나돌지는 않으니, 식당에서는 자체적으로 환기 배관을 따로 설치해 놓은 모양이었다.

즉, 여기 건물은 처음 설계 때부터 환기 설비는 들어오는 세입자가 알아서 하도록, 세입자에게 맡기고 있다는 얘기가 된다. 그러다 보니 공용구역이라고 할 수 있는 복도 쪽은 아무도 누가 손을 대지 않았던 모양이었다.

"환풍기랑 환풍기 통로 배관도 따로 설치를 해줘야 하는 건가?"

주영이 수첩을 꺼내 해당 내용을 적으며 중얼거렸다.

지혜는 주영의 옆으로 다가와 수첩에 적는 내용을 보면서, 한심하다는 듯이 주영을 바라봤다.

"야, 너 두 번이나 여기 왔잖아, 근데 그간 여기 와서 대체 뭘 보고 간 거야? 놓친 게 한두 개가 아니네, 이거."

"지혜야, 나한테 너무 뭐라고 하지 마라."

주영이 수첩을 닫고 옷 주머니에 넣은 뒤, 피식 웃으면서 중얼거렸다.

"저번에 왔을 때 여기 관리소장 때문에 짜증이 나서 제대로 못 봤나봐."

"으이구, 명색이 사장이란 녀석이 일 처리가 그 모양이냐?"

"이지혜 사장님 흉내 내려면 나도 한참 멀었네."

"한참 멀었지."

지혜가 고개를 끄덕이며, 주영의 말에 동의를 하고는 다시 주변을 둘러보기 시작했다.

복도 바닥도 앞전에 관리소장 지인이 작업을 하다가 중단을 하는 바람에, 일부는 타일이 붙어 있고, 일부는 타일이 없는 콘크리트 폴리싱 바닥 그대로였다.

천장에 구멍도 여기저기 있으니 그야말로 복도는 장기간 방치된 흉물처럼 보였다.

지혜가 바닥에 붙어 있는 타일을 쭈그리고 앉아 바라보며 한탄했다.

"이거 철거하고 바닥에 본드 다시 긁어내고, 이것도 일이겠다."

"야~, 이거 언제 다 뜯어내고 긁어내고 하지, 이것도 일이다. 진짜."

지혜 뒤에 서 있던 주영이 타일을 바라보며 말하고는 수첩을 다시 꺼내 해당 내용을 적었다.

이에 지혜가 뒤를 돌아보며 외쳤다.

"어! 찌찌뽕!"

지혜는 벌떡 일어나, 주영의 가슴 한쪽을 꼬집고는 복도 저쪽으로 도망갔다.

수첩에 철거 내용을 적던 주영은 글을 쓰던 동작을 잠깐 멈추고, 지혜에게 꼬집혔던 가슴 쪽을 손으로 세 번 긁은 다음 다시 글을 썼다.

수첩에 타일 철거에 대한 내용을 적은 주영은, 수첩을 주머니에 넣고, 차근차근 주변을 살펴보며 복도를 다시 걸었다.

'ㅁ'자 형태의 복도를 네 바퀴 이상 돌아보며, 꼼꼼하게 상태를 살피던 주영의 머릿속에 문득 의문이 하나 떠올랐다.

'그래, 다 좋다. 이거야. 사람들이 음습하게 느낄 요소가 많다는 거 이해하겠어. 그러면 지금 귀신은 어디서 나오는 거지? 딱히 소문이나 괴담이라고 할 게 아직은 없는데. 어떤 이야기에 붙어서 나오고 있는 거지?'

버스에 사람이 탔는데, 자리가 없다면 사람은 서서 가야 한다.

무서운 장소는 있는데, 괴담이 없다면 귀신은?

'현상을 보여야 한다.'

주영은 처음 귀신 목격 의뢰가 들어왔던 가발가게 앞에 섰다.

복도에서 가발가게 내부를 창문을 통해 둘러보며, 주영은 계속 생각했다.

'괴담을 만들려면 일단 현상부터 일으키는 게 일반적이긴 하다. 현상을 일으키면, 보통 사람들은 그 현상의 원인을 파악하고 싶어 한다. 거기서 옛날에 무슨 일이 있었는지, 사건들을 사람들이 찾아내고, 지어내며 괴담이 만들어진다.'

주영은 추측해 봤을 때, 아무래도 이 상가 4층이 사람들로 하여금 무서운 기분이 들게 하는 요소가 충분했고, 이에 귀신이 들러붙으며 괴담을 만들려고 하는 것처럼 보였다.

부동산 방석호 사장이 전화로 알려준 얘기에 따르면, 관리소장이 불러온 업자들은 귀신들을 목격하는 바람에 작업을 중단하고 가버렸다고 했다.

괴담이 정착되지도 않은 상황에서, 귀신이 벌써 모습을 드러내고, 복도의 불을 끄기도 할 줄 안다면, 이미 사람들이 이 장소에서 느끼는 무서움이 꽤 강했던 걸로 보인다.

괴담이 정착되면 그때는 일이 더 커질 게 뻔했다.

괴담이 붙기 전에 일을 맡은 게 어쩌면 다행스러운 일이었다.

'문제는 포획을 어떻게 하냐는 건데.'

퇴마 인테리어의 퇴마 방식은 결국은 귀신을 마지막에 포획하는 것으로 마무리하는데, 귀신이 정확하게 어디서 어떻게 나오는지를 알 수가 없었다.

"분명 처음에는 이 가발가게 안에서 소복 입은 귀신을 봤다고 했었는데."

주영이 유리창에 얼굴을 갖다 대고, 불 꺼진 가발가게 안을 이리저리 둘러보았다.

만약 귀신이 가발가게 안에서 나온다면, 가발가게 열쇠를 한 개는 미리 받아놔야만 했다.

"근데 귀신이 나올 환경은 아무리 봐도 여기 복도인데, 왜 가발가게 안에서 활동하지? 가발가게 사장님이 돌아가셔서?"

중얼거리며 주영이 가발가게를 둘러보는 동안, 주영의 등 뒤에서 인기척이 느껴졌다.

주영이 뒤를 돌아보자 호프집 앞에 놓인 소주 광고 입간판이, 건물 안에 있음에도 바람이 불었는지, 출렁이며 흔들리고 있었다.

"?"

수상함을 느낀 주영이 소주 광고 입간판을 게슴츠레한 눈으로 쳐다보다, 천천히 발걸음을 옮겨 다가가서, 입간판을 손으로 붙잡아 흔들림을 멈춰 세웠다.

그때, 옆에 서 있던 지혜가 뭔가를 알아차리고 주영에게 말을 걸었다.

"주영아."

주영이 뒤를 돌아, 다시 가발가게 쪽을 바라보니, 가발가게 유리창 전면에 사람이 아닌 존재의 얼굴이 희미하게 비치고 있었다.

생기라고는 없이 흑과 백으로만 만들어진 그 커다란 얼굴은 입을 'ㅇ'자로 살짝 벌리고 있었고, 공허한 두 눈은 멍하니 정면만을 쳐다보다가 천천히 주영을 향해 움직였다.

주영은 당황하며, 속으로 저걸 때려잡으려면 유리창을 깨야 하는 건가 하고 고민했고, 그 사이, 귀신의 얼굴 표정이 극적으로 일변했다.

눈알이 튀어나오는 게 아닌가 싶을 정도로 귀신의 눈이 커졌다.

변화를 바로 눈치챈 지혜가 주영을 향해 몸을 날렸다.

"위험해!"

[꺄------------------!]

귀신이 여성의 비명소리, 고양이 울음소리, 갓난아기의 울음소리 등이 섞인 것 같은 괴성을 질렀다.

그 괴성에 담긴 영혼을 더럽히는 사악함이 복도의 전등불을 끄고, 서 있던 주영의 몸을 호프집 벽에 날아가 부딪히게 만들었다.

비명소리에 복도에 있는 유리창들이 공명하듯이 웅웅 흔들렸고, 호프집 입간판도 복도 바닥에 쓰러졌다.

지혜는 몸을 날려, 주영의 귀를 자신의 두 손으로 가려줬다.

덕분에 주영의 영혼에 가해지는 손상을 막아줄 수 있었다.

주영은 몸이 튕겨 날아간 충격에 끙끙거리며, 한 손으로 허리를 부여잡고 일어섰다.

"아오, 허리야."

주영이 일어서니, 복도 전등불이 켜졌다 꺼지기를 반복하기 시작했다.

잠깐 켜질 때마다 주영의 눈에 복도 저편 어떤 여성이, 소복인지 흰 원피스인지 흐릿해서 애매하게 보이는 하얀 옷을 입고, 차렷 자세로 서 있는 게 보였다.

곧바로 주영은 알아차렸다.

아직 장소에 붙은 괴담이 확실하지 않아서, 귀신의 옷차림이 애매하게 보이는 거라는 걸.

주영이 두 손을 불끈 쥐었고, 지혜도 덩달아 킥복싱 대전 자세를 취했다.

이어 복도 불이 다시 꺼지고, 완전히 암전이 되었다.

주영이 서둘러 휴대전화를 꺼내 손전등 모드로 꺼진 복도를 비추었다.

귀신이 서 있던 자리를 비추는 순간.

차렷 자세로 서 있었던 그 귀신이, 네발 달린 짐승처럼 기어서 주영을 향해 달려오고 있었다.

손전등을 비췄을 땐, 이미 주영에게 덤벼들기 직전이었다.

파앗-!

순간, 복도의 불이 켜지며 귀신의 모습이 사라졌다.

"와, 씨."

주영이 순간 짧은 욕설과 함께 숨을 돌렸다.

그리고 귀신이 서 있었던 복도 저편에서 민규가, 상가건물 관리소장과 함께 나타났다.

"우리 김 사장님!"

민규가 해맑게 웃으며 손을 흔들었다.

옆에 있는 관리소장 표정은 영 못마땅한 듯이 주영을 바라보고 있었지만, 민규는 눈치채지 못했는지 그저 헤헤 웃으며 주영에게 달려왔다.

"야, 너 어디 있는지 몰라서 관리사무소 가서 소장님하고 같이 왔어. 저쪽 승강기에서 딱 내렸는데 복도 불이 다 나가 있더라? 소장님이 배전반 스위치 어디에 있는지 알려줘서 켰는데, 너 표정이 장난 아니다. 왜, 뭐야, 뭐 봤어? 귀신이라도 봤나 보다? 귀신 봤어? 귀신?"

촐싹대는 민규의 행동을 보니, 주영은 몸에 긴장이 쫙 풀리는 걸 느꼈다.

덕분에 저절로 웃음이 새어 나왔다.

"하핫, 봤지, 너 오기 직전에 하나……에서 둘 정도?"

"뭐야, 그래서 쫄아 있었어?"

"쫀 건 아니고, 이번 건 좀 특이하게 나오더라. 휴우."

주영이 다시 한번 더 숨을 돌리자, 관리소장이 민규 옆으로 걸어오더니 코웃음을 쳤다.

"저기요, 김 사장님. 복도에 CCTV 다 있어요. 거기 귀신 찍혔나, 안 찍혔나 내기할래요? 귀신이 여기 왜 나와요, 참 나, 거짓말을 해도 안 들킬 거짓말을 해야지."

비아냥거리는 관리소장에게 주영이 반박을 하려는 찰나.

민규가 관리소장 앞에 나서며 주영을 막았다.

"귀신 그런 거 안 믿으시나 봐요?"

"이 사람아, 내가 나이가 몇인데 그런 걸 믿겠어?"

"그러면 우리 이렇게 하는 게 어떨까요? 관리소장님은 귀신을 안 믿으시니까, 여기서 나온다는 귀신을 우리가 이 장소에서 내쫓은 다음에, 관리소장님께 옮겨 붙여드릴게요. 그러면 여기 상가에는 귀신이 안 나오고, 그냥 관리소장님한테만 귀신이 들러붙는 거죠. 어때요?"

"뭐, 뭐?"

"왜요, 살짝 겁나고 그러세요? 안 믿으신다면서요."

"아니, 안 믿는 거랑 별개지, 그걸 왜 나한테 재수 없게……."

"귀신은 안 믿으시면서 재수, 운수 그런 건 믿으세요? 에이. 그러지 마시고, 한번 재미 삼아 해보시죠. 요새 젊은 사람들 귀신 한번 보고 싶다고 흉가도 찾아가고 그러는데요. 뭐."

"……이 친구, 진짜 예의 없네."

관리소장이 정색하며 민규를 노려봤지만, 민규도 지지 않았다.

"소장님도 예의가 없으시네요. 어딜 감히 퇴마 하러 온 사람들한테 면전에 대고 비아냥거리면서 사기꾼 취급하려 하십니까? 정작 귀신을 갖다 본인에게 붙인다고 하니까 개쫄았으면서."

"뭐라고?"

"아니면 그냥 한번 해보자고요. 재미로, 안 됩니까?"

민규가 도발하자, 관리소장이 기가 막혀 하는 얼굴로 고성을 냈다.

"그래! 해봐라! 이 사기꾼놈들아! 해! 귀신 나한테 붙여봐라! 내가 눈 하나 깜짝할 줄 아나! 어린 노무 자슥들이, 예의도 모르고 한참 인생 선배인 사람한테 어딜 감히 눈을 부라리고 말이야. 해봐! 나한테 귀신 당장 붙여봐라! 붙여!"

복도에 고성이 여러 차례 울리자, 하늘수선, 소담정, 다마다마 등 4층 가게 중 낮 시간에 영업을 하고 있는 가게에서 사장과 직원들이 무슨 일이 일어났나 싶어서, 가게 밖으로 나와 보기 시작했다.

"예, 해드릴게요. 지금은 일단 여기 있는 귀신부터 잡아야 하니까, 여유롭게 기다리고 계세요. 소장님♥"

윙크를 해가며 민규가 상큼하게 답하자, 관리소장은 민규를 향해 미친놈이라고 쌍욕을 내뱉으며 자리를 떠났다.

관리소장이 씩씩거리며 떠나자, 주영이 민규의 어깨를 두드리며 칭찬했다.

“야, 잘했어. 그 정도면 아~주 잘했어. 고맙다.”

“너 저 사람한테 쌓인 게 많구나?”

민규가 놀란 얼굴로 웃으며, 주영에게 말했다.

“평소 같으면 적당히 하라면서 회사 평 안 좋아질까 걱정하더니?”

“저 사람은 우리랑 이미 끝났어. 갈 데까지 간 사람이라 평 안 좋아질 게 없다.”

“네 입에서 그런 얘기 나오는 건 진짜 예상 밖이다.”

민규랑 주영이 그렇게 웃으면서 얘기하는 사이.

소담정에서 일하는 종업원으로 보이는 젊은 여자 한 명이 다가와, 주영을 지나 민규에게 말을 걸어왔다.

“저기 무슨 일 났나요? 막 귀신이 어쩌고 하시는 것 같던데?”

“아니요, 별거 아니고요.”

민규가 손을 내저으며 말했다.

“이 건물 관리소장님한테 귀신이 하나 붙어 있어서, 그분 따라온 귀신이 상가건물에 계속 출몰하는 거라고 말씀드리니까, 관리소장님은 귀신 그런 거 안 믿는다고 그러시네요.”

“예, 예?”

“야, 민규야.”

주영이 그제야 눈살을 찌푸리며 민규를 말렸다.

옆에 서 있던 지혜도 이번에는 참지 못하고, 한심해하는 얼굴로 민규에게 한마디 했다.

“얘는 꼭 1절을 넘어서, 2절, 3절을 해서 문제라니까.”

여자 종업원은 놀란 얼굴로 그대로 가게로 돌아갔고, 그 모습을 보고 주영이 이를 악물고는 연신 으이구 소리를 내며 화를 냈다.

주영의 반응에, 민규는 그제야 입맛을 다시며 무안한 얼굴로 말했다.

“내가 너무 심했나?”

“심했지, 인마. 진짜로 저 관리소장한테 귀신 앉을 자리 하나 만들어 주려고 그러냐?”

“아니, 뭐, 본인은 안 믿는다잖아.”

“적당히 해. 그러다 사람 죽어.”

민규가 어깨를 한 번 으쓱여 보인 뒤, 고개를 끄덕였다.

“알겠습니다, 김주영 사장님. 그래서 여기 상황은 어떻습니까, 사장님?”

“너는 정말……. 에휴.”

4막

가발가게 사장님 사들

"그러니까 제대로 된 괴담이 아직 없는 상태라, 귀신의 출현 위치나 모습도 애매해서 잡기가 좀 애매하다는 거지?"

"그래."

민규가 퇴마 해야 할 상가건물에 출몰하는 귀신의 상황을 간단하게 정리하고, 이에 주영이 그게 맞다며 동의했다.

두 사람은 같은 상가건물 1층에 있는 작은 커피숍에 들어가, 아이스 커피를 두 잔 시켜놓고 마시며 얘기 중이었다.

주영은 대화를 하면서도 커피점 주인이 혹시 들을까 봐, 조심조심 눈치를 보며 말했지만, 민규는 그런 건 신경 쓰지 않고 팔짱을 낀 채 편하게 귀신 얘기를 꺼냈다.

"흠, 흠, 지금 정해진 괴담이 하나도 없는데도, 벌써 불을 끄고, 여러 사람에게 모습을 보이고, 소리도 지르고, 가지고 있는 능력이 엄청 크다. 만일 여기에 괴담까지 정착되면 상대하기 더 힘드니까, 당장 무력화를 시켜야 하는데, 근데 잡자니 정해진 괴담이 없기 때문인지 실체가 애매해서 잡기도 애매하다. 으음."

"아까 봤는데, 창문에 비치는 형상으로 나타나는 거야. 아주 희미하게. 그걸 어떻게 잡겠어? 유리창이나 깨면 모를까."

"흐음."

"괴담이 퍼지기 전에 잡아야 하는데, 괴담이 없으니 못 잡아, 아이러니하지? 마치 닭이 먼저냐, 달걀이 먼저냐 그런 거 따지는 느낌이야."

주영이 커피를 쭈욱 들이켜고 말했다.

"일단 인테리어 작업이 먼저겠지만, 솔직히 오늘 와서 봤으니 너도 알겠지, 저기는 복도 인테리어만 변경한다고 해서 사람들이 무서움을 덜 느낄 것 같지가 않아. 임차인들이 하고 있는 업장들이 기본적으로 사람이 너무 적어."

"보니까 공실도 하나 있고, 좀 휑한 느낌이 들긴 하더라, 불경기라 그런가."

"사람이 적더라도, 내가 있는 공간에 나 혼자만 있는 게 아니라는 느낌이라도 들어야 하는데, 그런 느낌도 적지. 인테리어 방향 잡기도 힘들겠어."

난관에 봉착한 두 사람은 잠시 커피를 마시며 생각에 잠겼다.

민규가 이때 뭔가 생각난 얼굴로 입을 열었다.

"야, 그거 알아? 닭이 먼저냐, 달걀이 먼저냐의 진실은 사실

둘 다 아니라는 거."

"무슨 말이야?"

"사실 아주 옛날에는 말이야, 닭이란 생물은 없고, 꿩만 있었단 말이지. 사람이 꿩을 잡아다가 여러 특색 있는 놈들끼리 교배시키고 혈통을 개량시켜서 만든 품종이 지금의 닭이란 말이야. 그러니까 닭이란 게 어느 순간 뿅 하고 나타난 게 아니란 말이지. 천천히 개량을 통해서 만들었으니까. 그러니까 달걀이 먼저다, 닭이 먼저다 따질 수가 없단 말이야."

"그래? 그거 확실한 얘기야?"

"개도 처음엔 늑대였는데, 사람이 데려다 키우면서 품종을 개량해서 지금의 개가 되었다고 하잖아, 몰라?"

"너 또 어디서 이상한 얘기 주워들은 건 아니고?"

"아니, 맞다니까 그러네."

"그래서 지금 그 얘기는 왜 하는 거야?"

"우리도 이렇게 생각해 보자. 너무 단번에 하려고 하지 말고, 천천히 개량을 해보자는 거지."

"뭐를?"

"괴담을."

민규가 씨익 웃으면서 제안했다.

"괴담이 자연스럽게 사람들 사이에 생길 때까지 기다리지 말고, 우리가 나서서 개량시키자고. 우리 입맛에 맞게."

"괴담을 우리가 만들어서 퍼뜨리자고?"

"그렇지."

민규가 탁자를 손으로 탁 치면서 유쾌하게 말했다.

"선빵필승이다, 이거야."

"그러면 뭐부터 해야 되나, 목격자부터 만들어야 하나?"

"유튜브에 영상 하나 만들어서 올리자."

"무슨 영상?"

"심령현상 영상. 귀신이 찍혔어요~. 그러면서 4층 CCTV 콘셉트로 말이지."

"그거 잘못하다가 믿는 사람이 너무 많아서, 퇴치 불가로 가는 거 아니겠지?"

"야, 나만 믿어. 나한테 좋은 생각이 있다니까."

남은 아이스 커피를 쭈욱 들이킨 민규가, 입 안에 들어온 얼음을 오도독 씹어 먹으며 자신감을 내비쳤다.

X

민규와 작업방향을 정한 주영은, 오후 4시 즈음 되어 서울로 민규와 각자 따로 돌아왔다.

주영은 먼저 교회 남자 전도사 집으로 가서 현관문을 고쳐주는 게 먼저였고, 민규는 자신이 정한 CCTV 콘센트 영상 제작을 위해 방문할 곳이 있다며 그쪽으로 향했다.

"박준 전도사님, 지금 현관문 고쳐드리러 왔는데, 집에 계세요?"

스피커폰 모드로 전도사에게 전화를 건 주영이 물었다.

전도사는 한숨을 한 번 내쉬더니 답했다.

["주영아, 너 오늘 교회 예배드리러 안 왔지, 목사님이랑 사모님 화가 많이 나셨어."]

"그게, 하아, 어머니랑 집에 갔다가 싸워서요."

["야, 너 주일날 교회 빼먹고, 우리 집 현관문 고치러 왔다는 얘기 들으시면 목사님이랑 사모님이 좋아하시겠니? 주영아, 오늘은 그냥 가고, 나중에 다시 와라."]

"아이, 전도사님, 제가 언제 또다시 와요. 여기까지 왔는데, 고치고 갈게요. 아버지한테 말씀 안 드리면 되잖아요."

["어휴……. 나도 모르겠다, 그래, 와라. 문 열어줄게."]

"예엡, 바로 가겠습니다."

주영은 기운찬 목소리로 웃으며 전화를 끊었고, 전도사와 그 가족이 사는 아파트로 향했다.

아파트 주차장에 도착한 주영은 밴을 세워두고, 현관문을 고칠 때 쓸 공구함을 차량에서 꺼냈다. 중간에 아파트 경비원이 와서, 어디로 가는 차냐고 물어서, 전도사가 사는 아파트 동수와 호수를 설명하고, 주영은 해당 동으로 들어갔다.

아파트 1층에서 위로 올라가는 승강기 버튼을 누르고 기다리고 있으니, 지혜가 걱정스런 얼굴로 주영의 얼굴을 물끄러미 쳐다봤다.

"어머님하고 화해하는 게 안 낫겠어?"

지혜가 물었고, 주영도 지혜가 자신 곁에 있다면 이런 질문을 해왔을 거라는 걸 알지만, 아무런 답도 하지 않고 묵묵히 승강기 층수 표시만 쳐다봤다.

지혜가 다시 말했다.

"내 사진, 이제 슬슬 바꿀 때도 된 것 같은데."

그 말의 담긴 의미는 무거웠다.

주영에게 들리지는 않았지만, 마음에는 충분히 닿는 말이었다.

주영은 괜히 승강기 층수 번호만 보면서, 화풀이를 했다.

"왜 이렇게 느려, 자꾸 쓸데없는 생각만 들게."

지혜가 무어라 자신에게 할 줄 안다.

하지만 그건 쓸데없는 생각이라 일축하며 주영은 고집을 부린다.

띵-

[문이 열립니다.]

승강기 문이 열리고, 안에 흰 정장양복을 입은 잘생긴 청년이 모습을 보인다.

청년은 승강기에서 내리지 않고, 가만히 한쪽 구석에 기대고 서 있었다.

주영은 무덤덤한 얼굴로 승강기에 올라타고, 지혜도 따라 탔다.

"……."

"……."

"……."

대화 없이 적막만 흐르는 승강기 안.

승강기 층수가 바뀔 때마다 나는 띵- 띵- 하는 알람 소리만 작게 날 뿐이었다.

전도사가 사는 집에 도착해 승강기 문이 열리고, 주영이 승강기에서 내렸다.

뒤따라 지혜도 내리는데, 승강기 안에 있던 청년이 주영을 향해 인사했다.

"좋은 하루 되세요."

하지만 주영은 답하지 않았고, 승강기는 그대로 닫혔다.

이에 지혜가 주영에게 살짝 화난 얼굴로 말했다.

"야, 아무리 기분 나빠도 모르는 사람에게 그런 태도 보이지 마."

지혜는 팔짱을 끼고, 전도사 집 초인종을 누르는 주영을 째려봤다.

주영은 아무런 답이 없었고, 지혜는 답답함에 머리를 쓸어 올리며 다시 승강기 쪽을 쳐다봤다.

그런데 승강기의 층수 표시를 보니, 층수가 변하지 않고 있었다.

"……?"

지혜가 이상함을 눈치채고 고개를 갸웃거렸다.

철컥-

전도사의 집 현관문이 열리며, 머리가 반쯤 벗어진 중년의 남자, 박준 전도사가 나타났다.

"안녕하세요."

주영이 예의 바르게 인사했다.

박 전도사가 마지못해 인사하는 떨떠름한 표정으로 인사를 받아줬다.

"어, 그래, 왔어?"

"현관문 어디가 고장 난 건가요?"

"이거 문이 그냥 닫아서는 다 안 닫혀, 봐봐."

전도사가 문을 그냥 닫으니, 문이 철컥이는 소리 없이 그냥 스르르 다시 열렸다.

"여기 손잡이에 이게 안 걸리는 거 같아."

"아, 이거는 문 손잡이 문제가 아니고요. 문이 살짝 주저앉는 바람에 문 손잡이의 잠금장치랑 문틀에 걸리는 부분이랑 높이가 어긋나서 이러는 것 같거든요. 현관문을 일단 떼어냈다가……@#$%^&."

"그래? 그러면……@#$%^&."

지혜는 얘기를 나누는 주영과 박 전도사를 뒤로하고, 천천히 승강기 쪽으로 다가갔다.

안에 분명 사람이 있었다.

그런데 층수는 변하지 않고 있었다.

그러고 보니 주영이 승강기에 탔을 때도 다른 층 버튼은 눌러져 있지 않았다.

그 남자는 그냥 승강기 안에 한쪽 벽에 기대어 있을 뿐이었다.

'그러면 지금은?'

지혜의 머릿속 의문은 아주 간단하게 해결이 가능했다.

승강기 문 너머를 들여다보면 된다.

지혜는 승강기 버튼을 누르지 않아도, 승강기 문이 열리지 않아도 그저 고개를 안으로 쑤욱 집어넣어 보는 것으로 그게 가능했다.

간단한 일이었다.

하지만 지혜는 자신도 모르게 주저하고 있었다.

귀신이라면 겁먹을 리가 없었다.

지금까지 때려잡은 귀신이 얼마나 많았는데.

하지만 그 남자는 생기가 있었다.

'아, 그건가? 혹시 스마트폰 본다고 승강기 버튼 누르는 걸 깜빡하고 있다거나?'

시트콤에서나 볼 법한 어리바리한 남자의 모습을 상상하자, 지혜는 곧 두려움이 사라졌고, 오히려 자신감이 생겼다.

덕분에 지혜는 곧바로 자신의 머리를 승강기 문에 갖다 대고 쑤욱 넣을 수 있었다.

……승강기 안은 깜깜했다.

한동안 사람의 움직임이 없었으니까.

"좋은 하루 되세요."

어둠 속에서 남자는 승강기 가운데에 서서, 지혜를 똑바로 응시하며 소름끼치는 눈웃음과 미소를 짓고 있었다.

파앗-!

승강기 내부에 갑자기 불이 들어왔다.

승강기 내부가 밝아짐과 동시에 남자는 사라졌다.

밴에 가야 할 일이 생긴 주영이 승강기 버튼을 눌러 문을 연 거였다.

주영은 문 앞에 서 있는 박준 전도사를 향해 말했다.

"힌지 축에 테프론 테이프 좀 감으면 되거든요, 그것 좀 가지고 올게요."

지혜는 공포에 휩싸여 뒤로 물러났다.

주영을 따라 함께 승강기를 타고 함께 내려가지도 않고, 그저 전도사 집 앞에 그대로 굳어, 서 있을 수밖에 없었다.

X

"다 고쳤습니다."

주영이 현관문을 닫아보았다.

철컥 소리와 함께 문이 제대로 닫혔다.

이에 남자 전도사와 그 아내가 와서는 직접 문을 몇 번 더 시험해 봤고, 제대로 고쳐진 걸 확인하자, 주영에게 수고했다며 캔 음료수 하나를 갖다줬다.

"감사합니다."

주영은 두 손으로 음료수를 받아 들고, 벌컥벌컥 단숨에 다 들이켜고는 빈 캔을 돌려줬다.

"잘 마셨습니다."

"그래, 다음 주는 예배 빠지지 말고. 아버지랑 어머니께도 가서 사과드리고 그래."

남자 전도사가 빈 캔을 한 손으로 받아들고는, 다른 한 손으로는 주영의 어깨를 두드리며 말했다.

이에 주영이 짓궂은 표정을 지으며, 남자 전도사에게 한 가지 제안을 했다.

"전도사님, 혹시 광고모델 해볼 생각 없으세요?"

"광고모델? 갑자기?"

"그 제가 아는 분이 가발가게를 하시는데, 광고 영상을 찍으려고 하시거든요."

"야, 주영아. 내가 가발 쓰고 다니는 거 봤니? 나 당당해~."

전도사가 허세를 부리며 말하자, 옆에 있던 아내가 푸흡 하고 웃음을 터뜨렸다.

"나 당당한 남자라니까."

"내가 부끄럽지, 내가 부끄러워."

아내가 끼어들어 말하자, 전도사가 삐지는 시늉을 하며 고개를 홱 돌렸다.

주영은 두 사람 사이가 좋아 보여, 흐뭇하게 웃으며 말을 이었다.

"광고는 짤막하게 인터넷에 올릴 영상이고요, 출연시간은 짤막하게 10초 정도? 출연료는 육십만 원 정도 되거든요. 촬영시간도 1시간도 안 되니까, 잠깐 오셨다가 가시는 걸로 육십만 원 버는 거니까 좋은 돈벌이인 것 같아서 말씀드리는 거예요."

"야, 야, 말은 바로 하자, 좋은 돈벌이라서가 아니라 내 머리가 광고에 적합해 보여서 말하는 거겠지."

"에이, 전도사님. 이거 알바 구인광고 올리면 머리 있는 사람들도 빡빡 민 다음에 찍겠다고 할 걸요? 1시간도 안 돼서 육십만 원이라니까요."

"그거 잘못 찍었다가 전국적 웃음거리 되는 거 아니냐?"

"얼굴 안 나옵니다. 전도사님. 믿어주세요."

주영이 애절한 눈빛을 보내며 부탁하자, 옆에 있던 전도사의 아내가 거들었다.

"얘기 들어보니까 너무 좋네. 1시간에 육십만 원 버는 일이 어디 있어? 잠깐 가서 당신 용돈이라도 번다고 생각하고 갔다 와요. 와서 힘들게 문도 고쳐줬는데, 당신도 가서 좀 도와줘야지."

"에헤이, 참."

전도사가 곤란해하는 얼굴로 아내를 힐끗 보고는, 주영에게 말했다.

"알았다, 알았어. 뭐 까짓거 찍자, 그래서 언제 어디로 가면 돼?"

X

민규는 '김정모 남성가발' 사장님의 아들을 만나러 가고 있었다.

김정모 사장님의 아들이 임차계약을 이어받은 새 임차인이기 때문에, 가발업체와 관련하여 일을 진행하려면 김 사장님의 아들과 의논을 거쳐야만 했다.

그런데 전화로는 연락이 전혀 안 돼서, 민규가 직접 만나러 가는 길이었다.

건물주인 안지민 대표에게 전화를 해서 물으니, 안 대표는 김정모 사장님이 돌아가신 후에 우편으로 아들과 새로 임차계약서를 주고받아, 임차인 명의변경을 마쳤다고 했다.

그래서 민규는 안지민 대표가 우편물을 보냈던 김 사장의 아들 주소지를 받았다.

전달받은 주소지는 금천구 시흥 1동에 있는 '에덴동산 고시원'.

민규가 고시원 앞에 차를 세워두고, 내려서 보니 고시원이 있는 건물은 정말 오래된 건물이었다.

1층은 교회를 하다가 말았는지, 교회 이름과 십자가 모양의 시트지가 1층 창문에 붙어 있었고, 2층부터 4층까지가 에덴동산 고시원이었다.

민규는 건물 안 계단 입구로 들어가, 2층 고시원 접수처로 향했다.

고시원 접수처는 1층에 있던 교회의 영향인지, 아니면 고시원 사장이 기독교를 믿는지, 접수처 창문 위로 '믿음, 소망, 사랑, 그중에 제일은 사랑입니다.'라는 성경 구절에서 인용한 문장이 액자로 걸려 있었다.

접수처 창문을 열고, 민규가 안을 들여다보니, 고시원 접수처에는 사람이 아무도 없었다.

민규는 옆으로 걸음을 옮겨, 접수처 옆 복도를 바라봤다.

복도는 형광등이 천장에 있긴 했지만, 다소 어두웠고, 내부에는 외부와 연결된 창문도 없어서 자연광이 전혀 들어오지 않았다.

복도에는 각 고시원 객실 수에 맞춰, 객실 입구마다 소화기가 1대씩 놓여 있었고, 객실 문과 객실 문 사이 벽에는 벽걸이 선풍기가 1대씩 설치되어 있었다.

겉보기엔 낡았는데, 나름 설비는 신경 써서 단 느낌이 있어서,

민규는 작게 감탄했다.

기다리면 누가 오겠지 싶어서, 민규는 접수처 옆 복도에 서서 잠시 서성이며 시간을 보냈다.

접수처 입구 옆에는 누군가 내놓은 대형 거울이 있어서, 민규는 잠시 그 거울을 바라보며 머리를 정돈했다.

"아, 진짜 잘생겼다."

자기 얼굴을 보면 민규가 감탄을 하는 사이.

누군가 민규의 옆으로 다가왔다.

"네, 잘생기셨네요."

민규가 깜짝 놀라 옆을 보니. 키가 크고 얼굴이 하얀 미남이 서 있었다.

"어우, 예. 잘생겼죠, 놀래라. 그쪽 분도 잘생기셨네요."

"하하, 감사합니다."

민규가 놀란 얼굴로 칭찬을 하자, 미남은 미남다운 상쾌한 미소를 선보였다.

"그 거울이 제 거거든요."

"아~, 주인분이시군요."

"여기 고시원에서는 처음 보는 분 같은데, 누구신지?"

미남이 민규에게 조심스레 물어왔다.

이에 민규는 남자가 고시원에 사는 사람이라 생각하고 인사했다.

"안녕하세요. 여기 사시는 분을 좀 뵈려고 왔는데요. 김종우 씨라고. 여기 고시원에 계신가요?"

"아, 종우 씨요. 그런데 무슨 일로?"

"종우 씨가 소유 중인 가발가게 관련해서 상의를 좀 드리려고 왔거든요."

"가발……가게요?"

남자가 정색을 하며 반문했다.

"그 가게, 어디에 있는 거죠?"

"예?"

이상한 낌새를 느낀 민규가 살짝 애매하게 답했다.

"경기도에 있는데, 왜요?"

"아니, 종우 씨에게 들은 적이 없어서요."

"아, 김종우 씨께서 말씀 안 하셨나 보네요."

"그래서 그 가게. 경기도 어디에 있나요?"

"그거는 본인에게 들으시는 게……."

민규가 하하 웃으며 답했지만, 남자는 차갑게 말했다.

"그래요, 종우 씨에게 직접 들어야겠네요."

"네, 그렇죠. 그래서 김종우 씨 여기 사시는 거 맞죠?"

"……불러올게요."

남자는 민규가 보는 가운데 접수처 옆 복도를 걸어가, 객실 두 개를 지나, 문 하나를 가볍게 두드리며 노크했다.

"종우 씨, 저예요. 성문조예요. 잠깐 나와볼래요?"

남자가 상냥한 목소리로 말하고, 얼마 뒤 문이 열리더니 젊은 남성 한 명이 나왔다.

남자는 20대 중후반이나 됐을까 싶은 외모를 가지고 있었는데, 어디서 많이 맞았는지 눈에 멍이 들고, 입술과 눈썹 등에는 피딱지가 붙어 있었다.

"왜 그러시죠?"

종우가 문조에게 물었다.

이에 문조는 상냥하게 웃으며 카운터 옆에 서 있는 민규를 바라봤다.

"누가 찾아오셨어요. 가발가게 때문에 왔다고 하던데요?"

"아."

종우가 민규를 바라보고, 민규가 이에 답하듯이 고개를 숙여 인사했다.

난감한 표정을 지으며 문조를 쳐다보곤, 다급한 표정으로 민규에게 다가왔다.

"무슨 일로 오셨죠?"

"예, 상가건물 복도에 인테리어 공사를 하려고 하는데, 가발가게 사장님 동의를 받아야 할 게 하나 있어서요. 뭐 돈 내셔야 하는 건 아니고요. 가게 홍보 영상물 제작 관련해서 한 가지 제안을 드리려고 왔습니다."

"겨우 그런 걸로 굳이 찾아오신 건가요?"

"계속 연락을 드렸는데, 전화 연락이 안 돼서요."

민규가 해맑은 얼굴로 답하니, 종우가 아랫입술을 깨물며 초조해했다.

이어 민규가 제안했다.

"얘기를 좀 나눠야 할 것 같은데, 여기 서서 할 건 아닌 것 같고, 어디 요 앞에 카페라도 가실래요?"

"그런데 제가 얼굴이 지금 이래서 밖에 나가기가……죄송한데, 다음에 얘기 나누시죠."

"예? 정 그러면 저기 김종우 사장님 방에 가서 얘기를 나누죠, 뭐."

"제 방이 많이 어질러져 있어서 손님 받기가 좀 그런데, 다음에 오시면……."

"아니, 저도 경기도에서 일 때문에 여기 서울까지 차 끌고 왔는데요. 다음에 오시라고 그러시면, 좀 곤란해서요."

종우가 얘기하기 싫다는 걸 노골적으로 드러냈지만, 민규는 의사를 굽히지 않았다.

그렇게 잠시 실랑이를 하고 있으니, 문조가 종우의 뒤로 다가와 한쪽 어깨에 손을 스윽 올리고는 나지막하게 말했다.

"저기 복도 안쪽에 주방이 좀 넓은 편이니까, 안에 들어가서 얘기 나누세요. 식탁 의자에 앉아서 얘기 나누시기 좋을 거예요."

"그래요? 잘됐네요."

민규가 덥석 문조의 제안을 받아들였다.

종우는 문조의 시선을 피하며 대답하지 못했지만, 결국 민규와 문조가 발걸음을 안으로 옮기자 어쩔 수 없이 주방으로 따라왔다.

주방도 인테리어를 한 지 좀 오래된 느낌이 많이 나기는 했지만, 대체로 깔끔했고, 때가 많이 탔거나 더럽다고 볼 곳은 없었다.

벽 쪽으로 싱크대와 냉장고가 붙어 있었고, 주방 가운데에는 사각형의 식탁이 놓여 있었으며, 식탁 주변으로 의자가 총 여섯 개 놓여 있었다.

민규는 그 의자들 중 한 개에 자리를 차지하고 앉았고, 문조는 싱크대 찬장으로 갔다.

그리고는 민규 쪽으로 돌아보며 물었다.

"커피 드릴까요, 녹차 드릴까요?"

"녹차 주세요."

민규는 카페에서 주문하듯이 자연스럽게 답했고, 문조는 잠시 그런 민규의 태도에 움찔하며 동작을 멈췄다가, 피식 웃으며 이번에는 종우에게 물었다.

"종우 씨는요?"

"……제가 탈게요."

뒤늦게 분위기를 파악하고, 종우가 문조 옆으로 다가가, 찬장에서 녹차 티백을 세 개 꺼냈다.

종우가 부랴부랴 진땀을 빼면서, 녹차를 타는 동안.

문조는 민규의 반대편 정면자리에 앉아, 민규에게 말을 걸어왔다.

"생각보다 아늑하고 괜찮죠?"

"네, 관리는 꾸준하게 잘하시나 보네요."

"여기 사장님이……세심하고 꼼꼼한 성격이시라서요."

"아~, 그런데 성문조 선생님, 선생님 성함 맞죠? 하여튼 처음에 성 선생님 보고 깜짝 놀랐던 게, 얼굴 하얗고 입술 빨간 분이 키도 크시니까, 처음에 무슨 저승사자나 구미호라도 본 줄 알았어요."

"칭찬이신지 아닌지 헷갈리는데, 칭찬으로 받겠습니다. 하하."

문조가 어딘가 소름끼치는 미소를 지어 보이는 사이, 종우가 흰 종이컵에 녹차를 타서 문조 앞에 하나를 먼저 놓았다.

"고마워요, 자기."

문조가 종이컵을 받아 드는데, 팔목에 찬 이빨로 만든 팔찌가 민규의 눈에 들어왔다.

"혹시 직업이……아이고, 잘 마시겠습니다."

민규가 이어 종우가 타준 녹차를 받으며, 문조에게 물었다.

"직업이 치과의사세요?"

"치……질 항문 수술전문, 대장항문외과 전문의입니다."

문조가 하하 웃으며 말하는 사이, 종우가 녹차가 든 종이컵을 하나 들고, 민규와 문조의 옆자리에 앉았다.

종우가 창백한 얼굴로 앉자, 그 모습을 물끄러미 바라본 문조는 천천히 자리에서 일어나더니, 종우의 어깨를 붙잡고 말했다.

"자기."

종우가 놀란 얼굴로 문조를 바라봤다.

둘 사이에 묘한 긴장감이 흐르고, 그러는 사이에 민규가 녹차를 한 모금 마시고는 두 사람에게 물었다.

"여기, 과자 같은 건 없어요? 차 마시는데 주전부리가 없으니까 약간 허전하네요."

"주전부리요?"

문조가 종우의 어깨에서 손을 떼더니, 상냥한 얼굴로 민규를 바라보며 말했다.

"냉장고에 마침 육회가 있는데, 좀 드시겠어요?"

"육회요? 아, 좋죠."

"여기 사장님 친척분이 가끔 보내주시거든요. 고시원 사람들 다 같이 나눠 먹으라고요."

냉장고로 향한 문조가, 냉장고에서 네모난 반찬통에 담긴 육회를 꺼내, 탁자 위에 올려놨다. 이어 싱크대로 가서 수저통에 있는 젓가락을 한 쌍 가지고 와서는 민규에게 내밀었다.

"양념은 이미 버무려진 거라 일단 한번 드셔보세요."

"아, 네, 감사히 잘 먹겠습니다."

민규가 육회를 한 젓가락 하려는 사이, 종우가 슬쩍 자리에서 일어나려고 했지만, 문조가 손으로 어깨를 붙잡아, 다시 의자에 앉혔다.

육회를 먹는 민규를 관찰하는 문조와 좌불안석인 종우.

민규는 육회 한 젓가락을 무슨 국수라도 먹듯이 후루룩 소리를 내며 쩝쩝 먹더니, 눈을 번쩍이며 감탄했다.

"이야, 진짜 맛있다. 소주가 당기네요. 와."

문조가 실실 웃으며 의미심장한 표정으로 민규에게 물었다.

"후후후, 근데 그 고기, 어떤 고기인 것 같으세요?"

"어떤 고기 같냐고요?"

민규가 고기를 씹다 말고 생각에 잠겼다.

"이건……"

문조가 씨익 웃으며 눈을 희번득 뜨고 쳐다보는 가운데, 민규가 조심스럽게 답했다.

"……한우 우둔살?"

"한우 우둔살. 정확하게 아시네요."

"크으, 제가 비싼 고기를 좀 자주 먹거든요, 딱 먹으면 알죠!"

"횡성 한우예요, 횡성 한우."

민규가 정확하게 맞추자, 문조가 엄지를 들어 보이며 만족스러운 미소를 지어 보였고, 이에 민규도 크으 하는 감탄사를 내면서 같이 엄지를 들어 보였다.

"횡성 한우 육회를 여기서 대접받을 줄은 상상도 못 했네요."

"뭘요. 오늘 저한테……."

문조가 지그시 종우를 쳐다보며 말했다.

"……아주 좋은 정보를 주셨는데요."

종우가 문조의 시선을 회피하자, 문조가 종우의 얼굴 옆으로 자기 얼굴을 들이대며 물었다.

"자기."

싸늘한 공기가 주방에 흐르고, 문조가 이어 말했다.

"치질 수술비는 대체 언제 낼 거예요? 맨날 돈 없다고 하더니, 경기도에 자기 가게도 있으면서, 나한테 거짓말한 거예요?"

"제가 거짓말한 게 아니고요. 그 가게는 저희 아버지 가게예요. 제 가게가 아니에요, 저 치질 때문에 알바 그만둔 거 아시잖아요, 이제 다 나았으니까 곧 일 다시 할 거예요. 수술비는 다음 달 안으로 꼭 낼게요. 다음 달 안으로."

"아니, 같은 고시원 식구라고 외상으로 치질 수술해 줬는데,

자꾸 뒤로만 미루고……. 삼십만 원이잖아요. 친구에게 빌려서라도 좀 빨리 내요."

"빌릴 수 있는 애한테는 이미 다 빌려서……."

종우가 민망해하며 답하자, 문조는 답답해하며 다시 자기 자리로 돌아가 앉았다.

이에 민규가 조심스럽게 두 사람의 대화에 끼어들었다.

"이제 슬슬 그, 가게 얘기를 좀 해도 될까요?"

"네, 하세요. 하세요."

문조가 살짝 토라진 모습으로 팔짱을 끼고 민규에게 답했다.

이에 민규가 정말 미안해하는 표정을 지으며 조심스럽게 말했다.

"선생님, 죄송한데 자리를 좀 비켜주시겠어요?"

"뭐라고요?"

"일 얘기하러 온 거라서요. 선생님께서 계시면, 여기 김 사장님과 얘기가 잘 안 될 것 같아서요, 부탁드립니다."

"아니, 선생님도 웃기시네요. 제가 녹차도 타드리고, 육회도 드렸는데."

"녹차는 여기 김 사장님이 타셨고, 육회는 여기 고시원 사장님 거라고 하셨는데요."

"……."

"부탁드립니다."

"알겠습니다, 알겠어."

민규의 성화에 문조가 버티지 못하고 자리에서 일어났다.

그렇게 기분이 상한 성문조가 주방에서 나가려 하자, 민규가 다급히 불러 세웠다.

“아, 근데요. 한 가지 여쭤봐도 될까요?”

“뭔데요?”

“항문외과 의사신데, 팔에 이빨 팔찌는 왜 하신 건가요?”

“이거요?”

문조가 콧김을 내뿜으며 자신의 손목을 들어, 시큰둥한 표정으로 팔찌를 바라보더니, 이내 종우의 얼굴 앞 허공에 대고는 팔을 흔들었다.

이빨로 만든 팔찌가 짤랑짤랑 소리를 냈다.

“이걸 우리 종우 씨가 외상 담보라고 줬거든요. 그래서 고시원 나갈 때는 벗고, 고시원에만 오면 이걸 차요. 우리 종우 씨 보여주려고요. 제발 돈 좀 내라고.”

“……그거 비싸요, 거기 중간에 금이빨도 있어요.”

종우가 나름 변론을 한다고 말을 했지만, 그게 오히려 문조를 버럭 소리 지르게 만들었다.

“내가 전당포 하는 사람으로 보여요?!”

“……죄송합니다.”

문조가 그렇게 주방을 씩씩거리며 떠나고, 두 사람만 남게 되자, 민규가 먼저 말을 꺼냈다.

“김 사장님, 경제적인 상황이 많이 안 좋으신가 보네요?”

“예, 조금.”

김종우는 코끝을 손으로 살짝 긁고는, 녹차를 한 모금 마셨다.

“그래서 무슨 일로 오신 건가요?”

"아, 상가건물 소유주께서 4층에 있는 가발가게 앞 복도 인테리어를 좀 손보려고 하시거든요, 그래서 저희 인테리어 업체에서 겸사겸사 가발가게 홍보 영상을 무료로 제작해 드리려고 하거든요. 그 부분에 대한 동의를 좀 받으려고 왔습니다."

민규가 옷 상의 안주머니에서 봉투 하나를 꺼내, 안에 들어 있던 서류를 꺼내 보였다.

홍보 영상물 제작에 대한 동의서였다.

종우는 해당 동의서에 대한 내용을 읽더니, 식탁 위에 내려놨다.

"무료로 홍보물을 제작해 주시는 건 고맙긴 한데요, 저는 그 가발가게를 운영할 생각이 없어서요."

"예? 임차인 명의변경도 다 하시지 않으셨어요? 계약해지 안 하시기로 하셨다고 건물주에게 듣고 왔는데요."

"그거는……"

종우는 녹차를 다시 한 모금 마시고, 답답해하며 말을 이었다.

"……명의변경 후에 해지를 하려고 했거든요. 그런데 계약서에 명시된 임차만료 기간 전에 임차인 책임사유로 해지하는 거니까 위약금이 발생한다면서, 보증금이 삼천만 원인데, 천오백만 원을 위약금으로 내야 한다고 하는 거예요. 그게 말이 되나요?"

"아버지께서 임차계약 때 그런 위약금 조항이 있는 걸 알고 계약을 하셨다면, 말이야 되겠죠. 그리고 딱히 임차계약에 위약금 조항이 있는 게 이상한 건 아닌데요."

민규가 동조하지 않고 담담하게 지적하자, 종우는 기분이 상한 얼굴로 다시 설명했다.

"그게 아니고요, 좀 그렇잖아요. 저는 아버지도 돌아가셔서 가뜩이나 마음도 힘든데, 좀 상황을 봐줄 수도 있는 거잖아요. 그 사람은 부잔데, 그런 거 하나 못 해준다는 게 너무 어이가 없고……심하잖아요."

"예, 뭐, 그렇게 생각하실 수도 있겠죠. 그래서 해지를 하신다는 건가요?"

민규의 물음에, 김종우는 잠깐 천장을 바라보며 한숨을 내쉬고는 다시 민규를 바라봤다.

"해지를 하고 싶은데, 못 하는 거죠. 남은 계약기간이 1년하고 4개월이더라고요. 그거 보증금에서 다 차감하고 보증금 돌려받는 게, 위약금 내는 것보단 제가 받을 보증금 금액이 커서 일단 계약을 유지하기로 했어요."

"그러면 지금 당장, 보증금에서 1년 4개월 치 월세 한 번에 다 납부하시고, 남은 보증금 받으시는 게 더 낫지 않으세요?"

"그게."

종우가 복도 쪽에 사람이 있는지, 한 번 살펴보고 말을 이었다.

"지금 고민하고는 있어요. 계약기간 동안 그 장소에 뭔가 제 가게를 따로 내볼지, 아니면 그렇게 한 번에 월세 납부하고 보증금만 받을지."

"가발가게는 안 하시고요?"

"저는 가발 만들 줄 몰라요. 아버지 만드는 거 보기만 했지. 그런 거 배울 생각은 안 해봤죠."

종우의 한심한 대답에, 이번에는 민규가 한숨을 내쉬고 녹차를 마셨다.

"가발가게 위치에 다른 가게를 내시려면, 철거며 인테리어며 준비 비용이 만만치 않을 텐데요?"

"아버지가 모아놓으셨던 돈이 좀 있거든요. 그게 이제는 제 거니까요. 그걸로 그 정도는 할 수 있어요."

종우의 이상한 대답에, 민규는 조금 전 성문조가 치질 수술비를 내라며 독촉하던 걸 떠올렸다.

"아니, 그러면 저분, 수술비, 지금 당장이라도 내실 수 있는 거 아닌가요?"

"아~, 저 사람이요? 나중에 때 봐서 그냥 여기 고시원 나갈 거예요. 신경 쓰지 마세요."

쓰레기 같은 발언에 민규가 놀라, 순간적으로 떠오른 의문을 입에 담고 물었다.

"혹시 그 얼굴……돈 빌려준 사람한테 맞으신 건가요?"

"……예, 어떻게 아셨어요?"

종우가 자기 얼굴을 손으로 쓰다듬으며, 해맑은 목소리로 민규에게 말했다.

"제 친구였던, 였었던 놈이 이래놨어요, 진짜 얼마 빌리지도 않았는데, 요 며칠 계속 독촉을 하더라고요. 그래서 제가 돈 대신에 제 거 휴대폰 줬거든요. '나는 얼마 안 있다 새것 살 거니까 이걸로 퉁 치자.' 그랬더니, 그 나쁜 놈이 폭력을 쓰더라고요. 그 새끼 인성이 좀 안 좋은 줄은 알고 있었는데."

"와우."

민규가 감탄과 경악을 금치 못하자, 종우가 고개를 끄덕이며 녹차를 마셨다.

"진짜 나쁜 놈이죠? 그래서 연 끊었어요."

"와와, 와~, 진짜 인성 개쓰레기네요."

누가 인성 쓰레기인지 주체는 말하지 않고 민규가 비난을 했지만, 김종우는 자기에게 맞장구를 쳐줬다고 생각했는지, 고개를 연신 끄덕이며 친구 흉을 봤다.

이에 참다못한 민규가 종우의 말을 끊고, 물었다.

"그러면 가발가게 위치에 어떤 가게를 하시려고요?"

"어……별로 아직 생각해 둔 건 없는데요. 일단 여기 고시원부터 뜨고 아버지가 살던 집에 가서 살면서 천천히 생각해 봐야죠."

"그러면 일단은 지금 있는 가게를, 그냥 저대로 놔두시면 좀 아깝잖아요. 어떤 가게를 하실지 생각하는 기간 동안에는, 그냥 가발가게 그대로 장사하시는 것도 괜찮으실 것 같은데요."

"저 가발 만들 줄 모른다니까요?"

"아니, 배우시면 되잖아요. 월세는 계속 빠져나가고 있는데, 아깝잖아요……."

"됐어요, 제가 좀 서울생활 하는 동안 지쳐서, 심신 회복을 위해서 좀 휴식기를 가져야 해요."

"……."

민규가 할 말을 잃고 답답해하는 얼굴로 바라보니, 오히려 종우가 짜증이 난 듯 통명스럽게 말했다.

"제가 뭘 하든 제 맘이지, 제가 그쪽 허락을 받아야 합니까?!

예? 짜증 나게 정말……. 거, 무료홍보 얘기는 정말 고마운데, 나중에 제가 무슨 가게할지 정하면 그때 해주세요. 그러면 되잖아요."

종우가 무례한 태도를 보였지만, 민규는 흥분하지 않고 차분하게 답했다.

"오해하시는 것 같은데요. 그때는 이런 제안 안 해드립니다. 저흰 지금 건물 상가복도 인테리어 공사를 하면서 임차인들 홍보도 같이 해드리려고 하는 거지. 나중에 임차인분들이 무슨 업종을 하건 그거는 저희와는 상관없습니다. 저희는 무료홍보 기회를 드리는 건데, 그걸 발로 차시려고 하니까 안타까워서 이렇게 말씀드렸을 뿐입니다."

민규는 탁자에 놓인 홍보물 제작 동의서를 집어 들고, 반듯하게 접어, 가지고 왔던 봉투 안에 다시 넣었다.

"안타깝네요. 김종우 선생님 아버님께서 살아 계셨다면 분명 서명하셨을 텐데."

"뭐?"

"안타깝지 않으세요? 아버님은 돌아가시던 그날도 가게에 계셨다고 하시던데요. 그렇게 열심히 운영하셨던 가발가게가 그 아들한테는 겨우 이런 취급이나 받다가 사라진다니."

"당신 말 다했어?!"

"아니."

민규가 한심하게 종우를 바라보며 말했다.

"당신 아버지가 모았던 그 돈. 당신 아버지 목숨과도 같은 돈이야. 그 돈 가지고 허튼 생각하지 마."

"……!"

"제대로 생각이 박혀 있는 사람이라면, 설령 다른 가게를 하더라도, 일단 무료홍보 영상 제작에 동의했을 거고, 한 달이라도 가발가게 안 놀리고 운영했을 거야. 가발을 만들 줄 몰라도, 돌아가신 아버지가 그간 열심히 만들어 놓은 가발 재고만이라도 팔아서 소진시켜야 할 테니까!"

마지막에는 민규도 목소리가 높아졌다.

그러자 종우는 얼굴이 붉으락푸르락 변해, 눈을 부릅뜨고 대들었다.

"인테리어 공사 따위나 하는 노가다 주제에, 어디다 대고 훈장질이야, 네가 나보다 뭐가 잘 났는데! 뭐가! 어!"

"에휴."

민규는 그런 종우를 한심하게 쳐다보고는 자리에서 일어나 주방을 나왔다.

그렇게 고시원 복도를 걸어 나오다, 중간에 성문조를 만나 가볍게 고개를 숙여 인사를 한 민규는, 성문조에게 작은 목소리로 조언했다.

"저 사람 수술비 안 내고 고시원에서 몰래 나갈 생각하고 있어요."

"……감사합니다."

마침 김종우가 욕을 하며 주방에서 민규를 쫓아오다가, 복도에서 성문조와 같이 있는 민규를 보고는 걸음을 멈추었다.

성문조의 표정을 보고, 민규가 뭐라고 말했을지 눈치챈 김종우는, 크게 욕설을 내뱉었다.

"……저 개X끼가!"

민규는 그런 김종우를 신경 쓰지 않고 그대로 고시원을 빠져나갔다.

그 모습에 김종우는 눈이 뒤집혀서, 구시렁구시렁 욕을 내뱉으며 성큼성큼 복도를 걸어, 복도에 서 있는 성문조를 그대로 지나쳐 계단을 내려가, 종우를 뒤쫓아 고시원 밖으로 나왔다.

종우가 고시원 건물 밖으로 나와보니, 민규가 리모컨을 가지고 앞에 세워뒀던 BWM 4시리즈 쿠페에 잠금장치를 풀고, 차 운전석에 올라타려 하고 있었다.

순간, 민규와 종우의 눈이 맞았다.

"풉."

민규가 한쪽 입꼬리를 쭉 올리며, 종우를 비웃고는 차에 탔다.

종우는 순간 멍하니 그 모습을 바라볼 수밖에 없었고, 민규는 운전석에 탄 뒤, 그대로 차를 몰아 고시원 건물을 뒤로하고 떠났다.

백미러에 비춰지는 종우의 모습이 점점 작아지다 이내 사라졌고, 민규는 그걸 확인한 뒤 고개를 절레절레 흔들며 혀를 찼다.

X

퇴마 인테리어에서 다시 경기도 이천 상가 일을 받기로 한 지

사흘째.

작업은 아직도 들어가지 않았다.

일단 견적을 한소레 부동산 박 사장에게 보내 승인받았고, 자재 발주는 다 끝난 상태였다.

문제는 아직 인터넷에 퍼뜨릴 영상의 내용을 아직 정하지 못해서, 시간을 질질 끌리고 있다는 점이었다.

그리고 그 내용을 정하는 사람은 바로 민규였다.

사장인 주영은 오늘 마침 민규를 데리고 이천 상가를 재방문할 예정이겠다.

현장 작업방향과 순서에 대해 정리하면서, 시간이 지연되고 있는 부분에 대해서도 이야기를 꺼낼 참이었다.

주영이 저번처럼 밴을 이천 시외버스 터미널 근처 주차장에 세워두고, 작업을 해야 할 상가건물로 향하니, 민규가 마침 상가 앞에 아이스 커피를 하나 들고 서 있는 게 보였다.

주영이 다가가니, 민규가 주영을 발견하고는 살짝 손을 들어 인사했다.

"왔어?"

"내 거는?"

주영이 민규의 손에 들린 아이스 커피를 보고 묻자, 민규가 어처구니없어하는 표정을 지었다.

"네 거는 네가 사야지."

"와, 친구랑 만나기로 약속했는데, 그 약속 장소에 마실 것 들고 나타나면서, 지 것밖에 안 챙기고 나온다고?"

"바로 여기 1층에 커피 파는 데 있잖아. 가서 사 와. 기다리고 있을게."

"……넌 친구 아니었으면, 진짜 진즉에 해고였다."

"야, 나도 친구니까 너랑 일해주는 거야. 사 와, 나 여기 있을게."

"아, 됐어. 그냥 네 거 두 모금만 좀 줘."

"아, 좀! 그냥 사 와!"

"아깝냐? 너한테 난 그 정도도 안 돼?"

"아, 진짜. 알았어. 자."

민규가 들고 있던 아이스 커피 컵에서 빨대를 빼더니 주영에게 슥 내밀었다.

주영은 그걸 받아 들고, 뚜껑을 벗기고는 크게 두 모금 들이켰고, 마지막으로 얼음 몇 개도 입에 넣었다.

와그작와그작 얼음을 씹으면서, 주영이 뚜껑과 함께 커피를 민규에게 돌려줬다.

민규는 돌려받은 커피의 뚜껑을 다시 덮으려고 했는데, 계속 시도해 봐도 도저히 뚜껑이 컵에 끼워지질 않았다.

"야, 이거 뚜껑 안 닫히잖아."

민규가 투덜댔지만, 주영은 반응 없이, 입에 남아 있는 얼음을 호호 불어가며 상가 1층 승강기가 있는 곳으로 향했다.

커피 뚜껑을 덮는 데 실패한 민규는 그대로 한 손에는 커피 컵, 한 손에는 뚜껑을 들고, 주영을 따라 승강기에 탔다.

승강기에 타자마자 민규는 남은 커피를 벌컥벌컥 마셔서, 컵에 얼음만 남겨놨다.

승강기가 4층에 도착하고, 주영과 함께 내린 민규는 곧바로 주영에게 말했다.

“나, 이거 화장실에 가서 좀 버리고 올게.”

“에헤이, 거 참.”

주영이가 바지 주머니에 손을 넣으며 살짝 인상을 썼지만, 민규는 승강기 옆 공용화장실로 향했다.

남자화장실로 들어간 민규는, 빨대와 종이로 된 컵홀더를 쓰레기통에 버리고, 입구 옆 걸레싱크에다 컵 안에 남아 있던 얼음을 쏟아 버린 뒤, 걸레싱크의 수도꼭지를 틀어서 컵을 대충 헹궜다.

헹구기를 다한 민규가 걸레싱크의 수도꼭지를 잠그고 손에 물기를 터는데, 갑자기 민규의 등 뒤 화장실 제일 안쪽 변기 칸에서 무언가 툭 하고 떨어지는 소리가 났다.

뭔가 싶어서 민규가 뒤를 돌아보니, 닫혀 있는 변기 칸의 문 밑으로 검은 긴 생머리가 삐져나와 있었다.

가발 같은 게, 바닥에 떨어져 있는 느낌이었다.

부자연스러운 상황에도 민규는 담담하게 그 머리카락을 잠시 쳐다보다가, 무릎을 굽히고 바닥에 엎드려, 문 밑으로 변기 칸 아래의 상황을 보려고 자세를 취했다.

민규가 쳐다보니…….

스스슥-!

……변기 칸 바닥에 있던 창백한 여성의 얼굴이, 민규와 눈이 마주치자마자 변기 칸 위로 올라갔다.

길고 검은 머리카락들도 함께 사라졌다.

민규는 바지 무릎 부분을 털며 일어났다.

“근데 여기 남자화장실인데?”

고개를 갸웃거린 민규는, 손에 들려 있던 빈 플라스틱 컵을 쓰레기통에 던져 넣고, 화장실 밖으로 나왔다.

승강기 앞 복도에 서 있는 주영에게 간 민규는 곧바로 자신이 본 걸 보고했다.

“야, 방금 화장실에서 하나 나오더라. 사람들 사이에 여기 귀신 소문이 점점 불어나고 있는 모양이야.”

주영이 박수를 한 번 치더니, 민규를 들들 볶기 시작했다.

“너 말 잘했다. 그거 홍보 영상 대체 언제 만들어서 퍼뜨릴 거야? 그거 먼저 해야 여기 작업 시작하는 건데, 지금 너 때문에 작업이 계속 미뤄지고 있잖아, 여기 건물주도 작업 언제 들어가냐고 계속 묻는다니까.”

“나도 알아, 안다고.”

“알면 지금 얘기를 해봐. 언제 찍을 거야? 그거 찍는 데 하루 걸리고, 영상 편집하고, 올리고, 퍼질 때까지 기다리고, 그러면 이번 주는 그냥 날라간다니까. 언제 찍을 거야? 빨리 말해.”

“아, 진짜, 아니, 어디를 메인으로 해서 찍을지 아직 몰라. 가발가게를 메인으로 찍으려고 했는데 파토 났지. 그래서 한우구이 식당으로 하려고 했더니 저기 사장이 거절했잖아. 그렇다고 당구장은 좀 그러니까.”

“아니, 변명은 됐고, 그래서 언제 찍을 거냐고.”

"오늘 마침 여기 왔으니까, 일단 내가 여기 임차인들한테 다 한 번씩 다시 물어볼게. 됐지?"

"그럼 오늘부터 촬영 들어가는 거야?"

"그건 아니지. 빠르면 내일?"

"에휴. 그러면 일단 작업 어떻게 할 건지 알려줄게, 따라와."

주영이 복도를 앞장서서 걸으며, 뒤에 걷는 민규에게 설명했다.

"천장 환풍기 배관은 전부 화장실로 가는 거야. 그 작업이 끝나면 스피커 전선 깔고, 천장 덮고, 스피커 설치하고, 오케이?"

"알았어. 그러면 위에서부터 하는 거니까 타일이 마지막이고?"

"그렇지."

"야, 근데 이런 거는 사실 작업 당일에 네가 그냥 나한테 말해도 되는 거 아니냐?"

"말을 해놔야지. 내가 없으니까."

"왜? 왜 없어? 그럼 나랑 누가 해?"

"누구랑 하기는 수혁이랑 해야지."

주영이 말하자, 민규가 잠시 생각하더니 이상해하며 말했다.

"작업 당일이 언제인지 아직 정해지지도 않았으니까, 다른 일정이 있어서 같이 못 한다는 건 아닐 거고. 뭐야?"

"뭐기는, 이거 세 사람이나 와서 해야 할 일은 아니잖아. 너랑 수혁이랑 둘이서 작업해. 나는 여기 작업에선 빠질 거야."

"아니, 그러니까 왜 네가 빠지는데? 둘이서 하는 거면 너 하나 기준으로 딱 있고. 나나 수혁이 둘 중에 하나가 들어가면 되는 거잖아."

"알잖아."

주영이 팔짱을 끼고는, 안쓰러워하는 표정을 지으며 말했다.

"너 수혁이 요새 피하고 있잖아."

"내가? 허어, 어어어니, 안 피하는데?"

주영의 지적에 민규가 과장된 말투로 부정했다.

"내가 걔를 왜 피해?"

"너, 최근에 내가 어디 좀 같이 가자고 하면서 수혁이도 있다고 하면, 다른 개인적인 일 있어서 못 갈 거 같다고 계속 빠지잖아. 수혁이 없다고 하면, 그때서야 쪼르르 오고. 맞지?"

"아니, 그거는 진짜로 내가 그때 일이 있으니까 그랬지. 내가 수혁이를 왜 피해?"

"안 피한다고? 그러면 둘이 일해도 되잖아."

"아니, 그거랑 이거는 다른 얘기지."

"뭐가 달라."

"일하면서 같이 있는 거는 좀 아니지."

"뭐가 아니야?"

민규가 횡설수설하면서 말을 제대로 못 하니, 주영이 실실 웃으면서 말했다.

"나 오늘 수혁이도 여기 불렀어. 조금 이따가 올 거야."

"X랄. 농담이지?"

"야, 작업 내용을 너한테만 설명하면 어떻게 해. 수혁이한테도 설명해야지. 그나마 네 입장 생각해서 수혁이보고 조금 늦게 오라고 한 거야."

"아, 쪼옴. 너 왜 그러냐아."

민규가 어린아이처럼 몸을 이리저리 틀면서 투정을 부리는 사이, 복도 저편에서 수혁이 함박웃음을 지으며 나타났다.

"여어, 이게 누구야? 정민규 아니야?"

"아 씨."

민규가 작게 욕을 하고, 수혁이 나타난 복도 반대편으로 걸어서 도망치기 시작했다.

그러자 수혁이 빠른 걸음으로 주영에게 걸어왔다.

"야, 어떻게 여기 작업 다시 하기로 했네?"

"그렇게 됐어. 작업 내용이 저번에 왔을 때랑 살짝 변경됐거든? 그래서 설명해 주려고 하는데……민규, 쟤 도망갈 것 같은데?"

"아아, 걱정 마. 쟤 차 세워둔 데 내가 찾아가지고 바로 앞에 내 차 바짝 붙여놨어. 쟤 못 가."

수혁이 키득거리며 말했다.

"잠깐만, 내가 쟤 데려올게."

'ㅁ'자 복도를 따라, 민규가 걸어간 반대 방향으로 이동한 수혁은 승강기 앞에 자리를 잡고 섰다.

저 멀리 복도 구석에서 민규가 나타났다가, 승강기 앞에 서 있는 수혁의 모습을 발견하고는 씁쓸한 표정으로 그 자리에 멈춰 섰다.

수혁이 손짓으로 오라고 하자, 민규는 천천히 내키지 않는 얼굴로 다가왔다.

"네 차 저쪽에 터미널 뒷골목 유료주차장에 세워놨지? 내 차로 네 차 못 움직이게 막아놨어. 그냥 따라와."

"……."

"진짜 오랜만에 본다, 민규야."

수혁이 민규의 어깨를 한 팔로 감싸 안아, 어깨동무를 하며 반갑게 말했다.

하지만 민규의 낯빛은 어두웠다.

"반갑다니까, 인사 안 해?"

"나도……반갑다."

수혁의 재촉에 민규가 힘겹게 답했지만, 수혁은 전혀 만족할 수 없었다.

"너 왜 반말하냐? 약속 지켜야지. 다시 해."

"반갑, 읍니다. 헤응."

"뭐?"

"에이, 알아들었잖아."

"헤응이 뭐야, 헤응이. 말 똑바로 해. 치사하게 하지 말고."

"……반갑습니다, 형님."

"그으래. 반가워, 동생."

수혁이 그렇게 어깨동무를 한 상태로 민규를 끌고, 다시 주영이 있는 곳으로 걸음을 옮겼다.

다정한 둘의 모습을 본 주영은 흐뭇한 미소를 지으며 말했다.

"민규야, 약속한 기간 동안 형님 대접 안 하려고 피해 다니는 건 진짜 찌질한 거야. 쿨하게 그냥 인정하고 가자, 좋지?"

"난 쿨가이가 아니고 핫가이인데."

민규가 기어 들어가는 목소리로 말했지만, 주영은 대꾸하지 않고, 곧바로 작업 내용에 대해 다시 설명하기 시작했다.

그렇게 세 사람이 복도를 걸으며, 작업 내용에 대해 주영이 설명하고, 민규와 수혁이 들으면서 걷는 와중에, 세 사람은 가발가게 앞을 지나게 되었다.

이곳에서 주영이 두 사람에게 특별히 주의를 줬다.

"내가 여기서 뚜렷한 실체가 없는 귀신을 둘 봤었어. 내가 볼 때 지금 이 자리가 가장 음습한 위치야. 그래서 여기서 사람들이 귀신이 나올 것 같다는 생각을 좀 많이 하나 봐."

"아~, 여기."

"낮에는 호프집이 또 문을 안 여니까, 사람들이 이곳으로 올 일도 별로 없어서 더 그렇겠다."

민규와 수혁이 한마디씩 하며 주변을 둘러봤다.

그러면서 주영도 저번에 자신이 봤던 귀신을 떠올리며, 다시 한번 가발가게 내부와 유리창을 살펴봤다.

그러다 눈치챘다.

"어?"

주영이 놀라서 자기도 모르게 목소리를 내자, 민규와 수혁이 주영을 쳐다봤다.

"왜?"

"뭐 나왔어?"

"아니, 가게 내부가 좀 바뀐 것 같다. 봐봐, 가게 이 정도 느낌은 아니었잖아."

주영이 민규에게 말하자, 민규가 유리창 너머로 안을 유심히 쳐다봤다.

"그러게, 정리정돈이 됐네. 전에는 좀 너저분했는데."

"그렇지?"

"귀신이 정리를 하나?"

그때였다.

복도에서 누군가 걸어오더니, 세 사람에게 말을 걸어왔다.

"남의 가게 앞에서 뭐 하시는 거죠?"

주영과 민규, 수혁이 말하는 사람을 쳐다보니, 민규가 아는 사람이었다.

"어?"

민규가 깜짝 놀라 손가락으로 가리키며 말했다.

"김종우 씨?"

"당신은 그때……."

종우가 인상을 살짝 구겼다.

주영이 눈을 동그랗게 뜨고는 민규와 종우를 번갈아 쳐다보다가, 민규에게 물었다.

"아는 분이야?"

"여기 가발가게 사장님 아들."

"아~."

대답을 들은 주영은 곧바로 고개를 숙여가며 정중하게 인사를 건넸다.

"안녕하세요, 사장님. 여기 복도 인테리어 작업을 맡게 된 인테리어 업체 사장입니다."

"예, 안녕하세요."

종우가 구겼던 인상을 풀더니, 주영에게 화답했다.

"안 그래도 제가 연락을 드리려고 했는데, 제가 사장님 연락처가 없어서요. 이렇게 직접 만나 뵙게 되어서 다행이네요."

"아, 연락을요? 어떤 일 때문에 그러시죠?"

"저번에 저쪽 직원분이 오셔서 무료홍보 영상을 제작해 주겠다고 하셨는데, 그거 아직 유효한가요? 동의하려고 하는데요."

"아! 네! 가능합니다."

씩씩하게 대답을 한 주영이 곧바로 민규를 쳐다봤다.

민규는 서둘러 옷 상의 주머니에서 동의서가 든 종이봉투를 꺼내 손에 들었다. 그리고는 봉투 안에서 동의서를 꺼냈는데, 주머니를 뒤져보니 볼펜이 없었다.

"야, 수혁아."

"형."

"……형, 볼펜 있어? 나 안 가지고 왔는데."

"없는데."

수혁이 고개를 내젓고, 주영을 바라봤다.

주영은 곧바로 자기 옷 주머니를 손으로 뒤적뒤적, 샅샅이 찾아봤지만, 볼펜과 수첩을 밴에 깜빡 놔두고 온 모양이었다.

세 사람 다 볼펜이 없는 민망한 상황이 되자, 주영이 종우에게 말했다.

"죄송한데, 저희가 지금 볼펜이 없어서요. 일단 서류 드릴 테니까, 나중에 서명하시고 주시면…….”

“가게 안에 있어요.”

종우가 세 사람 사이로 걸어서, 가게 앞으로 가더니, 열쇠를 꺼내 가게 문을 열고, 안으로 들어갔다.

주영은 지금이 아니면 가게 안에 못 들어가 보겠다 싶어서, 종우를 따라 가게 안으로 들어갔고, 주영이 들어가니, 자연스럽게 민규와 수혁도 함께 들어가게 되었다.

가발가게는 많이 정돈되어 있었다.

가발을 씌운 견본 머리 마네킹도 가지런하게 놓여 있었고, 부분 가발들도 가격대별로 진열이 깔끔하게 되어 있었다.

가발을 만드는 작업대도 깔끔하게 치워져 있었다.

“동의서 좀.”

종우가 민규에게 손을 내밀었다.

이에 민규는 손에 들려 있던 서류를 종우에게 넘겨줬다.

홍보 영상물 제작 동의서를 가게 작업대 위에 올려놓은 종우는, 작업대 위에 놓인 필통에서 볼펜을 꺼내, 필요한 곳에 이름과 서명을 쓰기 시작했다.

“누구 씨 덕분에 살던 곳에서 고소를 한다 만다 하는 상황까지 가서, 밀린 외상 다 갚고, 여기로 내려왔거든요?”

혼잣말을 하듯이 종우가 말하자, 내용을 모르는 주영과 수혁은 어리둥절해하는 얼굴로 종우를 바라만 보고 있었지만, 민규는 어떤 상황인지 짐작이 가서, 이 자리에서 또 난동을 부리는 건 아닌가 싶어, 혼자 긴장했다.

종우는 계속해서 말했다.

“앞으로는 낮에 가발가게 운영하고, 저녁에는 가발 만드는 법 배우러 다닐 예정입니다. 열심히 해볼 거니까, 그러니까.”

서명을 마친 종우가, 동의서를 민규에게 내밀었다.

“홍보 영상, 제대로 좀 만들어 주세요, 아시겠죠?”

민규는 그 말을 듣고 나서, 긴장을 풀고, 웃으며 동의서를 받아 들었다.

“네, 아주 잘 만들어 드리겠습니다.”

5막

당신이 안 믿는 건 중요하지 않다

전국에 방송되는 공영방송에서 진행하는 유명 정보 프로그램.

'상상 정보통'

해당 프로그램은 여행지, 맛집, 특이한 이슈가 있는 가게나 인물 등을 소개하는 프로그램이다.

세련되게 준비된 스튜디오 촬영장에 진행자와 보조출연자들이 나란히 나타났다.

"안녕하세요, 상상 정보통 시간입니다, 오늘은 저희가요, 아주 무서운 영상을 하나 준비했습니다."

진행자가 말하자, 양옆에 선 보조출연자들이 겁에 질린 시늉을 하며 저마다 한마디씩 보탰다.

"무서운 영상이요?"

"혹시 오늘 공포 특집인가요?"

보조출연자들의 말에, 진행자가 심각한 표정을 지으며 말했다.

"저번 주부터 인터넷 커뮤니티에 떠돌고 있는, 아주 무서운 CCTV 영상이라고 하거든요? 과연 무엇이 찍혔을지, 시청자 여러분들도 두 눈 크게 뜨고 한번 보시죠."

진행자가 카메라를 향해 손을 뻗으며 말했다.

화면이 전환되고, 곧바로 CCTV 화면이 하나 나왔다.

진행자의 목소리가 내레이션으로 흘러나오는데, 무서움을 강조하기 위해서인지 목소리를 깔고 최대한 음험한 말투로 말했다.

"이곳은 경기도 이천에 있는 한 상가에서 찍은 복도 CCTV 영상이라고 합니다. 촬영시각은 새벽 3시. 보시다시피 복도에는 아무도 없습니다. 그런데요."

CCTV 화면에 보이는 상가복도에는 진행자의 말처럼 아무도 없었는데, 복도 저 멀리에서 희미한 사람 형체가 걸어오는 게 보인다.

그 형체가 점점 CCTV와 가까워지고, 모습이 살짝 뚜렷해지는데.

모습 자체가 일반적으로 사람들이 생각하는 귀신과는 외형이 많이 다른 편이었다.

"어어? 저게 뭐죠?"

중년에 배 나온 남성처럼 보인다.

한 가지 더 특이한 점은 머리 가운데가 휑하니, 머리카락이 없다는 것.

"아저씨처럼 보이는데, 모습이 희미합니다. 아무리 봐도 사람은 아닌 것 같은데요?"

프로그램 자막으로 [평범하지 않은 모습의 귀신, 이 귀신이 보인 충격적인 행동은?]이란 자막이 나오고, 곧이어 CCTV 화면 속 귀신은 복도 옆에 있는 한 가게의 유리창을 스르륵 뚫고, 그대로 통과해 안으로 들어간다.

"유리창을 통과해 어느 가게 안으로 들어갑니다. 보셨죠?"

잠시 후, 가게 밖으로 다시 나오는 귀신.

그런데 모습이 어딘가 달라져 있다.

"다시 나온 정체불명의 이 남자. 여러분은 눈치채셨나요?"

귀신의 머리는 감쪽같이 머리카락이 풍성해져 있었다.

귀신은 만족한 듯 머리를 한번 만지고는, 왔던 길을 되돌아가더니 몸이 빛나며 홀연히 사라진다.

"몸이 밝아지더니, 어? 성불하듯이 사라지네요."

진행자의 말에, 보조출연자들이 저마다 난리법석을 펴며 말하기 시작했다.

"아니, 잠깐만요. 방금 머리카락이 처음이랑 다르게 풍성해지지 않았나요?"

"맞죠, 머리카락이."

"머리카락이 다시 자라서 성불한 건가요?"

"다시 한번 봐야 할 것 같은데요?"

보조출연자들의 요구에 다시 CCTV 화면이 재생되고, 진행자가 감탄하며 말했다.

"분명 저 가게 안으로 들어가기 전에 귀신으로 보이는 남자의 머리는 휑했는데요. 나오니까……풍성하네요? 만족한 귀신은 이내 성불하는데요. 대체 저 가게는 정체가 뭘까요?"

"영상은 이게 다인 건가요?"

"네, 맞습니다. 최근 온라인 커뮤니티에 이천 OO상가 CCTV 화면이라고 화제가 된 영상인데요, 네티즌들 반응이 아주 폭발적인데요. '대머리 귀신의 한이 풀리는 귀한 순간이네요.', '귀신이 되어도 대머리는 대머리 귀신이 되는 건가요?' 등 다양한 반응들이 잇달았습니다."

화면이 다시 스튜디오로 돌아오고, 진행자가 웃으며 말을 이었다.

"과연 이 CCTV 영상의 정체가 무엇인지, 저희 상상 정보통 취재진이 한번 조사를 해봤습니다. 같이 보시죠."

텔레비전 화면에는 퇴마 인테리어가 작업을 맡았던, 경기도 이천 버스 터미널 근처 상가의 모습이 나온다.

자막에는 [이곳이 바로 CCTV 속 상가?]라는 자막이 나왔다.

"저희 프로그램 제작진이 경기도 이천에서 CCTV 영상이 찍힌 상가로 보이는 건물을 하나 찾아냈습니다. 해당 건물에서 근무하시는 분들에게 한번, 귀신이 나온다는 얘기를 들으신 적이 있는지 직접 확인해 봤습니다."

상가 1층에 커피점 주인이 이어 화면에 등장했다.

커피점 주인은 '귀신이 나온다는 얘기를 들은 적이 있는지?' 라는 질문에 최근에 들은 적이 있다고 대답했다.

그다음으로 나온 사람은 4층 소담정 식당의 종업원이었다.

"밤에 여기 4층 복도에서 귀신을 봤다는 분이 있었어요."

종업원의 말에 제작진은 4층 복도에 있는 CCTV 카메라를 보여줬다.

보조출연자들이 놀라며 말했다.

"그러면 여기가 그 영상 속 건물이 맞는 거군요?"

"저 카메라가 맞는 걸까요?"

프로그램 제작진은 이어 건물 1층에 있는 관리실로 향했다.

관리소장은 깔끔한 양복 정장차림으로 관리실에서 제작진을 기다리고 있었는데, 국어책 읽는 말투로 카메라를 든 제작진에게 물었다.

"제가 여기 관리소장인데, 무슨 일로 오셨습니까?"

"여기 귀신이 나온다는 소문이 있다고 하던데, 그게 사실인가요?"

"사실입니다, 특히 이 건물 4층에서 귀신을 봤다는 목격담이 많이 나오고 있습니다."

'귀신 소문이 사실이다?'라는 자막이 뜨고, 이어 제작진에게 관리소장이 CCTV 화면을 보여주는데, 카메라를 통해 보이는 4층 복도가, 영상 속 복도와 각도며 모습이 딱 일치했다.

관리소장이 보여준 CCTV 녹화 비디오에는, 며칠 전에 박 사장의 일꾼들이 정전 후 불이 켜지자 도망가는 모습이 나오고 있었다.

이에 진행자가 확신에 찬 목소리로 말했다.

"영상 속 모습이랑 똑같습니다, 찾았습니다. 바로 이 건물입니다."

"아니, 그러면 귀신이 들어갔던 가게는 대체 뭐죠?"

"저기 저 복도 옆에 가게는 뭐 하는 곳일까요?"

진행자의 말에 보조출연자들이 한 마디씩 의문을 표하자, 진행자가 이에 답했다.

"그래서 저희 제작진이 바로 영상 속 가게로 한번 향했습니다."

카메라를 든 제작진이 4층 복도에 다시 들어서고, 복도에서 카메라를 이리저리 돌려 가게들을 둘러보다가 드디어 가발가게를 발견한다.

자막에는 '아니 여기는?!' 하는 자막이 나온다.

"아니, 여기는 가발가게잖아요?"

보조출연자 중 하나가 놀란 목소리로 말했다.

전면 유리창 너머로 가게 안이 훤히 보이는데, 가게 안은 불이 켜져 있었고, 깔끔한 옷차림의 젊은 남성이 고개를 숙이고 뭔가를 열심히 만들고 있었다.

이에 제작진이 가게의 문을 열고 안으로 들어갔다.

"계세요?"

제작진의 물음에 작업대에서 가발을 만들고 있던, 김종우가 환한 미소와 함께 제작진을 반겨줬다.

"네, 어서 오세요!"

화면이 멈추고, 자막으로 'ㄱ가발업체 사장, 김종우 사장님'이라는 자막이 나왔다.

이어 진행자가 말했다.

"저희 제작진은 사장님께 여러 온라인 커뮤니티에 나오는 CCTV 영상에 대해 여쭤봤습니다."

휴대전화로 인터넷에 게시된 영상을 보여주는 제작진.

그걸 본 종우는 웃으며 제작진에게 설명했다.

"아, 이거 저희 가게 광고 영상입니다."

자막으로 '엥? 이게 다 광고?'라는 자막이 달렸다.

종우는 웃으며 계속 설명했다.

"어떻게 하면 저희 가게를 홍보할 수 있을까, 고심하다가 인터넷에 이런 콘셉트로 한번 올려보는 건 어떨까 하고……."

화면은 이어 과거 재연 영상으로 연출된 화면으로 넘어가고, 가게에 홀로 있는 종우가 고심하는 척 머리를 이리저리 흔들며 중얼거리는 모습이 나온다.

진행자가 말했다.

"김종우 사장님께서는 가게 홍보를 위해 오랜 시간 고심하셨다는데요. 그러다 문득 머리에 떠오른 아이디어."

재연 영상 속 종우가 어설프게 자리에서 일어나며 외쳤다.

["그래-, 이거야-!"]

"바로 인터넷에 CCTV 영상처럼 꾸며서 올리는 거였다고 하시네요. 이렇게 재밌게 영상을 만들어 올리시니, 네티즌들이 알아서 이 사이트, 저 사이트로 옮겨서 올려주며 자동으로 홍보가 되었다고 하는데요."

진행자가 설명하자, 보조출연자들이 '아~!' 하는 감탄사를 냈다.

이어 종우와의 인터뷰 화면이 나오고, 종우가 설명했다.

"저희 아버지가 먼저 이 가발가게를 시작하셨어요, 저는 아버지 옆에서 오랫동안 만드는 법을 보고 배웠는데요. 바로 얼마 전에 아버지께서 돌아가셨어요."

감성적인 음악이 깔리고, 진행자가 말했다.

"김종우 사장님의 아버지께서는 얼마 전 심장마비로 세상을 갑작스레 떠나셨다는데요, 아버지의 손길이 닿아 있는 이 가게를 포기할 수 없어서, 김 사장님께서 아버지의 가게를 이어 하시기로 하셨다고 합니다~."

"아아~."

화면에는 종우가 이마에 땀을 방울방울 맺어가며, 정성스럽게 부분 가발을 만들고 있는 모습, 가게에 온 손님이 종우에게 상담을 받고, 부분 가발을 직접 착용해 보는 모습 등이 나왔다.

누가 봐도 연출된 상황이었지만, 진행자는 말했다.

"아버지로부터 시작한 가발 제작기술은 이제 2대째로 이어진 만큼, 그 깊이가 남달랐는데요. 시중에서 파는 일반 부분 가발과 달리, 김 사장님이 만드신 가발은 고객의 기존 모발의 색과 굵기에 맞춰 제작이 되기 때문에 이질감 없이 자연스럽다는 점이 장점이라고 하시네요."

종우가 만든 부분 가발을 착용한 고객이 만족스런 웃음을 지어 보이며, 엄지를 척 세워 보인다.

"어머, 진짜 감쪽같아요!"

"이 정도면 진짜 귀신도 와서 착용하고 싶어 하겠어요!"

보조출연자들이 다시 한번 감탄하고, 종우의 인터뷰 화면으로 돌아간다.

종우는 제작진에게 앞으로의 각오를 밝히며 인터뷰가 마무리 되었다.

"탈모로 인해 자신감을 잃으신 분들이 많으세요. 그런 분들에게 힘이 되고 싶은 마음, 조금이라도 도움이 되고 싶다는 마음을 담아 좋은 제품을 만들고 있습니다. 부디 저희 가게의 제품을 착용하시고, 잃으셨던 자신감, 꼭 되찾으세요!"

종우가 웃으며 두 손에 든 부분 가발을 흔들어 보였다.

자막으로는 '가발 2대 장인, 사장님 앞으로도 파이팅!'이라는 자막이 달렸다.

X

수연이 온라인 커뮤니티에 김정모 가발업체 홍보 영상을 빙자한 CCTV 영상을 여기저기 업로드하기 시작한 지 일주일이 지나, 공영방송 프로그램에서도 취재를 할 만큼의 큰 성과를 거두었다.

이제 웬만한 사람들은 이천 상가건물 귀신 얘기를 들으면, 이 CCTV 영상을 먼저 떠올릴 게 분명했다.

귀신 얘기를 무서운 얘기가 아니라 재밌는 광고로 완전히 탈바꿈시켰다.

딱 민규가 예상했던 대로 된 거였다.

퇴마 인테리어 사무실.

사무실 소파에 민규가 누워, 휴대전화로 온라인 커뮤니티에 퍼진 영상을 확인하며 콧노래를 불렀다.

"흐흥, 흐흐흥~, 나 광고 마케팅에 재능이 좀 있는 것 같아."

민규가 벌떡 소파에서 일어나더니, 사무실에 있던 친구들을 향해 말했다.

"나, 광고 업체 일자리 좀 알아볼까?"

반대편 소파에 앉아 있던 수혁이 팔짱을 낀 상태로 그런 민규를 한심하게 바라보며 물었다.

"여기 그만두고?"

"아니, 뭐, 내가 언제까지고 여기서 일할 건 아니니까……."

민규가 힐끔 대표 자리에 앉아 있는 주영을 쳐다보고 말했다.

이에 주영은 민규를 보고 말했다.

"그래, 뭐, 친구랑 같이 일하는 것보다 마케팅 회사에서 일하는 게 더 괜찮기야 하겠지."

"야, 말을 또 무슨 그렇게 하냐."

민규가 섭섭하다는 듯이 말했다.

"그냥 솔직하게 '민규야, 나는 너 없으면 안 돼. 우리 앞으로도 같이 손을 맞잡고 미래로 나아가자.', 이러면 되잖아."

"그래? 민규야, 나랑 같이 손을 잡고 미래로 나아가자."

"하~, 마음에 진심이 안 담겨 있어. 진심이."

"그대로 말해줬잖아?"

"몰라, 나 삐졌어, 마케팅 회사 알아볼 거야."

민규가 볼을 빵빵하게 부풀리며 휴대전화만 바라보자, 이번에는 컴퓨터로 업무 중이던 수연이 작업을 멈추고 민규를 바라보며 끼어들었다.

"솔직히 마케팅 회사는 내가 알아봐야지. 이거 광고 만드는 거 거의 다 내가 했는데. 민규 오빠는 한 거 없잖아."

"어어? 이게 무슨 개 똥 싸는 소리야?"

민규가 휴대전화를 내려놓고 말했다.

"야, 수연아, 마케팅은 아이디어가 생명이야. 내가 짠 아이디어인데, 왜 네가 숟가락을 얹으려고 그러냐? 웃긴다, 너."

"합성부터 영상 제작 거의 다 내가 했는데, 당연한 거지."

"그런 거는 할 사람 많아. 그런데 독특한 아이디어를 꾸준하게 낼 수 있는 사람? 거의 없지. 내가 유일할걸?"

"아유, 진짜 잘났어. 민규 오빠는 마케팅 회사 가라 가, 나는 내 회사 따로 차리고 말겠다."

수연이 민규에게 화를 내듯이 말을 하고는 슬쩍 주영 쪽을 바라봤다.

수혁 역시도 주영을 힐끗 바라봤다.

하지만 주영은 컴퓨터 앞에서 문서 작업 중이라 그런지 시선은 모니터에만 고정되어 있었다.

잠시 사무실에 어색한 적막이 흐르고, 주영이 자신의 휴대전화를 가지고 시간을 확인한 뒤 말했다.

"수연아, 슬슬 나랑 퇴근 준비하자, 수혁이랑 민규는 이천 상가 4층 복도에 인테리어 작업 들어가야 하는 거 알지? 내일 새벽 2시부터 작업해야 되니까, 눈을 좀 붙여야 될 건데. 여기서 자고 갈 거야?"

주영의 물음에 수혁이 답했다.

"아니, 일단 내려가서 저녁 먹고, 차에서 좀 자다가 새벽에 작업해야지. 일단 철거부터 하는 거지?"

"그래, 폐기물 수거업체는 이천 쪽 업체 잡아놨으니까, 아침 7시 되면 상가 앞에 트럭 올 거야. 폐기물 나오는 거 다 마대에 담아서 상가 앞에 뒀다가, 수거업자 오면, 같이 실으면 내일 작업은 끝이야."

"귀신은?"

"언제 나올지 모르니까, 둘이 항상 붙어 있도록 하고, 나오면 그냥 바로 잡아. 민규 덕분에 무력화는 엄청 쉬운 상태일 거야."

주영이 컴퓨터를 끄고, 자리에서 일어났다.

"영상 찍는다, 유포한다, 기다린다 하면서 2주 넘게 작업 지연되었다고, 건물주가 빨리하고 끝내라고 난리니까, 작업일정 연장되면 안 돼. 철거 작업 시작하고 나서 딱 4일 안에 다 끝내야 해."

"알았어, 걱정 마. 작업일정 준수할 테니까."

수혁이 고개를 끄덕이며 답하자, 곧바로 주영과 수연이 퇴근 준비를 시작했고, 가방을 챙겨 사무실을 나서려 했다.

주영이 잠깐 바지 주머니를 뒤적이더니, 차 키를 꺼냈다.

이어 수혁에게 다가가 건네줬다.

"밴에 사다리 없으니까, 차고에서 챙겨가."

"어."

수혁이 짤막하게 답하고, 차 키를 받았다.

마지막으로 주영의 뒤에 있던 수연이 작게 수혁과 민규에게 손을 흔들었다.

"그럼 나 먼저 집에 간다. 수고해~."

그렇게 주영과 수연이 그렇게 퇴근을 하고, 사무실의 문이 닫히자, 수혁이 한숨을 푸욱 내쉬었다.

이 모습을 본 민규가 물었다.

"아직 말 안 했어?"

"뭘."

"수연이랑 너, 빵집 창업할 거라고."

"아직 말 안 했지. 미안하잖아."

수혁이 왼쪽 뺨을 손으로 살짝 긁으며 말했다.

이에 민규가 답답하다는 얼굴로 수혁이를 바라보며, 소파에 등을 기댔다.

"야, 미리 말 안 하고 있다가, 나중 가서 말하는 게 더 섭섭하겠다. 그냥 빨리 말해. 나중에 가서 뒤통수 때리는 것처럼 하지 말고."

"아니, 그게……아직 잘 모르겠어."

"뭘 몰라?"

"요새 경기도 안 좋고, 지금 창업을 하는 게 좋은 시기인지 확신이 없다고 할까."

"경기가 언제는 좋았냐? 항상 안 좋다고 그러지, 그리고 너, 네가 하고 싶었던 일 하려고 하는 거잖아. 근데 경기가 무슨 상관이야, 자기가 좋아하는 일 하겠다는데."

민규가 한숨을 한 번 내쉬고 말했다.

"그러면 말 안 하겠다고?"

"아니, 그건 아니고, 일단 수연이는 여기서 월급으로 받고 있잖아, 반면에 너랑 나는 일당으로 받고 있고. 나중에 어떻게 될지 모르니까 수연이는 계속 여기 일 하라고 하고, 나는 여기 일 안 들어올 때도 있으니까, 그때 제과점을 운영하는 방향이 괜찮지 않을까……."

"두 개를 동시에 하겠다고? 그게 되겠냐? 지금도 봐. 너랑 나 조금 있다가 이천 내려가서, 거기서 새벽까지 대기 타다가 작업 시작해서 내일 아침에 끝나잖아. 집에 와서 씻고 자고 일어나서 또 내려가. 그런데 두 개가 동시에 되겠냐? 그나마 이천이니까 가까워서 집에 오지. 작업하는 데가 저기 부산 같으면 거기서 숙박업체 잡고 자야 하는데?"

"……."

"에휴, 근데 너 빵집은 왜 하려고?"

"빵집 아니고 제과점. 나는 제빵기능사 자격 있고, 수연이는 제과기능사 자격 있잖아. 그래서 제과점 하려는 거지."

"빵집이나 제과점이나, 가게에 빵 있으면 빵집이지."

민규가 흥 하고 콧김을 내뿜으며 소파에 다시 누웠다.

"에휴, 내 아는 분이 빵집 하다가 접었는데 뭐라 그랬는 줄 아냐? '빵집은 작게 하면 매출이 적고, 크게 하면 적자를 본다. 돈 벌려고 가게를 여는 게 아니고, 빵 굽는 게 좋아서 하는 거다.'.

공감 가냐?"

"……아침에 빵 굽는 냄새가 좋긴 하지."

"너는 그 냄새 맡고 싶어서 하는 거야. 돈 벌려고 하는 게 아니고, 그러니까 경기가 안 좋아서 할까 말까 한다는 말은 하지 말고, 그냥 해."

휴대전화를 켜고 인터넷 유머 동영상을 보면서 민규가 툭툭 내던지듯이 말했다.

하지만 듣는 수혁은 그 말들이 무척 신경 써서 해주는 말로 들렸다.

"그래……주영이에게 말해야겠다. 나, 가게 하나 차린다고."

"어디다 할지는 알아봤어?"

"그냥 우리 집 근처에 작게 카페 하던 곳 있거든? 거기 한동안 장사 안 하더니, 임대로 내놓았더라고."

"……거기, 사장이 카페 안에 개 데리고 와서, 계산대 앞에 놔두고 있던 가게 아니야?"

"맞아, 너도 몇 번 갔었어."

"야, 거기는 앞에 사람들이 다니지도 않던데? 완전 구석 아니야? 차도 쪽에서는 가게 간판이 아예 보이지도 않잖아."

"그렇긴 한데, 동네사람들 상대로 팔 거라 괜찮아."

"동네사람들 상대로 판다는 놈이 방금 전까지 경기가 어쩌고 하고……."

"하하하, 내 돈으로 창업을 하려니까 좀 쫄린다."

수혁이 어깨를 으쓱이며 천장을 바라봤다.

그러다 문득 뭔가가 생각나서, 민규에게 말했다.

"야, 근데 민규야……너 왜 멋대로 나한테 반말 까고 있냐? 아직 2주 남았어."

"……."

X

"민규야, 가서 걸레 빨아와."

"내가? 왜……요?"

"형이 시키면 그냥 네 하고 해야지. 가서 걸레 빨아와."

이천 상가 작업이 새벽 1시 40분부터 시작됐다.

원래는 2시부터 해야 했지만, 호프집에 손님이 없는 걸 본 민규가 호프집 사장님께 허락을 구해서 좀 더 일찍 작업을 시작할 수 있었다.

그리고 그때부터 진정으로 '형'의 갑질이 시작되었다.

"민규야, 거기 잡아."

"어디?"

"내 반대쪽 잡으라고."

천장 철거 작업 중인 두 사람.

주로 수혁이 사다리를 밟고 올라가, 공구를 들고 천장 마감 인테리어를 떼어내고, 옆에서 민규가 보조하는 느낌으로 사다리를 잡아주면서 공구를 챙겨주고 있었다.

원래라면 사다리 두 개로 각자 따로 작업하는데, 형의 권리를 휘두르며 수혁이 민규를 자신의 보조로 부려먹고 있었다.

“민규야, 이거 떼어낸 거 마대에 다 담아놔.”

“민규야, 전동 드라이버 갖고 와.”

“민규야, 사다리 저쪽으로 옮겨 놔.”

“민규야, 저기 물 좀 갖고 와봐.”

민규는 부글부글 끓는 속을 참아가며, 2리터 생수병을 챙겨 사다리에서 작업 중인 수혁에게 건네줬다.

수혁은 물을 건네받아 벌컥벌컥 마시기 시작했다.

민규가 옆에서 그 모습을 보다, 애써 밝은 표정을 지으며 물었다.

“형……님, 그, 이대로 하면 오늘 안에 철거 다 못 할 거 같은데, 사다리 하나 더 있으니까 저는 저쪽에서 따로 철거하고 있으면 안 될까요?”

“그래?”

수혁이 생수병의 뚜껑을 닫고는, 민규에게 건네주고, 복도 주변을 둘러봤다.

민규의 말이 옳아 보이기는 했다.

“그러면 사다리 내 옆에 두고, 내 옆에서 철거해. 내가 시키는 거 있으면 그거 먼저 해야 하니까.”

“……아, 예.”

민규의 표정이 썩어가는 와중에, 관리소장이 복도에 나타났다.

원래라면 한참 전에 퇴근했어야 할 시간이었지만, 괜히 이것저것 트집을 잡으려고 퇴근 안 하고 남아 있었던 참이었다.

철거된 복도 천장 인테리어를 보면서, 못마땅한 표정을 짓던 관리소장은 기어코 수혁과 민규 쪽으로 다가오면서 잔소리를 늘어놓았다.

“아이고, 복도에 이거 먼지로 천지가 되어서 어떻게 해……. 이거 가기 전에 청소 다 해야 합니다. 그리고 여기 내일 또 작업한다고 복도에 공구나 자재 남기고 갈 생각하면 절대 안 됩니다. 이게 다 소방법에 의하면 복도를 피난통로로 분류하기 때문에…….”

민규가 사다리를 옮기다 말고, 관리소장을 빤히 쳐다보다 입을 열었다.

“아가가부부뷁아? 붕가붕아! 아르타타카부핡!”

“……?????”

“케르커커칵아! 베베베빗! 비빗!”

갑자기 관리소장을 향해 알 수 없는 외계어를 난발하는 민규.

이에 관리소장이 뭐라 말하려 했지만, 민규는 말할 틈을 주지 않고 관리소장을 다그치듯이 외계어를 난발했다.

“아부르악! 아칵! 꾸미얀! 왜베르루박!”

“뭐, 뭐?!”

“쿠그릉아? 아꿍! 꾸꿍! 꾸꽉!”

“……이 미친놈!”

관리소장이 혀를 몇 번 차더니, 옆에서 작업 중인 수혁을 원망하듯이 쳐다봤다.

수혁은 관리소장과 외계어를 난발하는 민규에게는 반응하지 않고, 묵묵히 철거 작업만 하고 있었다.

이에 관리소장은 대화가 통하지 않는 상대라는 걸 깨닫고는 온갖 욕을 중얼거리며 발길을 돌렸다.

관리소장이 욕지거리를 내뱉으며 사라지자, 민규는 무슨 일이 있었냐는 듯이 사다리를 밟고 올라가 철거 작업을 하기 시작했다.

옆에서 작업 중이던 수혁이 그런 민규를 향해 칭찬의 말을 건넸다.

"잘했다, 민규야."

"섹X! 섹X하고 싶다아~!"

"……아니, 그냥 미친 새끼인가?"

그렇게 두 사람이 철거 작업을 시작한 지 2시간.

새벽 4시가 다 되어, 고요한 상가건물에서 두 사람은 끙끙거리며 철거 작업을 계속하고 있었다.

천장 인테리어 철거는 끝났고, 앞전 인테리어 업자가 바닥에 깔다가 중단한 타일들을 벗겨내는 작업이 한창이었다.

타일을 떼어내고, 남은 본드 자국은 핸드형 절단기처럼 생긴 글라인더라는 기기 장비로 손수 긁어내야 했다.

위이이이잉-!!

글라인더 돌아가는 소리가 복도 전체에 울리고, 수혁이 타일을 벗겨내면, 민규가 글라인더로 남은 타일 본드 자국을 제거해 나갔다.

글라인더는 전기 코드를 꽂아놓고 쓰는 장비라, 비상계단에 있는 배전반에 전기 연장선 릴을 꽂아놓고, 작업할 장소까지 전선을 끌고 와서, 코드를 꽂아놓고 쓰고 있었다.

힘이 많이 드는 작업이라 수혁과 민규 모두 이마에 땀이 송글송글 맺혔고, 두 사람의 말수는 급격히 줄어들었다.

그때였다.

뚝-

복도의 전등불이 모두 꺼졌다.

글라인더도 작동을 멈추었다.

배전반의 전기 스위치가 내려간 모양이었다.

일반적인 사람이라면, 배전반의 전기가 나갔구나 싶어서 그냥 휴대전화를 꺼내 불을 밝히거나, 손전등이 있다면 손전등을 꺼내고 배전반으로 향했을 것이다.

하지만 두 사람은 곧바로 눈치챘다.

"민규야."

"어."

두 사람은 휴대전화와 이어폰을 꺼냈다.

그리고는 휴대전화에 이어폰을 연결한 다음 귀에 꽂고, 각자의 휴대전화에 있던 노래를 재생시켰다.

수혁은 천광웅의 '불을 내려주소서', 민규는 가수 노라조의 '고등어'를 듣기 시작했다.

최대한 볼륨을 높여놔서 두 사람은 서로 대화할 수 없었지만, 오래전부터 맞춰온 합이 있었기에 딱히 대화할 필요도 없었다.

복도 전기를 살릴 필요는 없었다.

귀신이 나타나야만 하는 상황이었으니까.

수혁은 품에서 휴대용 손전등을 꺼냈지만, 불은 켜지 않았다.

민규는 품에서 접어놨던 삼단봉을 꺼내 펼쳤다.

수혁과 민규는 복도 저편과 이편을 둘러보며 어둠 속을 경계했다.

귀신이 자신의 힘을 써서 기껏 전기까지 힘들게 내렸으니, 분명 이를 헛되지 않게 하기 위해서라도 나타날 게 분명했다.

[흐흑흐흐흑--]

복도 양쪽에서 여성의 구슬픈 울음소리가 울려 퍼지기 시작했다.

상가복도가 'ㅁ'자로 되어 있어서일까, 소리가 동굴 안에서 울려 퍼지듯이 메아리쳤다. 그렇게 저주받은 더러운 소리가 복도를 가득 채웠지만, 수혁과 민규에겐 아무런 영향이 없었다.

두 사람 모두 휴대전화의 음량을 최대로 해놓은 탓에, 귀에 꽂은 이어폰 틈새로 노랫소리가 크게 삐져나오고 있었다.

♪ 불을 내려주소서~ ♩ 내게 성령의 불을~ ♩ 죽어진 영혼~ 살릴 수 있도록~ ♪

♪ 아 동! 아 동! 동그란 눈알~ ♩ 그대만을 위한 DHA~ 나는 고등어여라~ ♪

귀에 꽂은 음악소리 덕에 아무런 영향도 받지 않고 있지만, 귀신은 그런 걸 알지 못하는지 열심히 우는 소리를 내며, 음습하고 무서운 분위기를 연출하는 데 노력하고 있었다.

[흐흑후흐후후훗--]

귀신의 울음소리가 점차 웃음소리로 변했다.

[후하하하꺄하하하--]

찢어지는 고음의 웃음소리와 함께, 복도 쪽으로 있는 가게 유리창들이 덜덜덜 떨리며 소음을 일으켰다.

어둠에 적응된 수혁의 눈에 저쪽 복도 끝에 움직이는 인영이 보였다.

수혁이 민규의 팔을 살짝 손으로 쳤다.

민규가 이에 수혁이 바라보는 쪽으로 몸을 돌리고, 삼단봉을 꽉 쥐었다.

[꺄야아아아아아!!!]

자신의 연출과 비명에도 겁을 먹지 않는 두 사람을 향해, 분노어린 고함과 함께, 귀신은 두 팔을 쭉 뻗고 달려오기 시작했다.

거리가 어느 정도 가까워지자, 수혁이 손전등을 켜고 귀신을 비췄다.

손전등 불빛에 비춰진 건……

……D자 몸매에 흰색 민소매, 검정색 트레이닝 바지, 거기에 가죽 슬리퍼를 신고, 머리도 반쯤 벗어진 중년의 아저씨였다.

비명을 지르며 달려오던 귀신이 비춰진 자신의 모습에 놀라, 민규와 수혁 앞에서 달리기를 멈추고 자기 모습을 둘러봤다.

[우우……어?]

귀신이 상상했던 자기 모습은 소복의 여자귀신이었겠지만, 이 건물에 붙을 수 있는 귀신의 모습은 이제 단 하나뿐이었다.

아무도 무서워하지 않을 중년 아저씨 모습.

수혁과 민규가 씨익 웃으며 당황한 귀신의 모습을 쳐다봤다.

그리고는 점점 귀신에게 다가갔다.

"아저씨가 될 줄 몰랐나 봐?"

"두들겨 패기 딱 좋은 덩치가 됐네."

[……우우?]

귀신은 당황해 뒷걸음질 치다, 이내 몸을 돌려 복도 저편으로 도망치기 시작했다.

하지만 비만 체형으로 뒤뚱거리며 도망치는 귀신보다, 수혁과 민규가 더 빨랐다.

수혁이 손전등으로 귀신을 비추며 쫓아갔고, 민규가 삼단봉으로 도망가는 귀신의 뒤통수를 후려쳤다.

귀신이 바닥을 나뒹굴고, 민규가 삼단봉으로 귀신을 마구 구타하기 시작했다.

치지직! 치지직! 치지직!

민규가 때릴 때마다 불에 지지는 소리가 나며, 귀신이 고통에 신음했다.

그렇기를 한참.

드디어 귀신은 수산물 가게에 널린 오징어처럼 축 늘어져 쓰러졌고, 이어 민규는 삼단봉을 수혁에게 맡기고, 급히 비상계단 배전반 쪽으로 달려가, 내려갔던 전기를 다시 올렸다.

전등의 불이 다시 들어오자, 수혁은 손전등의 불을 끄고, 손에 끼고 있던 목장갑 대신에 퇴마 작업 때마다 항상 끼는 검은색 가죽장갑으로 바꿔 착용했다.

그 사이, 귀신은 점점 형체가 희미해지면서 투명해져 가고 있었다.

이대로 사라지게 되면 안 되기에, 수혁은 급히 귀신의 두 다리를 붙잡아, 귀신이 알아보지 못하도록 철거 폐기물 사이에 숨겨놨던, 검은 종이박스로 된 봉인함 앞까지 질질 끌고 갔다.

이어 돌아온 민규가 봉인함을 열어 안에 있던 마대를 꺼냈고, 민규가 마대를 잡아서 입구를 벌리자, 수혁이 그 안으로 귀신을 머리부터 쑤셔 넣었다.

큰 덩치의 아저씨 모습을 한 귀신이 작은 마대 속으로 다 들어갔고, 민규가 마대 입구를 조여 꽉 묶으니, 봉인함에 4분의 1 정도의 작은 부피로 줄었다.

이 건물 상가에 자리를 잡으려던 귀신을 깔끔하게 포박한 거였다.

마대를 봉인함에 넣고, 뚜껑을 닫은 두 사람은 혹시 추가로 귀신이 한두 마리 더 나올 수 있다는 생각에 복도 약 10분간 순찰하고 나서야 철거 작업을 재개했다.

X

퇴마 인테리어의 이천 상가건물의 인테리어 작업이 전부 다 끝나고 다음 날.

"그래서 귀신 찍혔어요?"

상가건물의 소유주인 안지민 대표이사가 관리실에 찾아와, 관리소장에게 물었다.

안지민 대표는 퇴마 인테리어에 대한 불신이 완전히 해소된 건 아니라서, 퇴마를 어떻게 했는지, 정말 귀신이 있기는 한지 확인하고 싶어 했다.

그녀가 생각하는 '퇴마'의 행위는 방송국 예능 프로그램에서 퇴마사들이 나와서 하는 부적이나 굿 같은 거였는데, 아무리 생각해도 인테리어 업체에서 그런 걸 할 것 같아 보이진 않았기 때문이었다.

그래서 따로 관리소장에게 CCTV 녹화 비디오를 돌려보고, 퇴마 인테리어가 퇴마 하는 장면을 찾아놓으라고 지시했었다.

관리소장이 CCTV 녹화 비디오를 보여주며 뒤통수를 긁적였다.

"아니요, 보니까 굿판이나 제사 같은 건 한 번도 안 했어. 그런데 그것 말고 다른 게 찍혔는데, 봐요, 봐."

관리소장이 안 대표에게 반말을 은근슬쩍 섞어가며 말했다.

관리소장이 보여준 화면은 수혁과 민규가 작업 첫날, 철거 작업을 하는 영상이 담겨 있었다.

CCTV는 옛날 아날로그 방식의 구식 카메라와 셋업박스를 사용하고 있어서, 기본적으로 화질이 선명하지 못했는데, 일단 대강은 사람을 알아볼 정도의 화질을 제공하고 있었다.

안 대표가 퇴마 인테리어에서 철거 작업하는 걸 바라보고 있는 찰나.

어느 순간, 복도에 불이 꺼져 CCTV에는 아무것도 보이지 않았고, 시간이 흐르자, 수혁이 손전등을 켜고 복도 한쪽을 밝혔는데, 손전등 불빛에 웬 아저씨가 나타났다.

그러더니 철거 작업을 하던 두 사람이 그 아저씨를 쫓아가 마구 때리기 시작했다.

"뭐예요, 이게?"

안 대표가 놀라 묻자, 관리소장도 어안이 벙벙한 얼굴로 말했다.

"나도 놀랐다니까, 보아하니 상가에 찾아온 외부인 같은데, 그냥 막 후드려 패더라니까요."

"어머, 어머."

안 대표가 충격을 받은 얼굴로 CCTV 영상을 계속 지켜봤다.

한 명이 잠깐 어디론가 가고, 다른 한 명은 손전등으로 쓰러진 남성을 비추며 그냥 서 있었다.

이윽고 복도의 불이 켜지고, 쓰러진 남성 옆에 서 있던 일꾼이 남성의 다리를 붙잡는데, 이때를 기점으로 화질이 급격히 나빠졌는지, 남성의 모습이 흐릿해지며 카메라에 안 보이기 시작했다.

카메라에 잘 안 보이는 구석에서 남자 두 명이 쭈그리고 앉아 뭔가를 주섬주섬하고 있었고, 이후에는 구석에서 나와 남자 둘이서 복도를 네 바퀴 정도 돌아보며 다니기 시작했다.

그 모습을 보고 관리소장이 기겁을 하며 말했다.

"저거 봐, 저거, 목격자 있나 찾아다니잖아요."

"경찰에 신고해야 하나? 어떻게 하지?"

안 대표가 발을 동동 구르며 어쩔 줄 몰라 하는데, 관리실 문이 열리더니 주영이 인사를 하며 들어왔다.

"안녕하세요."

주영이 나타나 인사를 하자, 안 대표와 관리소장은 무슨 사이코패스라도 보는 듯이 창백한 얼굴로 주영을 쳐다봤다.

이에 주영이 어리둥절한 얼굴로 안 대표를 바라보며 물었다.

"작업 마무리 확인하신다고, 오라고 하셨잖아요? 약속시간 지켜서 왔는데……제가 좀 너무 일찍 왔나요?"

"아니, 아니요."

안 대표가 손을 내저으며 어색하게 웃었다.

그때, 관리소장이 나섰다.

"아니, 이봐요. 당신들 퇴마니 뭐니 한다더니, 건물에 들어온 방문객을 해코지를 하면 어떻게 해? 제정신이야?"

"무슨 말씀이시죠?"

"어허, 시치미를 떼시겠다? 당신 큰일 났어, CCTV에 당신들이 사람 패는 거 다 찍혔다고!"

관리소장이 큰소리를 치자, 영문을 모르겠다는 얼굴로 주영이 안 대표에게 물었다.

"지금 이 분이 무슨 말씀을 하고 계신 건지 아세요?"

"아저씨 말이 맞아요! CCTV에 다 찍혔어요! 당신들 만일 하나, 건물 방문객을 때려서 건물에 안 좋은 소문이 하나라도 들려온다? 그러면 돈은 한 푼도 못 줘요. 그렇게 알아요."

"대체 무슨 말씀을 하시는 건지 모르겠네요."

주영이 답답해하며, 관리실 탁자 옆 의자에 앉았다.

그리고는 휴대전화를 꺼내 수혁에게 전화를 걸고, 전체 스피커폰으로 해놓은 다음, 탁자 위에 휴대전화를 올려놨다.

"잠깐 있어보세요, 제가 여기 작업 들어왔던 담당자에게 전화를 지금 해볼게요."

뚜루루- 뚜루루-

신호음이 몇 번 이어지고, 수혁이 전화를 받았다.

["여보세요?"]

"어, 수혁아, 난데, 지금 이천 상가 작업한 곳에 나와 있거든?"

["어, 어."]

"너랑 민규가 여기 작업 왔었잖아."

["어, 그렇지."]

"근데 여기 관리소장님이 너희가 누굴 때리는 게 CCTV에 찍혔다고 자꾸 그러시네."

주영이 심각한 얼굴로 묻자, 안 대표가 바로 옆에서 "뚱뚱한 아저씨를 때렸어요." 하고 설명을 덧붙였다.

이에 주영이 알겠다며 고개를 끄덕이고 그대로 말을 덧붙였다.

"뚱뚱한 아저씨를 너희가 때렸다고 하셔. 맞아? 너희가 때린 게 아저씨야?"

["ㄱ……"]

수혁이 귀신이라고 답하려다가, 뒤늦게 상황을 눈치채고 답을 바꾸었다.

[“아, 아~! 아저씨지. 아저씨가 한 명 나타나서 우리가 팼어. 맞아.”]

“그으래?”

주영은 상황을 파악한 수혁의 대답이 기특해서 자랑스러움에 흐뭇한 미소를 지어 보였고, 그 표정을 보고 관리소장과 안 대표가 다시 한번 경악했다.

“알았어. 확인해 보고 전화 다시 줄게.”

주영이 전화를 끊고, 안 대표와 관리소장에게 고백했다.

“통화 들으셨겠지만, 저 역시도 여기 작업하러 왔던 팀이 무고한 아저씨를 때렸다고 생각합니다.”

“……하!”

“……그러면 이제 어떻게 할 겁니까?”

관리소장과 안 대표가 기가 막혀 하며 물었다.

이에 주영은 자리에서 일어나, CCTV 화면 쪽으로 다가갔다.

“일단 CCTV 녹화되었다는 장면을 한번 볼까요?”

“어허!!!”

관리소장이 소리를 꽥 지르더니 주영을 막아 세웠다.

“어딜 감히! CCTV 보는 척하면서 지우려고 그러는 걸 내가 모를까 봐! 당신 거기 의자에 다시 앉아. 앉으라고!”

관리소장이 지르는 윽박에 주영은 미소를 지어 보이며, 다시 자리로 돌아가 털썩 앉았다.

“봐, 봐, 하라는 퇴마는 안 하고 말이야. 순 깡패 같은 짓이나 하고. 내가 너희들 경찰에 신고할 거야. 콩밥을 먹어봐야 정신을 차리지. 사기꾼 놈들."

관리소장은 직접 자기가 CCTV 카메라 녹화 비디오를 틀며, 신이 난 얼굴로 잔뜩 흥분해서 구시렁거렸다.

그런 관리소장 옆으로 안 대표가 겁에 질린 얼굴로 붙어 서서, 관리소장을 말리며 작게 속삭였다.

"이러다 저 사람이 우리 해코지하면 어떻게 하려고 그래요?"

"걱정 마요, 저런 놈들 내 한주먹 거리도 안 돼."

두 사람의 대화를 들으며, 주영은 여기 일 마무리되면 커피나 한잔 마셔야겠다는 생각이나 했다.

잠시 뒤, 관리소장이 철거 당일 날짜의 CCTV 비디오를 재생시키고, 화면이 주영에게 보이도록 비켜섰다.

"봐, 봐, 빼도 박도 못하는 증거를!"

자신만만하게 화면을 보여주는 관리소장.

주영은 지그시 화면을 쳐다봤다.

화면에는 수혁과 민규가 바닥 타일의 철거 작업을 하고 있는 게 보였다.

이윽고 복도가 정전되며 아무것도 안 보이고, 얼마 지나서 수혁이 손전등을 켜자…….

"……아저씨 때리는 장면은 언제 나오나요?"

"……응?"

"……어라?"

주영의 물음에 관리소장과 안 대표가 바보 같은 표정을 보이며, 화면을 바라봤다.

수혁이 손전등을 비춘 곳에는 아무것도 없었다.

이에 주영이 팔짱을 끼고, 두 사람에게 말했다.

"빨리 감기를 좀 해보시죠."

"아, 아니, 있어 봐. 아까는 분명……."

조금 전에 두 사람이 봤던 장면에는 분명 아저씨로 보이는 낯선 이의 모습이 있었는데, 지금은 눈을 씻고 봐도 찾을 수 없었다.

그저 CCTV 비디오에는 철거 작업을 하고 있던 남자 두 명만 나오고 있었다.

마치 지워진 것처럼 중년남성의 모습만 사라진 거였다.

물론 그 이유를 주영은 알고 있었다.

CCTV 비디오에 찍힌 것은 분명 인간이 아닌 귀신이었다.

퇴마를 당하기 직전인 영적인 존재가 마지막 발악으로 CCTV와 같은 촬영물에 일부러 찍혀서 자기 존재를 나타낸 것이다.

그 목적은 단 하나, 만일에 이 영상을 보고 저게 귀신이라는 걸 알아채는 사람이 있고, 그가 귀신이 있다는 걸 믿는다면, 그 사람의 믿음으로 인하여 귀신의 자리는 다시 확보될 수 있었다.

즉, 완전히 귀신을 퇴마를 하려면, 이 CCTV 영상에 담긴 귀신의 존재를 지워야만 했다.

주영은 이걸 처리하는 방법을 알고 있었다.

간단하다.

'아무도 저게 귀신이라고 생각을 안 하면 된다.'

'아무도 저게 귀신이라고 믿지 않으면 된다.'

그렇게 귀신을 부정하는 믿음이 쌓이면, 귀신이 발악으로 남겨놓은 존재의 증거는 그 믿음의 힘에 의해 그대로 소멸하는 것이다.

귀신은 믿음 때문에 강해지고, 믿음 덕분에 약해진다.

관리소장과 안지민 대표는 해당 영상을 보고도 귀신이라는 걸 바로 알아차리지 못했지만, 마음 한구석에는 저게 사람이 아닐 수도 있다는 '가능성의 믿음'도 있었다.

갑자기 복도가 정전되고, 돌연 나타난 중년의 남자는 범상치 않았으니까.

그런데 여기에 주영과 수혁이 아저씨를 때린 게 맞다고 긍정하며, 귀신의 존재를 부정하는 데에 쐐기를 박아, 관리소장과 안 대표가 가진 귀신에 대한 믿음을 완전히 지운 것이다.

이 덕에 귀신이 CCTV 비디오에 능력을 사용하여 남긴 자신의 존재가, 그대로 지워진 것이다.

결과적으로 비디오 속 귀신의 모습을 지운 건 관리소장과 안 대표, 두 사람이었다.

"분명 있었는데?"

"아까 봤잖아요?"

그러나 그 사실을 알 리가 없는 관리소장과 안 대표는 혼란스러워하며, 애꿎은 CCTV 비디오만 감았다가 재생했다가를 반복했다.

그 사이, 주영이 다시 휴대전화를 탁자 위에 올려놓고, 스피커폰 모드로 수혁에게 전화를 걸었다.

"어, 수혁아, 난데, 여기 이천 상가건물 작업했던 곳에 왔거든?"

["어, 어."]

"여기 관리소장님이 너랑 민규가 작업하면서, 어떤 아저씨를 때렸다고 하는데, 그런 적 있어?"

["아저씨? 무슨 아저씨? 누구 본 적 없는데?"]

수혁이 아까와는 전혀 다른 대답을 내놓았다.

CCTV 화면을 보던, 관리소장과 안 대표의 움직임이 순간 멈추었다.

["거기서 우리가 때리려면 싸가지 없는 관리소장이나 때렸겠지, 모르는 사람을 우리가 왜 때려? 우리 작업할 때 누구 따로 온 적 없었어. CCTV 봐봐, CCTV 보면 알 거 아니야, 우리도 거기 건물에 CCTV 있는 거 다 아는데."]

"그래, 네 말이 맞는 것 같다. 나중에 또 전화할게."

["어~."]

주영이 전화를 끊자, 관리소장과 안 대표는 다시 어안이 벙벙한 얼굴로 주영을 바라봤다.

이에 주영이 웃으며 자리에서 일어나, 안 대표에게 말을 걸었다.

"대표님, 잠시 밖에서 얘기 좀 나누시죠."

주영이 공손하게 부탁하며 말하자, 안 대표는 멍한 상태로 자기도 모르게 주영을 따라 관리실 밖으로 나왔다.

관리실 문을 닫고, 주영이 좀 떨어진 곳으로 이동한 다음 안 대표에게 말했다.

"저 관리소장님, 머리가 좀 이상하신 것 같아요."

"네?"

"우리가 작업하다가 무슨 아저씨를 때렸다고 하고, 자꾸 저희 작업 하는 거 방해 놓고, CCTV 봤는데 아무것도 없잖아요. 정신에 이상이 있는 분 같아요."

"그거는……."

"안 대표님도 혹시 저 관리소장님처럼 생각하시는 건 아니시죠?"

"아니, 아니죠. 나는."

주영이 관리소장을 미친 사람 취급하며, 안 대표를 같은 부류 취급하려고 하자, 안 대표가 당황하며 즉시 부정했다.

이에 주영은 고개를 끄덕이며, 안 대표를 상가 4층으로 안내했다.

"그러면 일단, 4층 작업한 곳 같이 보시죠. 작업을 어떻게 했는지 설명드리겠습니다."

"아, 예."

주영과 함께 안 대표는 4층 인테리어를 살펴봤다.

작업 자체는 트집 잡을 곳 없이 깔끔하게 마감까지 되어 있었다.

천장 인테리어며, 바닥 타일, 환풍기와 환풍기 통로 배관을 설치해서 그런지 내부 공기도 예전보다 나은 것 같았다.

전체적으로 복도의 조명은 전체적으로 더 밝아졌고, 바닥에 깐 폴리싱 타일은 유광제품이라 그런지 반짝반짝 빛이 났다.

잔잔하게 천장 스피커를 통해 나오는 고풍스런 클래식 음악까지 더해지니, 유명 호텔 복도에 들어선 걸로 착각할 것 같았다.

물론 안 대표 입장에서는 저렇게 음악을 상시 틀어놓는 건, 전기세가 계속 나가는 거라 좀 그랬지만, 4층 임차인들 관리비에 포함시켜 부과하면 별문제는 없는지라 그냥 넘어갔다.

"전체적으로 깔끔하게 잘 되었네요."

안 대표가 짧게 평가했다.

이에 주영이 웃으며 고개를 숙였다.

"감사합니다."

"계산서는 가져오셨어요?"

"네."

주영이 답하고 승강기 쪽으로 안 대표를 안내했다.

"일단, 1층 커피점에 가시죠. 감사의 의미로 제가 사겠습니다."

"그냥 여기서 계산서 바로 주셔도 되는데."

"커피 마시면서, 이 상가 소유주인 안 대표님께 몇 가지 당부를 드릴 것도 있거든요."

"뭔데요?"

"일단 내려가시죠."

승강기 문이 열리자, 주영은 안 대표를 먼저 태우고 뒤따라 탔다.

상가건물 1층에 있는 커피점으로 들어간 두 사람은 주영이 아이스 아메리카노를 시키고, 안 대표는 계피를 빼고 코코아 가루만 넣은 카푸치노를 주문했다.

가게 안쪽 자리에 앉은 두 사람.

주영은 입고 있던 조끼의 가슴 주머니에서 봉투를 하나 꺼냈다.

이번 퇴마 인테리어 작업의 총금액이 포함된 계산서와 세금계산서가 든 봉투였다.

"비용은 방석호 사장님께서 이미 다 지불하셨고요. 세금계산서만 안 대표님 앞으로 끊어달라고 하셔서, 안 대표님 앞으로 세금계산서를 작성했습니다."

안 대표가 표독한 눈초리로 봉투에서 계산서를 꺼내 내역을 살펴봤다.

안 대표가 내역을 확인하는 동안, 주영이 덧붙여 설명했다.

"처음 저희가 냈던 견적보다 비용이 많이 나왔는데, 저번에 이미 설명드렸지만, 앞전에 관리소장이 아는 인테리어 업자가 들어와서 타일 작업을 하다말고 간 게 있기 때문에, 해당 부분 철거 작업으로 인해 비용이 추가로 나왔습니다."

"알아요."

주영의 말에 안 대표는 계산서에서 눈도 떼지 않고 딱 잘라 말하고, 세심하게 내역을 살펴봤다.

조금 전 관리실에서 보인 어리숙한 모습은 온데간데없이 사라졌고, 무섭도록 차가운 모습이었다.

"다 이해하겠는데, 퇴마 비용 있잖아요. 이거는 빼주셔야 되는 거 아니에요?"

"네?"

"퇴마 안 하셨잖아요, CCTV 확인했는데 귀신도 안 나오고, 아무것도 없던데요? 근데 왜 하지도 않은 퇴마 비용을 받아요?"

"……하하."

"왜 웃어요? 내 말이 웃겨요?"

“반대로 생각을 하셔야죠.”

주영이 나오던 웃음을 참은 뒤, 진지하게 말을 이었다.

“퇴마를 했으니까, CCTV에 귀신도 안 나오고, 아무것도 없는 거죠.”

“어이없어. 그게 뭐예요?”

“대표님 말대로 저희가 퇴마를 안 했으면, CCTV에 귀신이 나오고, 뭔가가 있었겠죠. 그러면 건물에 진짜 큰일이 난 거고요.”

“말장난해요, 지금?”

안 대표가 팔짱을 끼며 코웃음을 치더니, 깔보는 얼굴로 말했다.

“퇴마를 했다는 증거를 보여달라고요. 증거를. 없으면 오빠보고 환불하라고 할 거예요.”

“증거라…….”

주영이 무엇으로 퇴마를 입증할까 잠깐 고심하다, 커피를 만들고 있는 커피점 사장을 힐끗 보고는, 안 대표에게 말했다.

“제 말은 안 믿으시더라도, 여기 관리소장님 말은 믿으시는 것 같던데요. 여기 관리소장님께서 4층에 귀신이 나온다는 소문이 나고 있다고, 안 대표님께 보고를 드려서, 그 때문에 퇴마를 하려고 하신 걸로 알고 있는데, 맞나요?”

“맞아요.”

“그리고 결정적으로 관리소장님께서 부른 인테리어 업자들도 4층에서 귀신을 봤다고, 작업을 중단하고 가버렸으니, ‘4층에 귀신이 나타난다.’라는 얘기는 믿고 계신 거죠? 관리소장님 믿으시니까?”

"말 빙빙 돌리지 말고, 퇴마를 했다는 증거나 보여줘요."

주영의 계속되는 질문에 안 대표가 짜증을 냈다.

그때, 주문했던 커피가 완성되어, 커피점 주인이 쟁반에 커피 두 잔을 담아 주영과 안 대표가 앉아 있는 자리까지 들고 왔다.

원래라면 주문한 커피가 나왔다고, 가져가시라고 손님을 불렀겠지만.

커피점 주인은 건물주에게 그렇게 시킬 정도로 멍청한 사람은 아니었다.

"주문하신 커피 나왔습니다~."

안 대표 앞에 먼저 카푸치노 커피잔이 놓였고, 그다음 주영이 주문한 아이스 아메리카노 잔이 놓였다.

"사장님."

주영이 커피점 사장에게 말을 걸었다.

"여기 4층에 귀신 나온다는 소문 들으신 적 있어요? 사람들이 여기 귀신 나온다고 그러던데."

"예, 들었어요, 그거 때문에 방송국에서 나오고 막 그랬죠."

"그러면 진짜 여기 건물 4층에 귀신이 있는 거예요?"

"아이고, 그거 다 4층 가발가게에서 자기들 광고하려고 한 거예요, 모르셨구나? 여기는 귀신 그런 거 없어요, 하하, 커피 맛있게 드세요~."

커피점 주인이 웃으면서 일하러 돌아가고, 주영이 커피잔을 들면서 안 대표에게 말했다.

"커피점 사장님께서 귀신 이제 없다고 해주시네요."

"아니, 이봐요."

"귀신 소문이 붙은 건물에, 귀신 소문을 말끔하게 없앴습니다. 믿지 않으시겠지만, 여기 붙어 있던 귀신도 저희가 잡았으니까 귀신 목격담이 최소 몇 년은 다시 생기는 일이 없을 겁니다. 이게 '퇴마'입니다. 건물주께서 뭘 더 원하시는 건지 모르겠네요."

"……."

주영의 말에, 안 대표는 입을 꾹 다물었다.

이어 시원하게 커피를 한 번에 다 들이킨 주영이 말했다.

"안 대표님께서는 처음부터 끝까지 저를 소개시켜 주신 방석호 대표님이나, 제 말은 계속 안 믿으시는데요. 처음에 여기 관리소장님이 저 보고 작업비 마진을 부풀려서 자기 몫을 떼어달라고 했다는, 그 얘기도……안 믿으시는 건가요?"

"……네, 안 믿어요."

"관리소장이 저한테 당시에 했던 얘기를 떠올려 봤을 때, 한두 번 그렇게 자기 몫을 빼돌린 게 아닌 것 같았는데, 제 생각엔 아마 멀쩡한 시설도 고장이 났다고 허위로 보고해서 수리비를 챙겼을 것 같거든요? 물론 이 말도 안 믿으시겠죠?"

"하! 하다 하다 이제는 이간질까지 해보려는 거예요?"

"이간질인지 아닌지는 대표님께서 관리실 관리일지나 회계장부, 수리 보고서 같은 기록물 직접 확인해 보세요."

주영이 자리에서 일어나며 말했다.

"관리소장님과 어떤 인연이 있으셔서 그렇게 신뢰하시는지 모르겠는데요. 방송에 나와서 자기가 관리하는 건물에 귀신이 있다고 떠벌리면서, 건물 평가에 안 좋은 인식 퍼뜨리고 다니는 걸 좋아하는 사람을 왜 좋아하시는지 모르겠네요."

"무슨 말이에요?"

"아, 관리소장이 보고 안 드렸나 보네요. 스마트폰 있으시죠? 지금 상상 정보통 이번 주에 방영된 거 한번 찾아보세요. 본인 건물이 전국 방송에 나오는데, 모르시면 어떻게 해요?"

주영이 옷매무시를 가다듬은 다음, 안 대표에게 인사를 했다.

"좋은 하루 보내십시오."

주영이 미소 지으며 커피점을 떠나고, 안 대표는 곧바로 스마트폰으로 '상상 정보통' 방송 프로그램 회차 정보를 찾아보기 시작했다.

잠시 후.

관리실로 돌아온 안지민 대표.

관리소장은 여전히 CCTV 녹화 비디오를 돌려보며, 사라진 중년남성을 찾고 있었다.

"분명 봤었는데, 귀신이 곡할 노릇이네. 하~."

관리소장은 비디오를 되감았다가, 빨리 감기 버튼을 눌렀다가를 반복하며 열중하고 있어서, 관리실에 안 대표가 돌아왔다는 걸 모르고 있었다.

"아저씨."

안 대표가 관리실 탁자 위에 핸드백을 내려놓고 의자에 앉으며, 말을 걸었다.

이에 관리소장이 화들짝 놀라며 안 대표를 보고는, 이내 허허 웃으며 말했다.

"아유, 언제 왔어? 그래서 그 사기꾼이 뭐라고 해요?"

"……그건 이제 신경 쓰실 거 없고요."

"아, 해결됐어요?"

"그보다 뭐 좀 물어볼게요."

"네, 물어봐요."

관리소장이 CCTV 화면에서 떨어져, 탁자 쪽으로 오더니, 안 대표 맞은편에 앉았다.

안 대표가 차분한 얼굴과 어조로 물었다.

"처음에 여기 귀신 봤다는 사람들 나오고, 소문이 돌 때, 나한테 보고하면서 아는 무당 있다고 그 사람한테 굿 한번 하라고 하셨잖아요? 근데 우리 오빠가 저 인테리어 업자 불러서, 인테리어 바꾸는 걸로 방향을 바꾼 거고요."

"그렇죠. 차라리 굿을 하는 게 더 비용이 적었을 텐데."

"근데 굿을 왜 하자고 하셨던 거예요?"

"응? 왜 하자고 했냐고?"

"귀신 소문이 나오더라도 세상에 그런 게 어디 있나 하고 무시할 수도 있는데, 왜 그렇게 신경을 쓰셨나 해서요."

"아유, 그거야 건물에 안 그래도 공실도 있는데, 건물에 귀신 나온다는 소문 붙으면 안 좋잖아."

"그래요?"

안 대표가 휴대전화를 핸드백에서 꺼내, 탁자 위에 올려놨다.

화면이 켜져 있었는데, 상상 정보통 방송 캡처 이미지로 관리소장이 건물에 정말 귀신이 있다고 보여주는 장면이 나오고 있었다.

"근데 방송에 나가서 건물에 귀신 있다고 떠드세요?"

"아, 아~, 우리 대표님, 오해하셨네. 오해하셨어. 이거는 그런 게 아니라 방송국 PD가 이렇게 말을 하라고 나한테 시켜서……."

"인테리어 업자가 작업 중단하고 도망가는 CCTV 영상이 관리실에 있다는 걸 방송국 PD가 어떻게 알고 보여달라고 해요?"

"에헤이, 그거는 귀신 찍힌 영상도 아니잖아. 내 얘기를 먼저 좀 들어보세요. 응?"

관리소장이 능청을 떨며, 변명하려 애를 썼다.

"안 대표, 귀신 그런 거 믿어요? 나도 안 믿어. 어디까지나 PD가 방송에 나갈 거 없냐고 해서, 귀신도 안 나오는 그 영상 보여준 거예요. 만일 그 영상 그걸로 건물에 타격 입는 거 있으면 내가 다 책임질게. 책임진다고. 그런데 그런 거 없잖아요. 그러니까 화내지 말고 내 말 믿어요. 다 방송국 PD가 시켜서 한 거고, 적절한 선 안에서 진행한 거예요."

"그러면 말이 앞뒤가 안 맞잖아요. 귀신이 있다는 걸 믿지도 않는데, 뭐하러 굿판을 벌이자고 저한테 말하셨어요?"

"그거야 귀신 소문이 나돌면 건물에 안 좋으니까……."

"정말로 그렇게 생각하시는 분이 텔레비전 방송에 나와서 이렇게 떠들어요?!"

안 대표가 앙칼진 목소리로 외쳤다.

그리고는 호흡을 한 번 가다듬고, 차분한 어조로 관리소장에게 물었다.

"솔직하게 말하세요, 아저씨가 아는 무당 불러서 굿하면, 그 비용 중 얼마는 아저씨가 가지려고 그랬던 거죠?"

"……아니, 안 대표. 보니까 저 사기꾼에게 뭔 소리 들었구나. 사기꾼 말에 혹해서 나한테 이러는 거면, 나 지~인짜 기분 나쁘다."

"반말하지 마세요."

관리소장이 억울해하며 말하는 와중에도, 안 대표는 냉정한 얼굴로 손가락을 들어 보이고 지적했다.

"제가 처음에 이 건물 매입에 대해 알아보려고 왔을 때부터 아저씨는 여기서 일하고 계셨고, 당시 건물주가 저한테 일부러 안 알려준 것까지 세세하게 알려주셔서, 아저씨 믿고 쭉 왔던 거예요. 그래서 존대도 꾸준하게 해드렸고요. 그러면 아저씨도 저를 존대해 주셔야 되는 거 아니에요?"

"……예, 예, 맞습니다, 대표님."

"길게 얘기할 거 없고요. 관리일지랑 관리실 지출 내역서 가지고 와보세요."

"……그거는 회계가 관리하는데, 지금 퇴근해서."

"회계가 퇴근하면서 서류도 가지고 가는 거 아니잖아요, 가지고 오세요."

"……."

안 대표가 정론으로 반박하자, 관리소장은 떫은 표정을 지으며, 마지못해 자리에서 일어났다.

X

며칠 후 정오.

경기도 이천 버스 터미널 근처 상가 4층.

소담정 한우구이 전문점에 공사장 작업복 차림의 중년남성이 방문했다.

처음 남성이 들어올 때, 계산대에 있던 종업원이 밝은 미소로 맞이해 줬지만, 이내 옷차림을 보고는 눈살을 찌푸렸다.

"몇 분이세요?"

못마땅해하는 시선과 함께, 종업원이 건조한 말투로 물었다.

남자는 종업원에게 미안해하는 표정으로 답했다.

"저쪽에 일행이 먼저 와 있어요."

남자는 그렇게 말하고, 가게 안쪽 창가 쪽 식탁으로 향했다.

그곳에는 남자와 비슷한 옷차림을 한 사람 두 명이 먼저 와 있었다.

"주문은 했어?"

남자가 일행에게 다가가 묻자, 두 사람은 반갑게 남자를 맞이해 줬다.

"오셨네, 앉아요. 앉아."

"주문은 계산을 하는 사람이 와야 하죠."

남자는 몇 주 전에 이 상가건물에 인테리어를 왔다가, 귀신을 보고 도망갔던 인테리어 업자, 통칭 박 사장이었다.

그리고 먼저 식당에 와 있던 두 사람은, 그날 박 사장과 같이 일하러 왔던 일꾼들이었다.

"사장님, 얼굴이 많이 수척해지셨네."

일꾼 중 한 명이 스테인리스 컵에 물을 따라, 박 사장에게 내밀었다.

박 사장은 합석해 의자에 앉으며, 컵을 받아들고 단숨에 들이켰다.

"……당연하지, 잠도 제대로 못 잤으니까."

"뭐, 사장님만 그런 건 아니었으니까요."

일꾼들이 서로 마주 보고, 힘없이 웃었다.

세 사람은 그날 각자가 본 귀신의 모습이 뇌리에 남아, 그간 정상적인 삶을 살지 못했다.

눈을 감으면 떠오르는 귀신의 모습에 겁을 먹고 두려워하고 있었던 것이다.

박 사장이 주변을 둘러보며 안도의 한숨을 내쉬었다.

"그래도 낮에 다시 와보니까, 귀신같은 거 나올 그런 분위기도 아닌데."

"그렇죠."

"밤에 오면 또 다를까요."

'밤'이라는 단어에 세 사람 다 움츠러들었다.

세 사람이 오늘 이 건물에 온 이유는, 계속해서 두려움에 떠는 것에 지쳐서 마지막으로 다시 한번 확인하려고 온 것이었다.

그날 밤에 자신들이 본 게 귀신이 맞는지, 그게 아니면 자신들이 뭔가 헛것을 보고 착각하고 있는 게 아니었는지를.

"주문하시겠습니까?"

마침 종업원이 와서 물었다.

"점심 특선시키시고, 소갈비 추가하시면 소갈비 1인분은 이천 원 할인해드려요."

"이천 원 할인해 준다고?"

종업원의 설명에, 일꾼 중 나이 많은 사람이 물수건으로 손을 닦으며 물었다.

"그러면 3인분 시키면 육천 원 깎아주나?"

"소갈비 1인분만 할인해 드려요."

"3인분 다 할인하는 게 아니고, 1인분만? 에이, 그러면 판이다."

질문했던 사람이 고개를 내저으며 혀를 찼다.

하지만 박 사장은 쓸 때 제대로 써야 한다는 생각으로 주문했다.

"점심 특선 제육 정식 세 개에 소갈비 3인분 추가. 그리고 소주 두 병."

"이야, 사장님, 통 크게 쏘시네."

일꾼들이 저마다 감탄하며, 다소 어두웠던 세 사람의 분위기가 풀어졌다.

음식이 나오기를 기다리는 동안, 일꾼 중 나이 어린 사람이 식당에 있는 사람들을 둘러보며 말했다.

"근데 확실히 우리 말고는 귀신 본 사람이 전혀 없나 보네요. 우리만 괜히 이상한 사람 된 것 같아요."

"하이고, 이상한 사람 진즉에 됐지, 그날 여기 관리소장도 우리 일했던 거 CCTV로 보니까, 귀신 같은 거 전혀 없었다고, 우리가 일하기 싫어서 핑계 댄다고 막 사장님한테 전화해서 지X했었잖아요."

나이 많은 일꾼이 박 사장에게 말했다.

"친한 척 박 사장~, 박 사장~, 이러면서 불러놓고는 어떻게 그렇게 귀신 봤다는 사람한테 위로는 못 해주고 말이야."

"됐어, 됐어, 그 사람 얘기 할 필요 없어. 내가 방금 여기 관리실 들렀다 오는 길인데, 그 인간 여기서 횡령한 거 걸려서 모가지 됐더라고."

박 사장이 손으로 목 긋는 시늉을 하며 말했다.

이에 두 일꾼이 놀란 얼굴로 박 사장을 바라보며 말했다.

"아, 잘렸어요?"

"횡령? 아이고야."

"내가 관리실 가니까, 웬 처음 보는 아줌마가 관리소장이라고 있더라고. 어떻게 된 건가 물어보니까. 앞전에 있던 사람은 여기서 관리비 허위작성하고 횡령하던 게 걸려서 잘리고, 자기가 새로 왔다고 하더라고."

박 사장이 작게 속삭이며 말했다.

"회계업무 보는 아줌마랑 둘이서 이바구 맞춰서, 설비 고장 난 것도 없는데, 고장 났다고 하고, 교체했다면서 그 비용을 공용관리비에 부과해서, 한 달에 적게는 십만 원, 많게는 오십만 원 빼가고 있었나 보더라고. 건물주에게 둘 다 걸려서 해고되고 고소하고 난리도 아니었다고 하네."

"허어, 그러면 이제 이 건물은 우리한테 일 안 오겠네요?"

"일이 안 오긴 왜 안 와? 여기 새 관리소장한테 명함 주고, 인테리어 할 거 있으면 연락 달라고 했지."

박 사장이 짜증이 섞인 말투로 답하는 찰나.

소담정 종업원이 밑반찬과 함께 소주병 두 개, 소주잔 세 개를 가지고 왔다.

종업원이 식탁 위에 상차림을 하는 동안, 박 사장이 근심이 가득한 얼굴로 종업원에게 물었다.

"저기요."

"예, 뭐 더 드릴까요?"

"그게 아니라, 여기 건물에 귀신 나온다는 얘기 못 들었어요? 아니면 귀신을 봤다고 하는 사람이 있다든가."

박 사장의 물음에 종업원은 이상한 사람 쳐다보듯이 하더니, 이내 깔깔 웃으며 말했다.

"세상에 귀신이 어디 있어요, 귀신이."

"내 아는 지인 중에 여기서 귀신을 봤다는 사람이 있어서요."

"에엥? 그래요? 그거 아니에요? 요오기 가발가게에서 귀신 나오는 광고로 대박 났다고 그러던데, 그거 얘기하는 거 아니에요?"

종업원이 가게 밖에 가발가게 방향을 손으로 가리키며 말했지만, 이번에는 일꾼 두 명이 손을 내저으며 말했다.

"그런 거 말고."

"진짜로 귀신. 소복 입고 머리 풀어헤치고……."

일꾼들이 저마다 자신이 봤던 귀신의 모습을 묘사하며 설명했지만, 종업원은 시큰둥한 얼굴로 쳐다보다가, 무언가 기억났는지 '아!' 하더니 말했다.

"그거 얘기하나? 여기 바로 앞전에 뚱뚱한 관리소장 있거든요?"

"뚱뚱한 관리소장?"

박 사장과 일꾼들은 곧바로 최근에 잘린 관리소장의 뱃살을 떠올렸다.

"예, 예. 압니다, 누군지."

박 사장이 뜬금없이 그 사람이 왜 나오나 싶어서 아리송한 얼굴로 쳐다보니, 종업원이 은밀한 얘기를 하듯 조심스레 말했다.

마치 조금 전 박 사장의 모습과도 같았는데, 다른 점이라면 종업원은 분명 소곤소곤 말하기는 하는데, 신기하게도 목소리는 전혀 작지 않아서, 다른 손님이랑 근처 종업원에게도 다 들리고 있다는 점이었다.

"그 관리소장에게 붙은 귀신이 있었다나 봐요. 그 관리소장이 툭하면 이 여자, 저 여자 찝쩍거렸는데, 관리실에 있는 회계 여자하고도 눈이 맞아서, 집에 있던 아내가 못 견뎌서 자살을 했는데, 그 귀신이 관리소장에게 붙어 있다고 했대요."

종업원의 말을 듣던 박 사장이 고개를 갸웃거렸다.

박 사장이 알기론 관리실에 관리소장하고 회계 사이는 별로 좋지 않았다.

어느 정도로 안 좋았냐면, 웬만해서는 밥도 같이 안 먹는 사이로 알고 있었다.

관리소장 말로는 회계가 관리소장과 돈을 나누는 비율에서 의

견이 안 맞았고, 그것 때문에 대판 싸우고, 사이가 그렇게 되었다고 했었다.

그래도 결국은 그 두 사람이 같이 합심해서 횡령을 저질렀으니, 어쩌면 박 사장 모르게 뒤에서 두 사람이 쿵짝이 잘 맞았을지도 모른다.

남녀 사이는 모르는 법이니까.

그렇게 생각하며 박 사장이 종업원에게 물었다.

"귀신 얘기는 어디서 들으셨어요?"

"오후에 출근하는 애가 여기 온 무당? 퇴마사? 뭐 그런 거 하는 사람한테 직접 들었대요. 관리소장한테 귀신이 붙어 있어서, 관리소장이 여기 있으니까 여기 나오는 거라고 그랬다나 봐요."

"아~, 그래요?"

"나 좀 봐, 수다를 너무 떨었네요. 고기 가져올게요."

종업원이 웃으며 주방으로 향하고, 두 일꾼은 진지한 얼굴로 박 사장에게 말했다.

"그러고 보니 맞네요. 우리 작업할 때 옆에 관리소장 있었잖아요."

"맞아, 맞아, 그 박 사장님 처음에 귀신 봤다고, 그 가발가게 앞에서 소리칠 때 생각해 봐요. 관리소장이 먼저 거기로 박 사장님 데리고 갔던 거잖아요. 귀신 보여준다면서."

두 일꾼의 얘기에, 박 사장도 가물가물한 기억을 더듬어 보다 이내 소스라치게 놀랐다.

"그래! 관리소장이 나보고 보여줄 게 있다면서 데리고 갔었지!

관리소장이네, 그 사람이야, 그 사람한테 귀신이 붙은 거였어."

박 사장과 두 일꾼 사이에, 자신들이 본 귀신의 정체가 무엇인지 밝혀지는 순간이었다.

X

"여보, 나 나갔다 올게."

중년여성 한 명이 집을 나서며, 안방에서 텔레비전이나 보고 있는 자신의 남편을 향해 말했다.

그러자 안방에서 사각팬티에 나시 티만 입은 뚱뚱한 남자가 어기적어기적 걸어 나왔다.

"언제 와?"

"어-, 저녁에 손님 많이 온다고 9시까지만 같이 일하면 된다고 했으니까, 끝나고 한 10시쯤에 오겠다."

"뭐하러 식당 서빙 같은 일이나 하러 가려고 그래, 그냥 있어, 집에. 내가 일자리 알아보고 있으니까."

배를 벅벅 긁으며 남편이 철없는 소리를 하니, 결국 아내가 화를 냈다.

"당신이 일 잘리고, 고소당하고 합의금 못 내서 교도소 들어갈지도 모르는데, 나라도 당장 돈 벌러 가야지!"

"그 여편네 말하는 폼 하고는, 아직 어떻게 될지 몰라. 고소 그거는 내가 잘 알아서 할 거야."

"잘하기는 뭘 잘해?"

"내일 검사한테 내가 '오해가 있어서 그런다, 회계업무는 관리소장이 보는 게 아니다. 나는 시설 관리만 했고, 횡령이 있는 줄은 몰랐다.' 이러면 돼."

"큰일 날 소리만 한다, 큰일 날 소리만 해."

아내는 팔짱을 끼며 말했다.

"됐고, 가스레인지에 국 끓여놨으니까, 나중에 먹어."

"여보."

"왜 불러, 자꾸."

"애들한테는 말 안 했지?"

"……부끄러운 줄은 아니?"

쾅-

현관문이 닫히며, 아내는 그렇게 출근하러 갔다.

남자는 닫힌 문을 바라보며 입맛을 다시다, 주방에 가서 가스레인지 위에 있는 냄비의 뚜껑을 열어 국이 뭔지 확인했다.

그리고는 뚜껑을 다시 닫고, 냉장고로 가서 물통을 꺼냈다.

이어 남자는 주방 식탁에 있는 자기 컵에 따라 마시고는, 냉장고에 물통을 다시 넣고, 안방으로 향했다.

"에고고, 에고고."

남자는 안방 침대에 누워, 한 손으로 팔베개를 하고, 다리를 꼬아 편한 자세를 취했다.

그리곤 팔베개를 하지 않은 한 손으로는 리모컨을 들고, 텔레비전의 채널을 이리저리 돌리기 시작했다.

그러다 마침 한 케이블 방송에서 남자가 좋아하는 옛날 고전 영화를 방영 중인 게 눈에 들어왔고, 남자는 리모컨을 한쪽에 치우고, 실실 웃으며 텔레비전 감상을 시작했다.

남자가 안방으로 돌아올 때, 안방의 문을 열어둔 채로 놔두는 바람에, 문이 안방의 벽과 살짝 거리를 두고 멈춰 섰고, 문에 가려져 안방 전등의 불빛이 닿지 않는 어두운 공간이 만들어졌다.

그리고 더러운 존재는 그 자리를 놓치지 않았다.

남자는 아무것도 모른 채, 텔레비전 영화만 보고 있었다.

어둡고, 비좁은 그 작은 자리는 이질적이고 습한 공기를 가진 자리로 변했다.

끼이이익---

서 있던 안방 문이 서서히 움직이며, 비좁았던 공간이 점점 넓어지기 시작했다.

"다시 봐도 웃기네."

남자가 영화의 명장면에 빠져 있는 사이, 문이 서서히 닫히며, 그 뒤에 가려져 있던……온몸이 피로 뒤덮인 여인이 나타났다.

그리고 잔뜩 충혈이 된 두 눈동자가 남자를 향한다.

피부를 뚫고 들어오는 차가운 살기를 느낀 남자가, 무심코 안방 문 쪽으로 시선을 돌렸다가, 귀신과 눈이 딱 맞았다.

남자는 눈을 동그랗게 뜨고, 몸이 굳어버렸다.

'어? 뭐야?'

'귀, 귀신?'

'나, 그런 거 안 믿는데, 안 믿는데, 저, 저건 뭐야?'

떠오른 생각은 그게 다였다.

저건 뭐냐는 스스로의 질문에도, 남자는 아무 말도 할 수 없었다.

지금 이 순간.

말을 할 수 있는 권리는 오직 저것에게만 있었다.

그 존재는 머리카락이 사방팔방으로 뻗어가더니, 머리카락으로 천장을 기어올라, 남자에게 다가왔다.

그 존재는 살기 어린 시선은 그대로인 채로, 입가에 미소를 그리며 말했다.

[--여기가 이제 내 자리야.]

6막

속이는 자, 그 1

사무엘은 바르톨로메오가 운전하는 승합차에 몸을 싣고, 경기도 이천으로 가고 있었다.

운전을 하며 바르톨로메오가 설명했다.

"정민규 씨 어머니께 여쭤보니까, 기억나는 민규 씨 작업현장이 서너 군데 있다고 하시더라고요. 한 번은 경기도 이천 버스터미널 근처 작업하러 간다고 한 적이 있었는데, 정확한 주소는 모르겠다고……."

"그러면 지금 일단 내려가서 우리끼리 직접 찾아봐야 하는 건가요?"

사무엘이 보조석에 앉아, 창밖을 보며 물었다.

그러자 바르톨로메오가 웃으며, 오른손을 들어 휘휘 저어 보였다.

"아뇨, 아뇨, 제가 다 찾아냈죠."

"어떻게요?"

사무엘이 창문에서 눈을 떼고 물었다.

이에 바르톨로메오가 의기양양한 표정을 지어 보이며 말했다.

"어차피 퇴마 인테리어라는 업체가 귀신 소문이 도는 건물 위주로 작업하는 업체 아닙니까? 그래서 이천 버스 터미널 근처 중에 귀신 목격담이나 괴담이 붙어 있던 건물이 있는지 인터넷으로 한번 찾아봤죠."

"아, 그래서 나왔어요?"

"그럼요, 거창하게 전국 방송도 한 번 탔더라고요."

바르톨로메오가 웃으며 말했다.

사무엘은 퇴마 인테리어의 최근 퇴마 행적을 좇고 있었다.

이미 퇴마 인테리어의 사장, 김주영과 만나기로 약속을 잡았지만, 그렇다고 만나기로 약속한 날이 될 때까지 가만히 있을 순 없었다.

사무엘이 퇴마 인테리어의 김주영과 만난 그날.

동료 신부인 다니엘이 악령에게 당했다.

이후 병원에서 확인한 다니엘의 상태는 가히 충격적이었다.

무수히 많은 파리가 다니엘의 귀와 코, 입, 항문을 통해 안으로 비집고 들어갔고, 들어간 구멍과 연결된 내부를 꽉 막은 상태로 죽어 있었던 것이다.

의료진이 이후 세척 및 흡입 작업을 통해, 다니엘의 체내에서 파리 사체를 제거했고, 다니엘의 고막과 폐에 직접적인 손상이 있었음을 확인했다.

악령과의, 단 한 번의 접촉으로 다니엘은 청력을 잃었고, 호흡기에 의존하며 여생을 보내게 되었다.

사무엘은 로마 바티칸에 메일을 보내, 다니엘의 피해 사실을 보고했다.

이후, 바티칸에서 별도의 지시가 내려오기 전까지, 사무엘은 혼자서 이 악령에 대해 조사하기로 방향을 잡았다.

다니엘은 쓰러지기 직전, 이곳에 있는 악령이 바알이라는 사악한 존재라는 사실을 사무엘에게 알려줬다.

하지만 정말로 성경에도 나오는 그 바알인지는 확신할 수 없었다.

대부분의 귀신과 악령이 그렇듯, 저 더러운 존재들은 둔갑하고 남을 속이기를 좋아하는 녀석들이다.

그래서 다른 존재의 이름을 빌리는 것도 서슴지 않는다.

이름을 빌려오는 그 대상은 때론 선한 존재일 때도 있고, 같은 악한 존재일 때도 있다. 어떨 때는 사람의 꿈에 천사나 예수로 둔갑하여 나올 때도 있고, 어떨 때는 자신보다 더 강대한 악령을 사칭하는 경우도 있다.

상황과 때에 따라, 그리고 이용하고자 하는 상대에 따라 달라지는 것이다.

사람으로 치자면, 사기를 치고자 하는 상대에게 권력이나 위치가 높은 사람을 사칭하여 압도하는 방식이다.

그렇기에 확인을 해야만 했다.

정말로 그 바알이라면, 애초에 신부 몇 명이서 대적할 상대가 아니니까.

'바알이든, 바알을 사칭하는 녀석이든, 일단은 퇴마 인테리어와 어떤 접점이 있는 것은 확실하다.'

사무엘은 차창을 바라보며 생각했다.

'어디서부터 퇴마 인테리어에게 이렇게 강한 악령이 붙은 건지, 그 근원을 파악해서, 구전에 맞춰 구마를 해야 한다. 그것이 진정한 구마이다.'

그러기 위해서는 대체 이 퇴마 인테리어라는 업체가 어떤 악령을 건드렸는지 알아야 했다.

사무엘은 김주영에게 퇴마 인테리어가 최근까지 퇴치했던 악령이나, 퇴마 작업을 실시했던 건물들에 대해 자료를 달라고 요청했다.

하지만 김주영 사장은 만나서 얘기하기로 한 당일에 자료를 가지고 가겠다며, 당장 자료를 내주지 않았다.

결국, 사무엘은 본인이 직접 발로 뛰어 퇴마 인테리어에 작업을 의뢰했던 사람을 찾을 수밖에 없었다.

"여기가 맞을 겁니다."

바르톨로메오가 이천 버스 터미널 옆 상가 앞에 승합차를 세웠다.

이에 사무엘이 안전벨트를 풀고 보조석에서 내렸다.

바르톨로메오도 승합차의 시동을 끄고 내리려는 찰나, 1층 커피점의 사장이 가게 밖으로 고개를 내밀고 나오더니, 사무엘에게 나긋나긋한 어조로 외쳤다.

"거기 주차하시면 안 돼요~."

놀란 사무엘이 멀뚱멀뚱 커피점 사장을 바라보니, 사장이 살짝 눈살을 찌푸리며 말했다.

"주차는 주차장에 하셔야죠~."

커피점 사장이 계속 주의를 주자, 운전석에서 내리려고 자세를 잡던, 바르톨로메오가 사무엘에게 무슨 일이냐고 물었고, 사무엘이 손으로 커피점 사장을 가리키며 설명했다.

"주차 여기다 하면 안 된다고 하시네요."

"아, 아~!"

바르톨로메오가 그제야 상황을 파악하고, 커피점 사장을 향해 손을 살짝 들어 보이며 사과했다.

그리고는 사무엘에게 이어 말했다.

"그러면 이 근처에 주차할 곳 있는가 좀 돌아보고 오겠습니다."

바르톨로메오가 서둘러 승합차에 다시 시동을 걸고, 승합차를 몰아 자리를 떠났다.

그렇게 혼자 남겨진 사무엘은 잠시 깊은숨을 내쉬면서, 멀어지는 승합차의 뒷모습을 쳐다봤다.

이내 승합차가 시야에서 사라지고, 다시 커피점 사장을 바라보니, 커피점 사장은 만족한 얼굴을 하고는 다시 가게 안으로 들어갔다.

사무엘이 서둘러 커피점 사장을 불렀다.

"저기요! 사장님!"

사무엘이 가볍게 뛰어 다가가며 부르니, 커피점 사장이 가게 문을 손으로 잡은 상태로 사무엘을 바라봤다.

"예?"

"여기 이 상가에 혹시 무슨 괴담 나온다는 소문이 있었습니까?"

"아니요? 그런 거 없는데?"

"없, 없어요? 귀신 봤다는 얘기 같은 것도요?"

"없어요, 없어, 무슨……"

고개를 내저으며 없다고 말하던 커피점 사장이 잠깐 말을 멈추더니, 곰곰이 생각하다가 말했다.

"……여기 건물이 아니고, 여기 근무했던 옛날 관리소장이 귀신에 씌었다는 얘기는 들어봤거든요?"

"관리소장이요?"

"예, 정확한 건, 저도 몰라요. 소문이 그래요. 소문이."

커피점 사장이 이내 손을 휘휘 허공에 몇 번 내젓고는 가게 안으로 들어가 버렸다.

사무엘은 고개를 들어, 상가건물을 전체적으로 한번 훑어보고, 1층 현관을 통해 건물로 들어갔다.

잠시 후, 근처 주차장에 차를 세운 바르톨로메오가 상가 앞에 도착해, 두리번거리며 사무엘을 찾았다.

"뭐야, 먼저 들어갔나?"

바르톨로메오가 중얼거리며 상가 1층 현관으로 발길을 옮겼는데, 안으로 들어가려던 그때, 현관에서 사무엘이 나오고 있었다.

"아! 사제."

바르톨로메오가 부르자, 사무엘이 굳은 표정으로 답했다.

"여기가 아니네요."

"예?"

"여기 이 주소지로 가야 해요."

사무엘이 노랑색 포스트잇 종이 하나를 바르톨로메오에게 건넸다.

바르톨로메오가 종이를 받아보니, 검정색 볼펜으로 주소지 한 줄이 적혀 있었다.

"여기 건물은 안 둘러보고요?"

"그거 관리실에서 알려준 주소에요, 거기로 가야 해요."

당황하는 바르톨로메오에게 사무엘이 이어 물었다.

"차 어디 세웠어요?"

"저쪽에……아, 주차비."

바르톨로메오가 주차비를 아까워하며 앞장서서 다시 주차장 쪽으로 걷기 시작했고, 사무엘은 평온한 얼굴로 그 뒤를 따라 걸었다.

사무엘이 관리실에서 받은 주소지는 버스 터미널 옆 상가건물에서 차량으로 30분 정도 걸리는 시외, 작은 마을의 주소였다.

산과 논으로 둘러싸인 2차선 도로를 달려, 작은 마을에 들어선 뒤, 바르톨로메오는 잠시 마을의 버스 정류장 앞에 차를 세웠다.

마침 버스를 기다리고 있는 할아버지가 계셨기에, 말을 걸었다.

"죄송한데, 저희가 여기 초행길이라서 그러는데요. 여기 차를 세울 주차장이 있을까요?"

바르톨로메오의 질문에, 버스를 기다리던 할아버지는 주변을 둘러보더니, 바르톨로메오를 한심하게 쳐다보며 말했다.

"아무 데나 세워요. 천지가 차 세울 곳이니까."

"아, 네, 감사합니다."

바르톨로메오는 머쓱한 표정으로 버스 정류장에서 얼마 떨어지지 않은 길가에 차를 세웠다.

마을은 시골 마을이라 그런지, 도로도, 인도도 대체로 한산했다.

비록 시내에서 20분 정도밖에 떨어지지 않았지만, 한산한 마을로 왔기 때문일까, 사무엘은 공기도 좋게 느껴졌고, 마음 자체가 평온해진 기분이 들었다.

차에서 내려 사무엘이 잠시 평온한 마음을 주신 천주께 감사의 기도를 드렸고, 그 사이, 바르톨로메오가 차에서 내려, 먼저 거리를 둘러보고는 난감해하며 사무엘에게 말했다.

"시내 좀 벗어났다고 여기는 완전 시골이네요."

"좋네요, 살기 딱 좋은 동네 같아요."

사무엘이 자신의 예상과는 다른 감상을 말하자, 바르톨로메오는 고개를 살짝 내저었다.

잠시 '시골이 살기 좋은가?'에 대한 잡담을 나눈 두 사람은 관리실에서 적힌 주소지를 휴대전화로 검색하여, 찾아가기 시작했다.

걸어서 도착한 집은 적벽돌과 흰색 페인트로 외관을 깔끔하게 꾸민 1층짜리 단독주택이었다.

회색 시멘트 벽돌로 지은 담장이 집을 빙 두르고 있었고, 담장과 집 사이의 넓은 공간인 마당은, 시멘트 미장 작업으로 포장이 되어 있었는데, 시간이 많이 흘렀는지 여기저기 깨지고 갈라진 게 보였다.

사무엘과 바르톨로메오가 마당으로 조심스레 들어서고, 집 현관으로 향했다.

“계십니까?”

바르톨로메오가 현관 앞에 서서 외쳤다.

“계십니까아?”

두 번 부르고, 문을 세 번 두드렸다.

그러자 안에서 인기척이 나더니, 잠금장치를 푸는 소리와 함께 문이 살짝 열렸다.

열린 문틈 사이로, 수척한 모습의 중년여성이 모습을 보였다.

“누구세요?”

“아, 저희는 천주교에서 나온 신부인데요, 여기 사시는 분이 귀신에 씌었다는 소문을 듣고, 그분 상태를 한번 살펴보려고 왔습니다.”

“천주교 신부님이시라고요?”

“네.”

바르톨로메오가 공손하게 답하자, 문이 활짝 열렸다.

이어 중년여성이 잠옷 차림으로 갑자기 울먹거리며 나와서는, 바르톨로메오에게 다가가더니 두 팔을 벌리고 안으며, 대성통곡을 하기 시작했다.

"흐아아앙!"

"아, 예? 괜, 괜찮으세요?"

바르톨로메오가 당황하는 사이, 사무엘은 활짝 열린 문 너머로 어질러져 있는 거실을 둘러봤다.

거실 여기저기에 쓰레기가 담긴 검은색 봉지가 널려 있었고, 딱 봐도 고장이 난 가전제품, 고철, 페트병과 캔 같은 것들이 거실 바닥을 잔뜩 메우고 있었다.

쓰레기장과 다를 바 없는 풍경.

그런데 안방 문이 열리더니, 웬 중년남성이 여자 옷을 입고 나타났다.

남자는 긴 치마에 꽃무늬가 들어간 상의를 입고 있었고, 여자처럼 짙은 화장을 얼굴에 하고 있었다.

"이 계집년, 어디 있어? 남의 남편 뺏어가더니 남편 밥도 안 주고 어디로 갔어?"

남자는 눈을 부라리며 거실을 주변을 둘러봤다.

그러다 현관 앞에 있는 세 사람을 발견했고, 사무엘과 눈이 딱 맞았다.

사무엘은 본능적으로 바르톨로메오와 중년여성을 옆으로 밀치고, 거실 안으로 신발도 벗지 않은 상태로 들어가, 중년남성을 향해 빠른 걸음으로 다가갔다.

남성은 당황한 표정을 지어 보이더니, 뒷걸음질 치며 안방으로 다시 들어갔다.

그대로 사무엘이 쫓아 들어가, 자신을 바라보는 중년남성의 얼굴을 오른손으로 붙잡아, 뒤로 쓰러뜨렸다.

중년남성은 뒤로 쓰러지며 안방 침대에 상체가 누워졌고, 다리는 안방 문을 향한 채로 부들부들 떨며 발버둥을 치기 시작했다.

남성이 두 손으로 사무엘을 밀치려고, 사무엘의 몸에 손을 댔다가 불길에 손을 뻗어서 데는 것 같은 고통에 소스라치게 놀라 비명을 지르며 손을 뗐다.

"으아아악!!!"

사무엘은 그대로 남성의 얼굴에 손을 댄 상태로, 왼손에는 묵주를 들고, 기도문을 외기 시작했다.

"성부와 성자와 성령의 이름으로 묻는다, 네놈은 누구냐?"

"나는……이 남자의 진짜 아내다! 본처라고! 얘는 내 거야!"

"거짓을 일삼으며 남의 다리를 붙잡아 넘어뜨리기를 좋아하는 자여, 이 사람은 네 것이 아니며, 너도 이 자의 아내가 아니다, 성부와 성자와 성령의 이름으로 명한다, 당장 이 사람의 몸에서 나가라!"

"여기, 여기가아 내 자리야!"

"너의 자리는 지옥의 불구덩이 속이다! 네가 이 남자 안에 있는 것을 신께서 허락지 않으신다. 성부와 성자와 성령의 이름으로 명한다."

"너는 나에게 이럴 자격이 없어!"

"성부와 성자와 성령의 이름으로 명한다! 당장 이 남자에게서 나가라!"

"으아아아악! 잠시뿐일 거다아아아악!"

남자가 경련을 일으키더니, 이내 팔다리에 힘이 풀리며 잠이 들었다.

사무엘이 이마에 맺힌 식은땀을 닦으며, 침대 옆 안방 바닥에 털썩 주저앉았다.

“하아, 하아.”

사무엘이 긴장을 풀고, 몸을 돌려, 현관에 아직 서 있는 두 사람을 바라봤다.

현관에 서 있던 두 명은 서로를 안은 채로 충격을 받은 듯, 사무엘을 멍하니 바라보고 있었다.

사무엘은 거칠게 숨을 내쉬며, 식은땀으로 범벅이 된 자기 이마를 손으로 훔쳤다.

이내 사시나무처럼 떨고 있는 자신의 두 손을 깨달아 놀란 표정을 지은 뒤, 바르톨로메오를 향해 멋쩍게 웃어 보이고는 방바닥에 벌러덩 누웠다.

그 뒤로 30분 정도가 지나, 중년남성이 정신을 차리고 깨어났다.

남성이 깨어났을 땐, 안방은 정리정돈이 다 된 상태였고, 주변엔 자신의 아내와 웬 남자 두 명이 안방 바닥에 앉아 있었다.

“어떻게 된 거야? 당신 벌써 식당 일 끝내고 온 거야?”

“이 웬수야, 웬수야~!”

화장을 한 채 어리둥절해하는 남편을 바라보며 아내가 눈물을 왈칵 쏟아냈다.

아내는 두 신부와 남편에게 그간 있었던 일을 설명했다.

남편이 일하던 직장에서 횡령을 한 게 발각되어 고소를 당했고, 이에 불구속 입건되어 검찰 조사를 받기로 한 바로 전날이었다.

아내는 식당 일을 하러 출근했다 집에 돌아와 보니, 자기 남편이 안방에서 자신의 옷을 입고는 콧노래를 부르며 화장을 하고 있었던 것이다.

놀란 아내가 뭐하냐고 물으니, 남편은 다른 여자랑 연애도 해 본 적 없는 주제에, 갑자기 자기 아내를 보고는 고성을 지르며, 남의 남자를 뺏어간 불륜녀라며 욕설을 하기 시작했다.

처음에는 남편이 다음 날에 있을 검찰 조사를 위해서, 미친 척을 하려고 일부러 연습이라도 하는 줄 알았고, 그만하라고 말로 좀 싸우고 넘겼다고 한다.

그다음 날인 검찰 조사를 받으러 가서, 남편은 검사 앞에서도 횡설수설하며 여자 흉내를 냈고, 검사도 처음엔 아내와 마찬가지로 일부러 미친 사람 흉내를 낸다고 생각했으나, 이내 진짜라는 걸 눈치채고, 고소를 당한 충격에 정신병을 앓고 있는 걸로 생각을 바꿀 정도였다.

검찰 조사가 끝나면 정상으로 돌아올 줄 알았던 남편의 상태가 계속되어, 자녀들도 결국 이 일을 알게 되었다.

이후 합의금은 자녀들이 그간 저축했던 돈으로 냈고, 이를 참작하여 법원 1심에서 집행유예 2년을 선고받았다.

하지만 남편은 여전히 미쳐 있었고, 자녀들이 용하다는 무당도 부르고, 스님도 부르고, 별짓을 다 해봤지만 정상으로 돌아오는 일은 없었다.

그래서 결국, 바로 내일, 자녀들이 어머니와 상의한 끝에 아버지를 정신병원에 보내려고 예약까지 한 상태였다고 한다.

그런데 마침 두 신부가 나타나, 남편을 고친 것이다.

"정말 감사합니다."

아내가 사무엘의 두 손을 꼬옥 잡고는 고개를 숙였다.

사무엘은 이에 똑같이 고개를 숙이며, 감사의 말을 다른 분에게 돌렸다.

"제가 아니라 주님께서 구하신 겁니다. 오늘 주께서 저를 이곳에 보내신 것은 분명 이런 일을 위해서였을 겁니다. 그분께 감사해 주십시오."

"네, 네, 하느님께도 감사하고, 신부님도 감사합니다."

아내가 눈물을 훔치며 말했다.

침대에 걸터앉아 있던 남편은 자기가 입은 옷과 아내의 화장대 거울에 비친 자신의 얼굴 모습을 보고는, 아내의 말이 전부 사실이라는 걸 믿을 수밖에 없었다.

"어떻게, 어떻게 이런 일이."

"선생님께서는 그간 일을 기억하지 못하시는 것 같은데요."

바르톨로메오가 남자에게 물었다.

"마지막으로 기억하시는 건 뭔가요?"

"……마지막으로 기억하는 게, 그게, 아내가 식당 일하러 가고, 여기 방에서 티비를 보고 있다가, 보고 있었는데, 그게, 저 방문이 닫혀서, 그래서, 그게……귀신! 귀신이 나와서! 나한테 다가오더니 여기가 자기 자리라고 그랬어!"

남자가 자기 아내에게 공포에 질린 얼굴로 말했다.
“여보, 어떻게 해, 나아 미쳤나 봐. 나 어떻게 해.”
“……여보.”
부부가 서로를 바라보며 다시 울먹이고, 사무엘이 끼어들어 말했다.
“혹시 두 분, 퇴마 인테리어라고 들어보셨습니까?”
“퇴마 뭐요?”
“그게 뭐죠?”
남편과 아내가 어리둥절한 얼굴로 사무엘에게 반문했다.
이에 사무엘이 설명했다.
“귀신들린 건물을 구마 한다면서, 인테리어 작업을 하는 업체입니다.들어보신 적 없으신가요?”
“인테리어…….”
사무엘의 설명을 들은 남자가 곰곰이 생각하더니, 박수를 크게 한 번 쳤다.
“그놈들 짓이야, 그놈들 짓이라고!”
“누굴 말씀하시는 거죠? 퇴마 인테리어요?”
“맞아! 퇴마 한다는 인테리어 사기꾼들! 그놈들이 그때 나한테 그랬어! 나한테 귀신 보낼 거라고! 그놈들 짓이야!”
뜻밖의 진술에, 사무엘과 바르톨로메오의 시선이 잠시 서로에게 향했다가, 남자에게로 향했다.
사무엘이 물었다.
“퇴마 인테리어가 귀신을 보낼 거라고 그랬다고요?”

"예! 예! 분명히 그랬습니다! 건물에 있는 귀신을 쫓아내서 나한테 보낼 거라고."

사무엘은 그 말에 당황할 수밖에 없었다.

어떻게 된 일인지, 자초지종을 전부 들어봐야 할 것 같았다.

"퇴마 인테리어와 선생님 사이에 무슨 일이 있었습니까?"

"일 있었지요, 그 사기꾼 놈들이 인테리어로 퇴마 한다면서 건물주한테서 돈을 한 이천만 원 정도를 떼먹으려고 그래서, 그러면 나도 거기서, 내 몫으로 좀 달라고 그랬거든요, 누가 봐도 마진 많이 남겨먹겠다는 심보가 보이니까, 그랬어요, 그랬더니 내가 돈 달라고 그랬다고 건물주한테 꼰지르고, 나한테 막 귀신 보낸다 그러고 막……."

"크흠."

사무엘이 남자의 진술에 신빙성이 없음을 보고, 기침을 하며 말을 끊었다.

그리고는 얌전하게 웃으며, 남자에게 말했다.

"선생님께 들렸던 귀신을 퇴마 인테리어가 보낸 거라면, 귀신을 부리는 시점에서 그 사람들은 사기꾼이 아닌 거고요. 그 사람들이 정말 사기꾼이라면 그 귀신을 보낸 건 퇴마 인테리어가 아니겠죠."

"에? 아니, 그거는 일단 나한테 이런 짓을 할 게……."

"정직하게 있는 그대로의 사실을 저에게 말씀해 주세요. 그래야 어떻게 해서 저런 악령이 선생님을 노리고 온 건지 그 근원을 알 수 있습니다. 방금 아내분께서 이미 선생님의 횡령 등의 죄에 대해 설명하셨습니다. 검찰 조사를 받기 하루 전에 그런 악령이 찾아온 게 우연이 아닐 겁니다. 그러니 변명하지 마시고 사실대로 말씀해 주세요."

사무엘의 말에 중년의 남자는 혼이 나서 시무룩해진 꼬마처럼 어깨를 축 늘이고 고개를 숙인 뒤, 코를 몇 번 손으로 긁고는 고개를 끄덕여 보였다.

"예, 맞습니다, 신부님 말씀이 전부 맞습니다. 사실대로 하나하나 다 말하겠습니다."

남자가 두 손으로 쩍 벌린 다리를 짚은 뒤, 깊은 한숨을 내쉬고 말을 이었다.

"제가 일하던 건물에 4층 가발가게를 하던 사장이 심장마비로 쓰러져 죽었어요. 그렇게 그 사람이 죽고, 가발가게가 장사를 안 한 지 몇 주 되니까, 4층에서 귀신을 봤다는 사람이 한두 명 나오고, 거기 일하는 사람들 사이에서도 봤다는 얘기가 좀 나돌더라고요. 내가 그래서 아는 무당 불러다 굿을 한번 해야 될 것 같다고 건물주에게 얘기를 했습니다. 아는 지인이 악사로 일을 한 적이 있어요. 굿할 때 옆에서 북 치는 거 있잖습니까, 그걸 해서 굿을 어떻게 하는지 안단 말입니다."

"그래서 굿을 하셨나요?"

바르톨로메오가 묻자, 남자는 손사래를 치더니, 오른손 검지와 엄지로 입가를 닦고 말했다.

"쯔읍, 그걸 했으면 차라리 아무 일 없었을 텐데……. 아무튼 거기 건물주 대표이사가 젊은 여자거든요. 에휴, 근데 남자친구라는 사람이 퇴마 인테리어라는 인테리어 업체를 대표이사에게 추천을 한 거예요."

남자가 자기 가슴을 한 손으로 두드리며 말했다.

"제 입장에서는 무당을 부른다 했으면, 돈을 한 백만 원 챙기는 건데, 그걸 못하게 됐으니까, 그 퇴마 인테리어 사장에게 대신 내 몫을 얼마를 달라고 그랬죠. 그랬더니 정색을 하고 안 한다고 지 혼자 다 가질 거라고 그러는 거예요. 어이가 없어서, 그래서 몇 마디 좀 했더니, 건물에 붙은 귀신을 나한테 보낼 거라고 그러면서 막 위협하더라고요. 저는 그런 거 안 믿으니까. '좋다, 맘대로 해라.', 그랬죠."

"그일 있은 직후에 이런 일이……?"

바르톨로메오가 남자의 아내를 향해 물었다.

이에 아내는 고개를 저었다.

"이이가 직장에서 잘리고, 서로 고소를 하니 마니 하고, 경찰 조사에 검찰 출석까지 앞둔 시점이었으니까……."

"그 인테리어 업체 만나고, 한 1년 못 가서죠."

아내의 말을 남자가 마무리했다.

이에 사무엘은 고개를 끄덕이면서, 남자의 말은 참고하는 정도만 하고, 완전히 신뢰하지는 않기로 맘에서 정했다.

남자는 분명 사실대로 말을 한다고 했지만, 그 말하는 의중에 나쁜 짓을 했다는 자각과 반성이 전혀 없다는 걸 사무엘이 간파했기 때문이었다.

사무엘이 남자에게 물었다.

"그러면 혹시 그 여자 대표이사라는 분, 연락처를 제가 받을 수 있을까요? 그분과도 한번 얘기를 나눠봐야 할 것 같은데요."

"예? 아, 드려야죠. 드려야죠."

남자가 고개를 연신 끄덕이더니, 아내에게 손을 내밀며 시켰다.

"여보, 내 휴대폰."

"충전 안 해놨는데……."

"왜?"

"당신이 휴대폰 쓸 상태가 아니었으니까."

아내의 간단명료한 대답에, 남편은 입맛을 다시고는 고개를 끄덕일 수밖에 없었다.

"그러면 그거, 얼른 충전 좀 해놔."

"알았어."

아내가 옷 장롱 안 구석에 숨겨놨던 남편의 휴대전화와 충전기를 꺼내, 화장대 위에 올려놓고는, 콘센트에 충전기를 꽂아 충전을 시작했다.

이어 남자가 숙연한 모습으로 두 신부에게 말했다.

"죄송한데, 휴대폰에 연락처가 있거든요. 휴대폰 충전할 때까지만 좀 기다리셔야 될 것 같습니다."

남자가 양해를 구하자, 바르톨로메오가 고개를 끄덕였다.

"아, 네. 기다려야죠."

"그리고……이거 좀 갈아입게, 거실로 좀?"

남자가 자기 치마를 살짝 들어 보이며, 두 신부에게 안방에서 나가달라고 부탁했다.

그 말에 두 신부는 당황하며 자리에서 일어나, 거실로 나갔고, 안방 문을 닫았다.

잠시 후 안방의 문이 열리더니, 옷을 정장으로 갈아입은 남편과 함께 휴대전화를 손에 든 아내가 나왔다.

휴대전화는 배터리 잔여량이 3% 정도로, 저장된 연락처를 잠깐 확인할 정도로만 충전을 시킨 상태였다.

두 신부가 보는 앞에서 남편은 아내에게 휴대전화를 건네받아, 대표이사 연락처를 찾아서는 사무엘에게 전달했다.

사무엘은 곧장 휴대전화 안에 있는 연락처를 자기 수첩에 옮겨 적었다.

"됐습니까?"

남편이 묻자, 사무엘은 고개를 끄덕이며 수첩을 자기 옷 주머니에 넣었다.

그리고는 부부에게 물었다.

"그러면 이 근처에 혹시 성당이 있을까요? 가까운 성당에 두 분 모두 가셔서 며칠 계시면서, 거기 신부에게 구마가 제대로 된 걸 확인받으셔야 하는데……."

"네에? 어유, 이 근처에 성당 없습니다. 없어요."

남편이 질색을 하며 손을 내저었다.

"도와주신 건 감사하지만, 내 평생 종교라는 걸 믿어본 적이 없습니다. 그런 사람한테 귀신 내쫓아 줬으니 성당 다니라고 말씀하셔도……."

"다니라는 게 아니라요."

듣다 못한 바르톨로메오가 끼어들어 설명했다.

"이 지역 성당에 며칠 계시면서, 거기 신부에게 제대로 구마가 되었다는 걸 확인만 받으시라는 겁니다."

"거참. 알겠습니다. 나중에 한번 가볼게요."

"어디에 있는지 아세요?"

"몰라요, 모르는데, 나중에 한번 찾아서 가보겠습니다."

"……."

바르톨로메오는 이 남자가 성당에 가지 않을 거라는 걸 알았다.

그렇지만, 말없이 웃으며 고개를 끄덕이는 것 말고는 할 게 없었다.

그의 선택을 존중해야 하니까.

옆에 있던 남자의 부인이 하하 웃으며 끼어들어, 분위기를 바꾸었다.

"이이는 제가 한번 성당에 데려갈게요. 이렇게 와주셔서 너무 감사해요. 지금 집이 이래서 당장 드릴 건 뭐가 없고, 냉장고에 넣어놨던 음료수나 몇 개 가져왔어요. 이거라도 좀 드세요."

부인이 손에 작은 매실 음료 캔 두 개를 들고, 하나씩 사무엘과 바르톨로메오에게 나눠줬다.

음료를 받은 두 사람은 감사의 인사를 한 뒤, 현관에서 신발을 신고, 돌아갈 준비를 했다.

부부는 이에 마당까지 나와, 두 사람을 배웅했다.

그렇게 집을 나선 사무엘과 바르톨로메오.

차를 세워놓은 곳으로 걸어가던 와중, 사무엘이 음료수 캔을 따서 마시려고 하자, 바르톨로메오가 제지하며, 음료수 캔을 뺏었다.

“유통기한 지났어요.”

바르톨로메오가 말하자, 사무엘은 황당해하는 얼굴로, 잠깐 그 집을 바라봤다.

바르톨로메오가 고개를 흔들며, 인상을 찌푸렸다.

“제가 속으로 ‘집안 꼴이 개판인데도, 냉장고에 음료수는 사서 넣어놓으셨구나.’ 했는데, 마시려고 보니까 유통기한 지난 걸 줬네요. 그 아줌마도 참. 유통기한은 보고 주지. 에휴.”

“……그래도 그 아주머니는 잠깐이나마 정신 멀쩡한 남편이랑 대화해서 다행이네요.”

사무엘이 하늘을 쳐다보며 나지막하게 말했다.

두 신부가 떠나자, 아내는 기쁜 마음에 곧장 자기 휴대전화를 옷 주머니에서 꺼냈다.

“내 정신 좀 봐, 애들한테 전화해야지. 당신 정신 차린 거 얘기해야 하는데.”

“아직 안 했어?”

“그럴 정신이 내가 어디 있었어?”

“그 정신병원 예약한 거 취소하라고 그래. 아빠 정신 차렸다고.”

남자는 아내에게 그렇게 말하고는 다시 집 안으로 들어갔다.

쓰레기장이 된 거실을 바라보며, 아내가 이런 걸 안 버리고 집에 놔뒀을 리는 없고, 자기가 이렇게 한 거겠다 싶어서, 아내에게 미안한 마음이 들었다.

얼마나 마음고생이 심했을까.

마침, 거실에서 마당에 있는 아내의 기쁜 목소리가 들려왔다.

“……너희 아빠 정신 차렸어! 정신 차렸어! 얼른 정신병원 그거 취소해!”

박수를 치며 기뻐하는 아내.

남자는 자신을 안 버리고, 곁을 지켜준 아내가 너무 고마웠다.

눈시울이 붉어지려는 걸, 남자는 꾸욱 참았다.

이내 남자는 안방으로 들어가, 입었던 정장마이를 벗어서, 장롱 옷걸이에 걸었고.

그대로 아내의 화장대 앞으로 가서, 의자에 앉았다.

7막

속이는 자, 그 2

사무엘과 바르톨로메오는 이천 상가건물을 가지고 있다는 안지민 대표와 전화통화를 한 후, 부동산을 한다는 남자친구의 연락처를 문자로 받았다.

남자친구의 연락처를 받은 이유는 그가 퇴마 인테리어의 단골 고객이라는 느낌이 있었기 때문이었다. 웬만한 신뢰를 가지고 있지 않은 이상은 자신의 애인에게 함부로 인테리어 업체를 추천하지 않았을 거라고 사무엘은 추측했다.

그리고 사무엘의 추측은 정확히 맞아떨어졌다.

전화통화에서 한소레 부동산의 방석호 대표는 퇴마 인테리어에 여러 번 작업을 맡긴 적이 있다고 직접 밝혔다.

이에 사무엘은 방 대표에게 지금까지 퇴마 인테리어에 맡겼던 건물 현장들, 그리고 퇴마 인테리어를 추천하거나 추천해 준 지인들의 연락처를 알려달라고 부탁했다.

방 대표는 지인들의 연락처를 알려주기는 거절했지만, 자신이 맡겼던 현장에 대한 주소는 알려주기로 허락해 줬다.

그는 자신의 부동산 사무실 직원에게 얘기를 해놓을 테니, 가서 서류를 찾아가라고 했다.

이에 바르톨로메오가 혼자, 한소레 부동산 사무실로 찾아가서 서류를 받기로 했다.

사무엘은 정민규의 실종에 대해 그 가족들은 얼마나 알고 있는지 직접 만나보기로 했다.

그래서 바르톨로메오와 함께 이동하던 사무엘은, 중간에 택시를 잡아서 따로 이동하기로 했다.

정민규의 어머니와 그 가족들이 사는 주소는 이사야 신부가 본당신부로 부임해 있던 성당을 통해 이미 확보한 상태였다.

사무엘이 제일 처음 향한 곳은, 정민규의 가족 중 서울에서 제일 가까운 곳에서 살고 있는 큰형의 집이었다.

그는 경기도에서 서울에 있는 중소기업으로 출퇴근하며 사는 직장인으로 알려져 있었는데, 막상 택시를 타고 도착한 주소지는 신도시의 신축 고급 아파트 단지였다.

서울이나 그 주변 집의 물가를 사무엘은 정확히 알 수 없었지만, 중소기업 다니는 직장인이 지낼만한 곳은 아니었다.

택시에서 내린 사무엘이 고급 아파트 단지를 우러러 둘러보다, 자신이 가지고 있는 수첩을 꺼내 다시 한번 상세한 주소를 확인했다.

"어디보자, 주소가……"

아파트 단지 앞에서 사무엘이 수첩을 살펴보고 있으니, 옆으로 누군가 스윽 다가왔다.

사무엘이 인기척을 느끼고 옆을 보니, 검은색 양복 정장을 입은 남자가 뒷짐을 지고 다가와 있었다.

"무슨 일로 오셨습니까?"

"여기 사시는 분을 만나 뵈러 왔는데요."

"약속을 잡고 오신 건가요?"

"아니요."

"만나려는 분 연락처를 가지고 계시면, 그분하고 통화로 약속 잡고 오세요. 사시는 분하고 약속을 안 하셨으면 단지 안으로 못 들어가세요."

남자는 말을 마치고는, 갑자기 허리춤에서 무전기를 꺼내더니, 어딘가로 무전까지 보냈다.

하지만 사무엘은 주소지만 가지고 있을 뿐, 별도의 연락처는 가지고 있지 않았다.

이에 사무엘은 난처해하고 있었는데, 그때 등 뒤로 부릉부릉 요란한 차량 엔진 소리가 들려왔다.

사무엘이 뒤돌아보니, 등 뒤에 있는 차도로 레이보르기니 올칸 차량 1대가 단지 입구로 들어서고 있었다.

운전석에 앉아 있는 사람의 얼굴은 차량에 붙인 선팅 필름 때문에 보이지도 않았음에도, 사무엘은 차량의 주인이 정민규의 친형이라는 걸 바로 알아챘다.

사무엘의 본능이나 직감이라기보다는 성령의 인도하심이라고, 사무엘은 생각하고 확신했다.

사무엘은 믿음에 따라, 곧장 차량 앞을 가로막고 섰다.

갑작스런 사무엘의 행동에 아파트 보안요원이 깜짝 놀라 소리를 질렀다.

"어? 어이! 이봐요?!"

보안요원이 반응할 틈도 없이 차 앞을 가로막았고, 그건 운전석에 앉아 있는 사람도 마찬가지였다.

차량은 그대로 사무엘을 들이받았다.

끼익-!

급하게 차가 섰지만, 사무엘은 충돌로 뒤로 나자빠지며 쓰러졌다.

"으으윽!"

사무엘이 두 눈을 질끈 감고 신음했다.

뒤로 넘어지면서 머리를 아스팔트에 부딪친 탓에 어지럽기까지 했다.

그때 레이보르기니의 문이 열리더니, 정민규의 큰형 현규가 선글라스를 낀 사복차림으로 차에서 내렸다.

그는 쓰고 있던 선글라스를 벗어, 윗옷 가슴 주머니에 넣고는 놀란 얼굴로 사무엘에게 다가왔다.

"아저씨, 괜찮아요?"

사무엘의 상태를 살펴보던 현규는 사무엘이 크게 다치지 않은 걸로 보이자, 안도의 한숨을 내쉬고는 곧바로 투덜거렸다.

"아니……갑자기 뛰어들어 오시면 어떻게 해요?"

"으윽, 죄송합니다. 혹시 정민규 씨라고 아시나요?"

사무엘이 끙끙거리며 일어서서, 현규에게 물었다.

그는 놀란 얼굴로 사무엘을 바라보며 물었다.

"예, 예, 제 동생인데……누구신지?"

"정민규 씨가 교인으로 등록되어 있던 성당에 새로 온 신부입니다. 몇 가지 여쭤봐야 할 게 있어서 뵈러 왔습니다."

사무엘이 뒤통수를 손으로 문지르며 말하자, 현규는 화들짝 놀라며 사무엘의 머리를 살폈다.

"피! 피 흘리시는 거 아니에요?"

"괜찮습니다. 그보다……."

"괜찮다뇨! 신부님, 일단 제 집에 가서 응급치료받으면서 얘기 나누시죠. 혹시 상태 안 좋아지시면 바로 제가 병원까지 모셔다 드리겠습니다."

현규는 호들갑을 피우며, 자기 레이보르기니의 보조석 문을 열고는 사무엘을 거의 반강제로 태웠다.

이어 운전석에 앉은 현규는 지하주차장으로 급히 차를 몰아, 주차를 하고는 다시 사무엘을 내리고, 지하 현관으로 향했다.

사무엘은 오히려 더 어지러워지는 느낌이었지만, 잠자코 현규를 따라 이동했다.

아파트 최고층인 59층에 바로 한 층 아래인 58층에 승강기를 타고 도착한 두 사람은 승강기 문 앞으로 쭈욱 나 있는 복도를 따라 걷고 걸어, 좌측에 5801호 현관문, 우측에 5802호 현관문이 서로 마주 보고 있는 곳에 섰다.

현규가 5801호 문의 도어락 비밀번호를 눌러 문을 열고는, 사무엘의 어깨를 붙잡고 조심스럽게 안으로 인도했다.

사무엘은 그 정도로 아프지 않다고, 이제 괜찮다고 연달아 말했지만, 현규는 듣지 않았다.

사무엘이 둘러보니, 내부는 무척 넓었다.

거실부터 주방까지 공간이 탁 트여 있었는데, 그 공간만 40평은 족히 될 것 같았고, 거실에 서서 둘러볼 때, 보이는 방의 문만 네 개가 있었다.

현규는 사무엘을 거실 소파에 앉혀놓고, 욕실로 향했다.

그리고는 욕실 찬장에서 구급상자를 꺼내 가지고 와서는, 사무엘의 뒤통수에 난 상처에 빨간약이라 불리는 포비든 요오드를 발라댔다.

"이제 괜찮아요. 이 정도면 충분합니다."

사무엘이 부탁하듯이 말하자, 현규는 그제야 약 바르는 걸 멈추었다.

"이거 약 마르고 나면, 연고 바르고 밴드 붙여드릴게요."

사무엘은 충분하다고 말했지만, 현규 입장에서는 혹시라도 자신의 차에 치인 일로 사무엘이 잘못될까 봐 심각한 상황이었다.

"신부님, 절대 남의 차 앞에 그렇게 끼어들어서 막으시면 안됩니다. 하마터면 저 살인자 될 뻔했잖아요."

"죄송합니다."

"후우, 일단 커피라도 한 잔 마셔야겠네요. 신부님도 한잔하세요."

"……감사합니다."

현규는 구급상자를 소파 옆 탁자 위에 올려두고, 주방으로 향했다.

커피머신 버튼을 누르자, 원두를 갈기 시작하는 요란한 소리가 울려 퍼지고, 현규가 커피잔을 두 개 준비하는 사이, 에스프레소가 내려지기 시작했다.

현규는 준비한 커피잔에 정수기에서 뜨거운 물을 반 정도 받아놓고, 에스프레소가 준비되자, 내려진 에스프레소를 준비된 두 잔에 반씩 나눠 따랐다.

완성된 아메리카노 커피 두 잔을 한 손에 한 잔씩 들고, 거실로 돌아온 현규는 두 잔 모두 탁자 위에 내려놓았다.

그리고는 사무엘의 뒤통수를 살펴보며 말했다.

"다 마른 것 같은데, 연고 바르고, 반창고를 좀 붙여드릴게요."

"아, 신경 쓰지 않으셔도 되는데."

"신부님, 이런 거 놔뒀다가 신부님 나중에 쓰러지시면 저만 빵소니범 돼요."

현규는 구급상자에서 밴드 큰 거를 찾아 포장을 벗긴 다음에, 밴드의 거즈 부분에 연고를 살짝 발랐다.

"그런데 신부님, 아까 전에 뭐 물어보신다고 하셨었죠?"

"민규 씨요. 민규 씨 실종된 거 아시죠?"

사무엘이 동생의 이름을 입에 담자, 현규는 잠깐 동작을 멈췄다가 사무엘의 뒤통수에 밴드를 붙이기 시작했다.
"예, 알고 있죠. 그래도 별로 걱정은 안 해요."
"걱정 안 하신다고요?"
"예."
현규는 사무엘의 뒤통수에 붙인 밴드를 손으로 꼼꼼하게 꾹꾹 눌러 붙이고 말했다.
"그 녀석은 우리 가족 중에서도 좀 많이 특별해서요. 하느님의 축복을 한 몸에 받은 녀석이라고나 할까요……다 됐습니다."
현규는 사무엘의 대각선 방향에 있는 1인 소파에 털썩 앉으며, 등을 푸욱 기댔다.
"민규는 어릴 적부터 저희 가족들이 애지중지하며 키웠어요. 아버지 없는 설움 그런 거 안 느끼게 해주려고 어머니부터 저, 제 바로 아래 동생까지 금이야 옥이야 하면서 거의 떠받들어 줬죠."
"그렇게 아끼던 동생이 사라진 건데도, 걱정이 안 되신다고요?"
"말씀드렸잖아요, 하느님의 축복을 한 몸에 받은 녀석이라고요. 단순히 저희 가족만 아낀 게 아니에요. 걔는 진짜 하느님께서 돌보고 계신 녀석이에요. 이 집도, 차도, 거의 전부 민규가 해 준 거예요."
"민규 씨가요?"
사무엘이 다시 한번 집을 둘러보고는 말했다.
"정민규 씨가 퇴마 인테리어라는 회사에서 구마 일을 하셨던 걸로 아는데요. 그걸로 이 정도의 부를 쌓았다고는 생각하기 힘든데요?"

"하하하! 말씀드렸잖아요, 걔는 하느님의 총애를 받는 녀석이라니까요? 걔가 돈을 어떻게 벌었는지 아세요?"

현규는 주변에 다른 이가 없음에도, 굳이 한 번 주변을 둘러보고는 사무엘에게 말했다.

"복권 1등을 동시에 열다섯 번 했어요."

"예?"

"복권 1등을 동시에 열다섯 번 했다고요. 그게 아무나 가능한 일인가요? 진짜 하느님의 총애가 없으면 일어나지 않는다고요."

현규는 웃으며 커피를 한 모금 마시고 내려놨다.

"하아, 진짜 웃긴 녀석이에요. 처음에 '친구가 하는 인테리어 업체에서 일할 거다.', '퇴마를 할 거다.' 그랬을 때는 얘가 월급이나 제대로 받겠나 싶었는데, 세상에……무슨 짓을 했는지 복권 1등에 덜컥 당첨되었다고 가족들에게 공개발표를 하는데, 저는 처음에 무슨 사기라도 치는 건가 겁이 나더라고요. 근데 이거 보세요."

집 내부를 손으로 가리키며, 현규가 말했다.

"동행복권이랑 기획재정부인가 거기서도 나와서 조사를 한번씩 하고 갔어요. 수동으로 15게임을 한 번에 우연히 맞춘 게 가능하냐면서 말이죠. 그런데 민규가 하느님께서 인도하시는 번호를 찍었을 뿐이라고 딱 부러지게 말하니까, 그 사람들도 놀라더니 그냥 갔어요. 전국 뉴스에도 나왔었죠."

"그건 진짜 대단하네요."

사무엘이 진심으로 감탄했다.

이에 현규가 소파의 팔걸이 부분을 손으로 탁 내려치며 흥분한 목소리로 말했다.

“그래서 알았다니까요, ‘아! 얘는 진짜 하느님의 은총을 받고 있구나.’. 진짜 거짓말 하나 안 보태고, 하는 일마다 잘 됐어요. 퇴마 인테리어라는 곳도 일이 너무 많아서 바빠서 난리였고, 걔는 뭐 얼굴도 잘생겨서 여자들도 줄을 섰죠. 아마 모르긴 몰라도 금방 돌아올 겁니다.”

“……지금 실종되신 지 꽤 되지 않았나요?”

사태의 심각성을 전혀 느끼지 못하는 것 같은 태도에 이상함을 느낀 사무엘이 묻자, 현규는 어깨를 으쓱이며 말했다.

“몇 달 되었죠, 한 석 달 되었나?”

“제가 알기로는 지금 동생분이 실종된 지 1년이 다 되어가고 있는데요.”

“아, 그래요? 시간 참 빠르네요.”

현규는 가볍게 웃더니, 다시 커피를 입에 가져다 댔다.

사무엘의 표정에 물음표가 떠올랐다.

“혹시 정민규 씨가 어쩌다 실종된 건지 누구에게 설명을 받거나 하신 게 있으신가요?”

“같이 일한다던 민규 친구에게 설명을 들었죠, 뭐라더라 퇴마하러 간 집에서 못 나온 걸로 알고 있어요. 나중에 경찰들이 찾으러 갔는데 그 집 안에서 못 찾았다고…….”

“못 나온 걸로 알고 있다……고요?”

“예.”

가볍게 말하며 다시 커피를 마시는 현규.

사무엘은 눈앞에 남자가 동생이 하느님의 은총을 받았다며 칭찬을 하고, 그것을 믿는 것처럼 말했지만, 그 말과 행동에 악함이 있는 것을 알게 되었다.

굳은 얼굴로 사무엘이 물었다.

"동생분이 들어갔다가 실종되었다던 그 건물……혹시 어디에 있는지 아시나요?"

"아, 그게……둘째 동생이 아마 알 거예요. 들은 지 오래돼가지고."

현규가 당황하며 변명했다.

자기 동생의 실종은 얼마 안 된 것처럼 말하더니, 그 실종지에 대해 물으니 오래되어서 기억이 안 난다고 하는 모습에서 사무엘은 이 남자와의 대화를 길게 나눌 생각이 싹 사라졌다.

"그러면 그 둘째 동생분 연락처를 제가 받을 수 있을까요? 사는 주소는 제가 아는데, 연락처가 없어서 약속을 잡을 방법이 없었거든요."

"아, 그래서 아까 제 차 앞으로 뛰어드셨구나."

하하 웃으며 현규가 자신의 휴대전화를 꺼냈다.

그러더니 사무엘에게 말했다.

"둘째 동생 연락처 그냥 불러드리면 될까요?"

"예, 불러주십시오."

사무엘이 수첩과 펜을 옷 주머니에서 꺼내 들며 말했다.

현규가 자기 동생 연락처를 확인하고 불러줬다.

이를 그대로 받아 적은 사무엘은 수첩을 닫고, 주머니에 넣은 다음, 자리에서 일어섰다.

"그럼 이만 가보도록 하겠습니다."

"벌써 가시려고요?"

"정민규 씨 실종에 대해 방금 저한테 알려주신 거 말고 알려 주실 게 더 있으신가요?"

"아니요."

"그러면 이만 가보는 게 맞을 것 같네요."

"잠깐만요, 저도 물어보고 싶은 게 하나 있는데요."

현규도 자리에서 일어서며, 사무엘에게 물었다.

"근데 신부님께서 민규는 왜 찾으시는 건데요?"

"하느님께서 찾으라고 하셔서요."

사무엘이 건조하게 웃으며 말하자, 현규도 알아들었다는 듯이 고개를 끄덕이더니 말을 덧붙였다.

"혹시 민규가 살아 있다는 증거 그런 거 찾으시면, 바로 저한테 연락주세요."

현규가 지갑을 꺼내더니, 안에서 명함을 한 장 꺼내서 사무엘에게 내밀었다.

사무엘은 그 명함을 받아 들었다.

그리고는 명함에 눈길 한 번 주지 않고, 옷 주머니에 아무렇게나 넣은 다음 현규에게 인사했다.

"그러면 가보겠습니다."

"아! 그리고 한 가지 더요!"

현규가 말을 한마디 더 덧붙였다.

"저 조치 다 했습니다."

사무엘의 머리를 가리키며 현규는 신신당부했다.

현규가 사는 집을 나와, 아파트의 복도를 걸으며 사무엘은 깊은 한숨을 내쉬었다.

정민규의 큰형의 인성만으로 다른 가족들도 평가하는 건 옳지 않겠지만, 사무엘은 다른 가족들의 인성도 그리 좋지는 않을 거라고 생각했다.

정민규는 퇴마 인테리어 직원 중 유일한 가톨릭 신자여서, 그와 그 가족들에게 기대한 모습이 있었는데, 그 기대는 보기 좋게 배신당했다.

크게 실망하며 승강기 앞에 선 사무엘.

그때 머리가 순간 띵하며, 눈앞에 하얗게 변했다.

안개가 낀 것처럼 앞의 시야가 흐려진 그 가운데, 눈앞에 퇴마 인테리어의 김주영 사장과 그의 여자친구 이지혜, 실종된 정민규와 박수혁, 수혁의 여동생 박수연, 마지막으로 누군지 알 수 없는 여인이 초췌한 모습으로 서로 마주 보고 앉아 있는 모습이 보였다.

이것은 단순한 교통사고 후유증으로 인한 어지러움과 환각이 아니었다.

사무엘이 모시는 주께서 그에게 보여주고자 하는 환상이었다.

사무엘은 처음 겪어보는 환상 체험에 겁을 먹고, 입술을 덜덜 떨며 주에게 물었다.

“주, 주여, 저에게 뭘 보여주시는 건가요?”

사무엘의 질문과 동시에, 눈앞에 환상 속 인물들이 대화를 나누기 시작했다.

X

퇴마 인테리어 사무실을 방문한 여성 손님은 무척 초췌한 모습이었다.

며칠을 제대로 못 잤는지, 눈 밑에는 진한 그늘이 지어져 있었고, 머리도 부스스한 상태였다.

그녀는 두려움에 젖은 얼굴로, 퇴마 인테리어 직원들이 보는 가운데, 사무실 탁자 위에 휴대전화를 하나 올렸다.

“아시는 분은 아실지도 모르겠는데요. 최근에 인터넷에 떠도는 괴담이 하나 있거든요.”

여성이 퇴마 인테리어 직원들에게 자신이 아는 괴담에 대해 설명했다.

“휴대전화로 이상한 우물이 찍힌 사진이 오는데, 그 사진을 받고 나면 발신자 미확인 전화가 오게 되고, 그 전화를 받으면, 일주일 뒤 자신이 귀신에게 살해당하기 직전의 목소리가 들려온다는 거예요. 그래서 일주일 안에 자신이 받았던 우물 사진을 다른 사람에게 똑같이 보내면 살고, 보내지 않으면 귀신에게 살해된다는 얘기예요.”

말을 마친 여성이 탁자 위에 올려둔 휴대전화의 화면을 켰다.

화면에는 어두컴컴한 밤을 배경으로, 시골 오래된 흉가 앞에 놓인 허름한 우물 사진이 나오고 있었다.

여성이 덜덜 떨며 손으로 사진을 가리켰다.

"이게 제가 5일 전에 받은 사진이고요."

여성이 휴대전화를 다시 들어, 이리저리 버튼을 누르더니, 통화 녹음본을 재생시키고는 탁자에 내려놨다.

"이게 사진 받고 난 뒤 받은 전화의 내용이에요."

["지금? 버스 정류장에서 방금 내렸어, 슈퍼에서 뭐 좀 사 갈까? 엄마……엄마……엄마아? 싫어어어! 살려주세요! 아아아악!!!!!!"] ………치직, 뚜뚝.

녹음본의 재생이 끝나고, 퇴마 인테리어 사무실에는 잠시 침묵이 흘렀다.

다시 입을 연 건 손님으로 온 여성이었다.

"목소리는 확실히 제 목소리거든요. 저……진짜 너무 무서워서요. 처음에는 무당을 찾아갔는데요. 굿 한 번 하면 다 된다고 걱정 말라고 하더라고요. 그런데 굿을 했는데도, 그걸로 끝났다는 확신이 없어서요. 여기도 퇴마를 하신다고 듣고 왔거든요? 저 좀 도와주세요. 부탁드려요."

"흐음."

주영이 팔짱을 끼고, 고심하다 옆에 있는 지혜에게 물었다.

"사장님, 어떻게 할까요?"

주영이 묻자, 지혜는 고개를 끄덕이며 여성에게 말했다.

"저희는 주로 건물에 붙어 있는 귀신만 퇴마를 해와서, 당장은

'저희가 맡겠습니다.', 이렇게 답을 할 수는 없고요. 퇴마 할 방법이 있는지 한번 알아보도록 하겠습니다."

지혜가 친절하게 답했으나, 여성은 불만족스러운 듯 고개를 내저으며 말했다.

"안 돼요, 저 이틀 남았단 말이에요. 시간이 없어요."

여성이 불안해하는 와중에, 민규가 몸을 앞으로 내밀며 물었다.

"저기 궁금한 게 하나 있는데요. 그러니까 정리하자면, 그 우물 사진을 받으면, 일주일 뒤에 자신으로부터 연락이 온다는 건가요?"

"예? 아니요, 일주일 뒤에 전화가 오는데, 자신이 죽기 직전의 목소리가 전화기 너머로 들려온다고요."

"허."

민규가 눈을 게슴츠레하게 뜨고는 작게 미소 지었다.

"그러면 오늘이 수요일이잖아요? 만약 그 전화가 지금 온다면, 다음 주 수요일의 삶을 살고 있는 내 목소리가 나온다는 거죠?"

"예? 아니, 죽기 직전이니까……뭐, 예, 그렇겠죠?"

"우리 아리따운~ 고객분께는 지금 이틀의 시간이 있다고 하셨죠?"

"……예."

"근데 그 전에 다른 사람에게 그 사진을 보내면, 괜찮은 거 맞죠?"

"……예."

"간단하네요, 오늘 밤에 저한테 그 사진 보내세요."

민규가 씨익 웃으며 말했다.

그러자 주변에 있던 친구들이 경악하며 반대했다.

"야, 정민규!"

"아직 대처방법도 모르는데, 네 멋대로 무슨……."

"잘못되면 어쩌려고."

친구들이 반대하자, 민규는 어깨를 으쓱이더니 능글맞게 웃었다.

"귀신이야 나타나면 잡으면 되는 거 아니야? 어차피 그게 우리가 하고 있는 일인데, 뭘 걱정해?"

"야, 그렇게 함부로 말할래?"

지혜가 정색하고 화를 내다, 손님의 눈치를 잠깐 보고는 목소리를 낮춰 말했다.

"이건 건물에 붙은 귀신들 퇴마 하는 거랑은 달라. 건물은 인테리어를 바꾸고, 건물에 붙은 소문만 없애면 뒤탈 없이 해결되지만, 이건 전국에 떠도는 괴담에 붙은 귀신에 대한 퇴마야. 우리가 소문을 잠재우려고 해도, 장난삼아 입에 오르내리는 괴담에는 끝이 없이 달라붙게 되어 있어."

"정 방법이 없다 싶으면 내가 너한테 사진 보내면 되지."

민규가 지혜에게 말하자, 주영이 정색을 하며 민규를 쳐다봤다.

그렇지만 민규는 곧이어 가볍게 말을 이었다.

"그리고 일주일 되려고 하면, 네가 다시 나한테 보내. 나는 또 일주일 되면 너한테 보내고. 그러면 되지,"

"야, 그게 말이냐?"

"왜? 괴담에 그런 규칙 같은 거 없잖아. 아니면 명의만 다른 휴대전화 두 개를 만들어서 내가 다 들고 다니면서, 사진 돌려보기 해도 될 것 같은데?"

괴담의 허점을 지적하며, 민규가 말했다.

의외로 그럴듯한 지적인지라, 친구들이 별다른 반박을 못 하는 사이.

민규의 말을 들은 여성 손님이 조심스럽게 손을 들더니 반박했다.

"제가 보내는 사진은, 다른 사람에게 못 보내는데요?"

"예?"

"이거 괴담이 귀신이 보내는 사진을 받은 사람은 다른 사람에게 보낼 수 있는데, 사람에게 전달받은 사람은 다른 사람에게 못 보낸대요."

"……아, 뭐야."

민규가 실망하며 황당해했다.

"괴담 만든 인간 누군지 모르겠는데, 쓸데없이 규칙 철저하게 만들었네."

"사람과 사람 사이에 괴담이 옮겨 다니면서, 살이 붙고, 규칙이 점점 변해간 거겠지. 너처럼 허점을 비집고 이용하려는 사람이 있으니까."

지혜가 한숨을 내쉬며 말했다.

얘기를 가만히 듣고 있던 수혁이 말했다.

"그래서? 이 분 의뢰는 어떻게 할 거야?"

수혁이 손님으로 와 있는 여성을 가리키며 말했다.

이에 여성이 당황하며 말했다.

"방금 저분께서 사진 보내달라고 하셨는데요."

여성이 민규를 가리켰다.

이에 지혜가 손사래를 쳤다.

"아니요, 아니요, 그거는 못 들은 걸로 해주시면 됩니다. 쟤가 생각이 가벼워서 그런 말을 쉽게 내뱉어요."

"야. 야."

민규가 인상을 찌푸리며 지혜에게 말했다.

"생각이 가볍다니, 내가 얼마나 진중한데. 나 자신 있다니까."

이어 민규는 여자 손님에게 고개를 돌리더니, 특유의 미남 미소를 선보이며 말했다.

"제 연락처를 드릴 테니까, 걱정 말고 저한테 일단 사진부터 보내주세요. 이후에는 제가 잘 알아서 처리해 드리겠습니다."

"야!"

친구들이 심각한 얼굴로 경고했지만, 민규는 그러거나 말거나 여성에게 자기 휴대전화를 스윽 내밀며 말했다.

"그러니까 일단 번호 좀 찍어 주시겠어요?"

"아, 네."

여성은 초췌한 모습임에도 뺨에 발그레한 홍조를 띄우고는 냉큼 민규의 휴대전화를 받아들었다.

그날 밤.

민규는 자신의 집, 컴퓨터 책상 앞에 앉아 커피를 마시며 진지한 얼굴로 모니터를 보고 있었다.

모니터 화면에는 '즐거운 키즈 놀이터, 무서운 이야기 게시판'이 떠 있었다.

여성이 겪은 일은 전국에 널리 퍼진 무서운 이야기의 일종이었다.

한때 유행했던 파란 마스크 괴담처럼, 최근 1년 사이 어린아이들 사이에서 유행하고 있었는데, 만화부터 시작해서 창작 소설까지 다양하게 괴담이 만들어지고 있었다.

특히 '우물 사진'이라는 게, 시골에서는 찍기 어려운 게 아닌 만큼.

일종의 유행처럼 시골에 친척이 있거나 사는 아이들이 동네에 있는 우물 사진을 찍어서, 자기 친구에게 보내거나, 사진을 받았다며 이야기를 인터넷에 올리거나 하는 식으로 이야기를 부풀리고, 한참 퍼뜨리고 있었다.

민규는 이 무서운 이야기가 처음 탄생한 곳이 바로 이 '즐거운 키즈 놀이터'라는 사이트이며, 이 사이트에 올라온 한 장의 우물 사진에서 모든 게 시작되었다는 걸 알아냈다.

초기 이야기는 이랬다.

'우물 사진'이라는 제목으로 글이 하나 올라왔고, 해당 글을 보려고 클릭해 들어가면, 우물 사진과 함께 밑에 크게 빨간색 글씨로 '이 사진은 저주받은 사진입니다. 당신은 일주일 뒤 죽게 됩니다. 살고 싶다면 이 사진과 글을 다른 사람에게 보여주세요.'라는, 옛날 '행운의 편지' 유형의 낚시글이었다. (행운의 편지:

'이 편지는 영국에서부터 시작되었습니다.'라는 글귀로 시작해서 다른 사람에게 똑같이 편지를 써서 보내야 하고, 안 그러면 저주에 걸린다는 식으로 장난친 편지.)

이 글의 댓글란에는 아이들이 단 댓글들이 많았는데, 민규는 그 댓글들을 하나하나 읽으면서 왜 이야기가 퍼지기 시작했고, 중간중간 살이 붙기 시작했는지 추측할 수 있었다.

"저도 처음에는 안 믿었는데, 일주일 뒤 진짜 귀신이 나타나서 저를 죽였습니다. 여러분은 같은 실수하지 마시라고 댓글 남깁니다……님, 죽었는데 댓글 어케 닮?……억울해서 귀신 되어 닮……무당에게 이 사진을 보여줬더니, 너무 많은 혼령이 담겨 있다고 굉장히 위험하다네요, 일주일 뒤 무당은 죽고, 전 살았습니다……님아, 사진 밑에 글도 보여줘야 됨. 님도 결국 죽음……댓글 단 너도 봤네? ㅅㄱ 너도 죽음……응, 너도 죽음……우물 계속 쳐다보다 하나 알게 됐어요, 눈 아픕니다."

그러니까 결과적으로 아이들 역시도 이 글을 믿는 분위기는 아니었다.

오히려 과장된 반응으로 서로가 장난치며 농담이나 주고받고 있었는데, 이런 분위기 자체가 재밌어서 그런 거였을까?

사진을 휴대전화를 통해 아이들끼리 주고받고, 사진 밑에 붙이는 글의 내용도 점점 아이들 취향대로 변했다.

그러더니 이 아이, 저 아이, 자기들 취향대로 규칙을 추가하고, 바꾸고, 지금에 정교한 괴담으로 이른 것으로 보였다.

귀신들 보기에는 이 괴담만큼 편승하기 좋은 괴담이 없을 터.

"어른들은 대부분 안 믿을지 몰라도, 아이들이 많이 믿어서 문제구나. 흐음."

민규가 턱을 어루만지며 해결방안을 고심하는 찰나, 휴대전화 문자 음이 울렸다.

휴대전화를 확인해 보니, 퇴마 인테리어 사무실에 찾아와 의뢰를 했던 그 여성이 자신이 받은 우물 사진을 약속대로 민규에게 보낸 거였다.

민규가 우물 사진을 받고 나니, 곧바로 전화가 울렸다.

그런데 벨소리가 민규가 평소 해놨던 벨소리가 아니었다.

그것은 오르골 소리로, 추적추적 마음에 비가 내린 듯 질척이며 차갑고 끈적이는, 부정적인 감정을 부추기는 악의가 가득 찬 음악이었다.

민규는 곧바로 메모지와 볼펜을 하나 준비하고, 심호흡을 두세 번 한 뒤에 발신자 미확인의 전화를 받았다.

전화를 받자, 전화기 너머에서 민규 자신의 목소리가 들려왔다.

["11, 17, 18, 24, 38, 42……11, 17, 18, 24, 38, 42!!!"]

다급하게 외치는 민규의 목소리.

그 뒤에 정체를 알 수 없는 인물이 내뱉는 끔찍한 고함과 함께 전화는 곧바로 끊어졌다.

민규는 회심의 미소를 지었다.

이어 사무엘의 눈에 보이는 풍경이 일변하더니, 민규와 그 형제들이 어머니 집 거실에 모여, 바닥에 둘러앉아 있는 게 보였다.

민규의 어머니, 큰형 현규, 작은형 준규, 그리고 민규.

이렇게 네 사람만 참석한 자리에서 민규를 제외한 나머지 가족들은 무슨 일로 자신들이 모인 것인지 이유를 몰라, 어리둥절한 표정으로 민규만 바라보고 있었다.

민규는 의기양양한 얼굴로 팔짱을 낀 상태로, 눈을 감고 콧노래를 흥얼거리며, 가족들을 애타게 만들고는 그걸 음미하고 있었다.

"뭔데? 뭔데 모이라고 한 거야."

현규가 짜증을 내며, 민규에게 답을 재촉했지만, 민규는 답하지 않았다.

준규가 그런 민규에게 경고했다.

"야, 분명히 말하는데, 별거 아니면 너 진짜 형들 엄청 화낸다."

"그래, 민규야, 빨리 말해. 무슨 일이야?"

어머니도 궁금해하며 묻자, 민규가 눈을 슬며시 뜨더니 가족들 얼굴을 둘러보고 말했다.

"둘째 형 말투가 나한테 살짝 공격적이었어, 아무래도 둘째 형은 큰형보다 살짝 작게 줘야겠어."

"뭐를?"

"좋은 거."

민규가 약 올리듯이 콧대를 올리며 말했다.

"나한테 평생 잘해줘야 할 정도로 좋은 거야."

"야, 안 되겠다. 오늘 날 잡고 얘 좀 혼내야겠다."

현규가 더는 못 참고, 거실에서 일어나며 말했다.

이에 민규가 경고했다.

“어? 이러면 형이 둘째 형보다 더 작게 받는다?”

“그러니까 뭘? 말을 해, 말을!”

“빨리 다시 바닥에 앉아, 안 앉으면 진짜 형이 더 적어.”

민규가 거실 바닥을 손으로 가리키며, 큰형에게 지시하듯이 말했다.

현규는 기가 찬 얼굴로 민규의 얼굴을 바라보다가, 에라이 하는 소리와 함께 민규의 머리에 꿀밤을 먹였다.

“이 자식이 오냐오냐해 주니까, 형한테 바닥에 앉아가 뭐야?”

“아?! 때렸어?! 확정! 둘째 형한테 더 준다.”

“그러니까 뭐를!”

이에 민규가 외쳤다.

“나 로또 1등 당첨됐어! 1등 됐다고!”

민규의 고백에 가족들 얼굴에는 놀람과 기쁨이 묻어나기 시작했다.

사무엘이 보는 풍경이 다시 한번 일변했다.

현규가 어머니 집에서 나와, 근처 도로 갓길에 세워둔 자신의 중고 SUV 두싼 차량이 있는 곳으로 걸어가고 있었다.

잠시 걸음을 멈추고, 무언가를 고심하던 현규는 이내 큰 결단을 내린 비장한 얼굴로 휴대전화를 꺼내 들었다.

그리고는 어딘가로 전화를 걸고, 귀에 휴대전화를 갖다 댔다.

귀에 갖다 댄 상태로 얼마 지나고, 현규가 말했다.

“어, 여보, 지금 어디야?……어, 나? 점심 먹었지……집에는 몇 시에 들어가?……어, 어, 그러면 2시간 있다가 집 앞에 카페 있지? 그래, 거기, 거기서 같이 커피 좀 마시자."

현규는 한숨을 한 번 깊게 내쉰 뒤 말을 이었다.

"아니, 진지하게 할 얘기가 있어서 그래, 내가 괜히 비싼 카페 가자고 하겠어? 진지한 얘기할 게 좀 있어……그래, 2시간 뒤에, 어, 거기서 봐."

통화를 마친 현규는 휴대전화를 옷 주머니 안에 넣고, 착잡한 표정으로 길을 걷기 시작했다.

그렇게 걷다가 자신의 차가 주차된 곳에 이르러서는, 자신의 오래된 차를 한심한 듯이 쳐다보며, 못마땅하다는 듯이 중얼거렸다.

"오래됐다, 오래됐어."

다시 사무엘의 눈에 보이는 광경이 바뀌었다.

이번에는 정민규 없이, 정민규의 어머니 집 거실에 그 가족들과 퇴마 인테리어의 김주영 사장이 앉아 있었다.

모인 사람들의 분위기는 무척 침울했다.

민규의 어머니는 머리 이마에 흰 띠를 두르고 계셨고, 그런 어머니를 작은형 준규와 그의 아내가 옆에서 부축하고 있었다.

준규는 비통한 표정으로 아무 말도 하지 못하고 있었고, 그런 가족들의 반응에 주영 역시도 죄송한 마음에 무릎을 꿇고, 고개를 숙이고 있었다.

현규만이 그나마 차분한 얼굴로 혼자 팔짱을 낀 채, 못마땅한 얼굴로 주영을 쳐다보고 있을 뿐이었다.

현규가 말했다.

"그래서, 민규가 죽었다 그 말이야?"

"그건 알 수 없습니다."

주영이 착잡해하며 말했다.

"제가 말씀드릴 수 있는 건, 날이 밝아서 경찰들과 함께 퇴마 의뢰를 받았던 집에 들어가서, 샅샅이 수색했지만, 민규와 수혁이 모두 찾을 수 없었다는 것뿐입니다. 저는 귀신들에게 두 사람이 졌다고 믿지 않습니다. 그러니……."

"그러니 뭐어?"

현규가 성을 내며, 주영에게 말했다.

"언제 돌아올지도 모르는 애를 맨날천날 하염없이 기다리며 피 마르게 살라는 얘기야? 죽었으면 죽었다, 아니면 아니다, 분명하게 말해."

"그런 식으론 답변 못 해드립니다."

"뭐, 이 새끼야?"

"시신을 못 찾았습니다. 그런데 어떻게 죽었다고 단정하겠습니까? 저는 그렇게는 말씀 못 드립니다. 죄송합니다."

"야! 그러면 누가 이 사태에 책임을 지는데? 민규는 너 때문에 그런 일을 한 건데, 네가 책임을 지고, 나 때문에 민규가 죽었습니다, 하고 인정을 해야 할 거 아니야? 그, 뭐야, 실종자가 사망한 걸로 처리되려면 못해도 5년은 기다려야 된다는데, 그때까지 우리는 하염없이 기다리라고?"

현규가 씩씩거리며 주영을 질타하는데, 그 얘기를 가만히 듣고 있던 민규의 둘째 형 준규의 표정이 아리송해졌다.

화를 내는 방향이 뭔가 이상했다.

그 사이, 민규의 어머니가 앓는 소리를 내시며, 주영에게 말했다.

"너희가 퇴마니 뭐니 하면서 하는 일들이 위험한 일이라는 거, 지혜가 건물에서 떨어져 죽었다는 얘기 들었을 때, 내가 그때서야 알았다……. 그때라도 내가 너희를 말렸어야 했는데, 그걸 말리지 못한 내 잘못이 제일 크다. 내 잘못이 제일 커. 그러니 주영아, 너무 맘에 두고 있지 마라. 민규가 실종된 거는 네 잘못이 아니야. 알겠니?"

"죄송합니다."

"아니야, 이번에 실종된 게 민규가 아니라 주영이 너였다면, 민규가 너희 부모님께 찾아가서 사과를 했을 텐데, 그게 민규 책임이었겠니? 너희가 이런 위험한 일을 하게 내버려 둔 우리 잘못이다. 말렸어야 했는데에에에에."

민규의 어머니가 바닥을 두 손으로 내리치며 대성통곡을 하기 시작했다.

"엄마, 울지 마."

"엄마……."

현규와 그 아내가 어머니를 부둥켜안으며 달랬다.

주영은 고개를 숙이고, 비통한 얼굴로 다시금 죄송하다는 말을 반복할 수밖에 없었다.

그 모습을 보며, 현규는 못마땅한 얼굴로 중얼거렸다.

"시체라도 있었으면, 재산 처리가 금방 됐을 텐데……."

그리고 그 중얼거림은 근처에 있던 가족들 모두의 귀에 닿고 말았다.

참다못한 준규가 자리에서 일어나, 큰형에게 따지기 시작했다.

“뭐야?”

“뭐가?”

“아까부터 뭐냐고.”

“…….”

“아까부터 가만히 듣고 있으니까, 민규 재산분할 빨리하고 싶어서 아주 그냥 안달이 나 있네. 와아, 형 인간적으로 그러는 거 아니야, 진짜 아니라고!”

“뭐가 안달이 나 있어, 내가 지금 돈이 없냐? 무슨 뚱딴지같은 소리를 하고 있어?”

“그러면 방금 그건 뭔데? 재산 처리가 금방 되었을 거라는 소리는 뭐냐고.”

“내 말이 틀렸어? 사망자 처리가 안 되어서 5년이나 기다리게 생겼는데?”

“왜 못 기다려, 민규가 안 죽고 어디서 나타날지 모르는데, 왜 못 기다려?”

“말이 되는 소리를 해, 귀신 퇴마 하러 간 애가 흔적도 없이 사라졌어, 나타날 거면 벌써 나타났다고, 그게 상식 아니야? 갠 죽은 거야, 죽은 거라고. 죽은 애를 하염없이 5년이나 기다리게 생겼는데, 짜증 안 나?”

“짜증? 동생이 실종된 거에서 짜증을 찾아?”

준규가 경악을 금치 못하고, 두 사람의 목소리가 점점 커지자, 민규의 어머니가 소리를 질렀다.

"그만해! 그만!!!!!"

X

비명과도 같은 소리와 함께, 사무엘의 눈을 가리고 있던 안개와도 같은 환영이 홀연히 사라졌다.

사무엘은 자신의 두 눈을 껌뻑이며, 크게 호흡을 내쉬었다.

처음 겪어보는 경험이었기에, 심장의 두근거림은 가슴에 손을 갖다 대지 않아도 쿵쾅거리며 뛰는 게 느껴졌다.

이마에 식은땀이 흐르고, 다리가 후들거렸지만, 기분이 나쁘진 않았다.

오히려 기분은 그 어느 때보다 즐겁고 행복했다.

성경에서나 보던 선인들의 체험을 자신이 겪은 것이었다.

주께서 자신과 함께하고 있다는 사실에 믿음이 더욱 굳건해지고, 그분께서 자신을 돌보시고 계시고, 길을 안내하고 있음을 확신하게 되는 일종의 증거가 되었다.

"주여……."

사무엘은 하느님께 감사의 기도를 드리고, 자신이 섬기는 주께서 친히 자신에게 이런 환영을 보여주신 의도가 무엇인지를 생각했다.

오늘 사무엘은 귀신 들린 남자를 만났었다.

단순히 그 사람을 통해 연락처나 주려고 하신 게 아니라는 걸 사무엘은 느낄 수 있었다.

그 귀신 들린 남자는 단지 전조로써, 사전에 사무엘이 구마의 시행을 겪어보도록 주께서 인도하신 거였다.

사무엘은 혼자서 지금까지 구마를 해본 적이 없었으니까.

그리고 지금.

혼자서 구마를 할 때가 된 것이다.

“주여, 저와 함께하소서. 그들을 제 손에 붙여 주시옵소서.”

사무엘이 주께 기도를 마치고, 몸을 돌려, 다시 현규의 집으로 향했다.

초인종을 누르자, 초인종 스피커를 통해 안에 있는 현규의 놀란 목소리가 들려왔다.

“아니, 신부님? 왜 다시 오셨어요?”

“제가 생각해 보니, 응급치료에 커피까지 타 주셨는데, 기도도 안 해드리고 나왔더라고요. 기도 좀 해드리려고 다시 왔습니다.”

“기도요?”

스피커 너머로, 불편해하는 기색이 드러나는 음성이 돌아왔다.

“예, 에, 뭐, 그러세요.”

“감사합니다.”

사무엘은 웃으며 답하고, 바지 뒷주머니에서 휴대용 힙 플라스크 병을 하나 꺼내 들었다.

그리고는 뚜껑을 열고, 서둘러 오른손에다 병 안의 내용물을 살짝 쏟아 발랐다.

현관문의 도어락 잠금이 풀리는 소리가 나고, 사무엘은 플라스크 병을 다시 바지 뒷주머니에 넣었다.

손에 바른 것은 성수로, 성당 입구에 배치된 성수반에 담기는 성수를 옮겨 담은 것이었다.

현관문이 열리고, 현규가 떨떠름한 표정으로 신부를 반겼다.

"예, 뭐, 신부님, 들어오세요."

현관문 옆으로 현규가 비켜서며, 사무엘이 지나가도록 했다.

이에 사무엘은 고개를 숙여 인사를 하며, 현규의 옆으로 지나가다가, 성수를 바른 손을 현규 쪽으로 살짝 뻗었다.

툭.

현규와 손이 아주 살짝 닿았다.

그런데.

"아악!"

현규는 뜨거운 불에 화상이라도 입은 듯 화들짝 놀라며, 손을 거두었다.

그 순간, 사무엘과 큰형의 두 눈이 마주쳤다.

"……."

"……."

현관문이 닫히고, 띠리릭- 하는 소리와 함께 도어락이 닫혔다.

찰나의 순간이 몇 분처럼 느껴지고.

……제일 먼저 적막을 깨고 움직인 건 현규였다.

현관 근처의 철제 우산꽂이를 두 손으로 잽싸게 들더니, 사무엘을 향해 휘둘렀다.

사무엘은 급히 거실로 몸을 피하며 들어갔다.
그 뒤를 현규가 씨익씨익 거친 숨소리를 내뿜으며 쫓아왔다.
"후우욱! 이야아아악!"
고함을 내지르며 현규가 다시 한번 우산꽂이를 휘둘렀다.
사색이 된 사무엘은 거실 소파를 뛰어넘어 간신히 우산꽂이를 피했지만, 거실 바닥에 쓰러지며 드러눕는 자세가 되고 말았다.
현규가 기회를 포착하고, 씨익 웃으며 소파를 돌아 성큼성큼 걸어왔다.
사무엘은 바지 뒷주머니에 넣었던, 힙 플라스크 병을 꺼내 뚜껑을 열고, 현규의 얼굴을 향해 냅다 던졌다.
현규는 사무엘이 던진 힙 플라스크 병에 얼굴을 정통으로 맞았고, 얼굴을 맞고 튕겨 나온 힙 플라스크 병은 겨우 몇 방울의 성수만을 현규의 얼굴과 팔에 묻히고 바닥에 떨어졌다.
"으윽!"
단 몇 방울이었지만, 고통은 있었는지 현규의 얼굴이 일그러졌다.
하지만 그뿐이었다.
힙 플라스크 병은 바닥에 떨어지고 나서야 안에 있는 성수를 제대로 쏟아냈고, 현규는 바닥에 쏟아진 성수를 바라보고는 사무엘을 비웃었다.
사무엘은 다급히 일어서며, 목에 걸고 있던 작은 십자가를 꺼내 보였다.
오른손으로 십자가를 들어 보이며 사무엘은 외쳤다.

“성부와 성자, 성령의 이름으로 명한다, 당장 그 사람의 몸에서 떠나라!”

“오해를 하는 것 같은데, 얘와 나는 공생 관계야.”

평소의 현규 목소리와는 다른 걸걸한 목소리가 조소하며 말했다.

“얘도 날 사랑하고, 나도 얠 사랑하지. 네가 간섭할 관계가 아니야, 오히려 네가 이 집에서 꺼져야 되지 않을까?”

바닥에 쏟아진 성수를 피해, 악령은 옆으로 비켜 걸으며, 천천히 사무엘에게 다가왔다.

사무엘이 긴장한 얼굴로 외쳤다.

“네가 지내야 할 곳은 지옥이지, 그 사람의 몸과 집이 아니다. 주 하느님께서 허락지 않으셨다. 당장 그 사람의 몸에서 떠나라!”

“멍청하긴, 나는 섬기는 분이 따로 있어!”

현규에 몸에 깃든 악령이 우산꽂이를 휘둘러, 사무엘의 오른손을 쳐냈다.

고통과 함께 손에 들고 있던 십자가 목걸이가 끊어지며, 바닥에 떨어졌다.

“크윽!”

사무엘이 다친 오른손을 왼손으로 감싸 쥐며, 고통에 신음했다.

상체를 숙이고 힘겨워하는 사무엘을 바라보며, 악령이 웃어댔다.

“벌써 아파하면 안 되는데? 아직 시작도 안 했어!”

악령이 고함소리와 함께 우산꽂이를 번쩍 들어 올렸다.

사무엘의 머리를 내리칠 심산이었다.

하지만 큰 동작에 앞이 순간적으로 무방비했다.

사무엘은 이때가 마지막 기회라는 생각에 필사적으로 고함을 치며, 악령에게 달려들었다.

아직 손에 바른 성수가 증발하지 않고 남아 있었으니까, 효력이 있을 거라는 희망을 걸고, 손을 뻗어, 현규의 얼굴에 손바닥을 철썩 붙이고 밀어붙였다.

"아아악!"

성수를 바른 손바닥이 얼굴에 닿고 문질러지자, 현규가 비명을 질렀다.

하지만 그와 별개로, 현규가 들어 올린 우산꽂이는 그대로 휘둘러졌다.

사무엘은 급히 고개를 숙였지만, 그대로 머리를 강타당하고 말았다.

현규는 뒤로 자빠지고, 사무엘은 앞으로 고꾸라졌다.

까가깡!

쇠로 만든 우산꽂이가 바닥을 나뒹굴며 요란한 소리를 냈고, 이어 두 사람이 동시에 쓰러지며, 쿵 소리가 거실에 연달아 울려 퍼졌다.

"응? 어억? 으아악?"

현규가 쓰러진 바닥에는 이미 성수가 한가득 쏟아져 있는 상태였다.

바닥에 떨어져 깨진 어항 속 금붕어가 팔딱이듯이, 현규는 바닥을 나뒹굴고 펄떡 펄떡이며 난리를 치기 시작했다.

몸에 붙은 불을 끄려고 시도하듯이, 두 팔과 다리를 퍼덕이며 몸을 때리더니, 누운 자세 그대로 성수에 젖은 옷들을 벗기 시작했다.

"이런 씨X! 흐아아악!"

옷을 벗어 던지고, 드러난 알몸에서는 화상을 입은 것처럼 분홍빛의 살점과 뜨거운 김이 올라왔다.

"하악! 하아아악!"

곧이어 나체가 된 현규는 바닥에 배를 깔고는, 성수로 젖은 바닥을 기어서 빠져나오기 시작했다. 물기가 없는 바닥 쪽으로 필사적으로 팔을 뻗어, 꺼억꺼억 숨넘어가는 소리를 내며, 나오던 그때.

사무엘이 비틀거리며 일어섰다.

사무엘은 바닥에 흩어진 성수를 다시 두 손바닥에 듬뿍 찍고, 바닥에 떨어졌던 십자가도 다시 집어 들었다.

그리고는 힘겹게 현규 쪽으로 다가갔다.

현규의 몸을 뒤집어 똑바로 누이자, 현규가 붉게 충혈된 눈으로 사무엘을 죽일 듯이 노려보았다.

"결국엔……우리가 이길 거야."

사무엘은 악령의 도발에 응하지 않았다.

그저 두 눈을 지그시 감고, 왼손은 현규의 가슴에 올리고, 오른손에 십자가를 들어 올린 상태로 기도를 드리기 시작했다.

"하느님의 영원한 말씀인 그리스도께서 너에게 명하노라, 그리스도께서는 당신의 교회를 반석 위에 세우셨으며, 또 약속하시기를, 지옥문이 절대로 나를 쳐 이기지 못할 것이며, 당신께서 이 세상 끝날 때까지 성교회에 머물러 계시리라 하셨노라."

"X까, 씨X새끼야!"

"주 예수그리스도께서 명하노라, 그 사람 몸에서 나가, 지옥으로 돌아갈지어다!"

"아아아악!"

현규의 몸이 들썩이며, 허리가 들어 올려졌다.

그러다 어느 순간, 몸에 힘이 다 쭉 풀리며 풀썩 바닥에 누웠다.

"……하아, 하아."

거친 숨을 내쉬며 현규를 내려다보는 사무엘.

현규는 편안한 얼굴로 눈을 감고 잠을 자고 있었다.

사무엘은 고개를 들어 천장을 바라보면서 숨을 한 번 크게 돌리고, 일어섰다.

그리고는 옆에 거실 소파를 힐끗 보고는, 바닥에 누워 있는 현규를 바라봤다.

"에휴."

한숨을 한 번 내쉰 사무엘은 현규의 상체를 붙잡아, 거실 소파 옆으로 질질 끌고 가서, 힘겹게 끙끙거리며 현규를 소파에 눕혔다.

이어 알몸으로 누워 있는 모습이 신경 쓰인 사무엘은 안방으로 가서, 침대 위 이불을 가지고 와서, 현규의 몸을 덮어줬다.

곤히 잠든 현규의 모습을 보며, 사무엘은 잠시 무릎을 꿇고,

두 손을 모아 하느님께 감사의 기도를 드렸다.

기도를 마친 사무엘은 거실을 정리하려고 일어서며, 무의식적으로 뒤통수를 오른손으로 쓰윽 만졌는데, 축축하니 물이 흥건하게 만져지는 느낌이 들었다.

뭔가 싶어서 손을 앞에 대고 보니, 손바닥엔 피가 한가득 묻어 있었다.

"……어?"

사무엘은 그대로 눈이 빙글 뒤집어지며, 거실 바닥에 쓰러졌다.

종막

사군은 많을수록 좋다

퇴마 인테리어 사무실.

"혹시 모르니까 유언장 같은 거 적어놔야 하는 거 아니야?"

수연이 걱정스런 표정으로 말했다.

이에 수혁이 자신의 동생에게 인상을 쓰며 화를 냈다.

"야, 그딴 소리 하지 마."

"아니, 혹시 모르잖아. 내일이 마지막이 될지도 모르는데, 저거 봐. 저러고 있잖아."

수연이 가리킨 곳에는 민규가 홀로 소파에 앉아 휴대전화로 인터넷 영상이나 보며, 중얼중얼 숫자를 외고 있었다.

"11, 17, 18, 24, 38, 42……11, 17, 18, 24, 38, 42~."

"야, 정민규."

사장 자리에 앉아, 장부를 정리하고 있던 지혜가 참다못해 말을 걸었다.

이에 민규는 고개만 살짝 움직여 지혜를 바라봤다.

"11, 17, 18, 24, 38, 42?"

"너 그 사람 의뢰받은 거, 내일이 7일째 아니야?"

"11, 17, 18, 24, 38, 42!"

"말을 해, 말을!"

지혜가 책상 위에 있던 볼펜을 집어 던져, 민규의 머리에 맞았지만, 민규는 별 반응 없이 휴대전화로 인터넷 동영상만 봤다.

주영이 그 모습을 한심하게 쳐다보다가, 수혁에게 물었다.

"야, 근데 쟤 뭐라고 중얼거리는 거야?"

"저거 저번 주 복권 번호."

"엥? 이미 당첨자 나온 복권 번호를 왜 중얼거리는 거야?"

"몰라."

수혁이 어깨를 으쓱이며 말했다.

이어 수연이 대화에 끼어들었다.

"근데 복권 이번에 난리 났더라?"

수연의 말에 수혁은 대꾸하지 않으며 가볍게 무시했고, 주영이 혼자 반응해서 반문해 줬다.

"무슨 난리?"

"저번 주 1등 당첨자 발표됐는데, 가게 1곳에서 1등이 열다섯 개 나왔다네."

"열다섯 개?"

"어. 한 사람이 같은 번호로, 열다섯 개를 수동으로 찍었나 봐."

"그 사람 그러면 1등 상금이 얼마인 거야?"

수연이 기억을 더듬으며, 주영의 질문에 답했다.

"이번에 1등이 한 명당 25억 정도 가져가니까, 세금 떼고 15억이라고 가정하고……220억에서 225억 정도?"

"와, 대박이네. 그 사람."

주영이 감탄하자, 그제야 수혁이 흥미를 보이며 말했다.

"그거 조작 아니야? 로또 당첨되는 거 벼락 맞을 확률보다 낮다며, 근데 어떻게 그렇게 돼?"

"그걸 어떻게 조작해?"

띠링-

그때 지혜와 주영, 수혁과 수연의 휴대전화 문자 알림이 동시에 울렸다.

"재난문자인가?"

주영이 동시에 여러 사람에게 문자가 온 걸 바탕으로, 지레짐작하면서 말했다.

그런데 막상 휴대전화를 꺼내서 문자를 확인해 보니, 발신자는 다름 아닌 민규였다.

[나 어제 이사했는데, 다들 오늘 집들이 와.]

일동 모두 동그랗게 눈을 뜨고, 소파에 앉아 있는 민규를 바라봤다.

민규는 씨익 웃으면서, 엄지를 척 하고 내보였다.

민규가 보내준 문자 내용에 적힌 설명에 따르면, 기존에 살고 있던 투룸에서 30평짜리 빌라 3층으로 이사를 했다고 했다.

갑작스런 발표에 친구들은 단체로 놀라 있는데, 민규는 태연하게 소파에서 일어나더니, '먼저 집에 가 있을 테니, 나중에 문자 찍어주는 주소로 오라'고 전체문자 한 통 보내놓고는 사무실을 나가버렸다.

이에 친구들은 멍하니 그 뒷모습을 바라보다, 뒤늦게 서로 '설마, 설마.' 하면서 민규의 갑작스런 이사의 이유를 추측했다.

물론 그 추측에 답을 해줄 수 있는 사람은 민규뿐이므로, 친구들은 서둘러 번화가로 가서 집들이 선물을 준비하고, 민규가 찍어준 주소로 향했다.

X

거실 한복판.

중국집 배달음식이 한가득 차려진 큰 상을 가운데에 두고, 퇴마 인테리어 직원들이 둘러앉아 있었다.

"너 솔직하게 말해."

지혜가 민규에게 진지한 얼굴로 말했다.

그래도 민규는 평소의 능글거리는 표정으로 미소를 그리고 말했다.

"11, 17, 18, 24, 38, 42?"

"너 복권 당첨됐지?"

지혜와 주영, 수혁과 수연은 민규가 이사 온 집에 와 있었는데, 와서 보니 빌라도 신축 빌라여서, 건물 1층 전체가 주차장으로 되어 있었으며, 거기에 기계식 주차타워도 있었고, 건물 입구의 비밀번호를 입력해야 열리는 자동문에, 승강기에, 각 층 복도마다 설치된 CCTV에, 내부 인테리어까지도 깔끔하게 되어 있었다.

누가 봐도, 투룸에 월세로 살던 친구가 지낼만한 곳이 아니었다.

“너 지금 외는 것도 복권 번호잖아, 너 설마, 받으면 일주일 뒤에 죽는다는 사진 괴담 이용해서 복권 번호 미리 받아낸 거야?”

지혜가 진지하게 묻자, 민규는 탕수육을 한입 먹고는 휴대전화를 꺼내 들었다.

민규는 손가락을 빠르게 움직여, 화면을 여러 번 터치했다.

잠시 후.

띠링-

지혜에게 문자가 왔다.

옆에 앉아 있던 주영이 지혜의 옆으로 얼굴을 밀착시키며, 민규의 답을 같이 확인했다.

[기부 단체에서 전화 계속 와서 사람 미치겠어.]

“와!”

문자를 읽자마자 주영이 자기도 모르게 괴성을 질렀다.

“이 새끼!”

“뭐라고 그랬는데? 진짜야? 진짜 복권 당첨됐어?”

주영의 반응을 보고 수혁과 수연도 음식을 먹다 말고, 놀라 얼굴로 민규를 바라봤다.

“설마 너야? 그 200억이?”

“와, 민규 오빠 대박이다, 대박이야.”

“민규야, 거기서 나도 좀 주라.”

“민규 오빠, 나도 나도! 나도 따로 좀 나눠줘.”

수혁과 수연이 곧바로 민규의 양쪽에서 팔을 하나씩 잡고 흔들면서 떼를 쓰기 시작했다.

민규는 즐기듯이 거드름을 피우면서 콧대를 세우고 웃었는데, 그 모습을 보며, 지혜가 정색을 하더니 민규에게 말했다.

“너 제정신이야? 너 잘못하면 그것 때문에 죽을 수도 있어. 이제 어떻게 할 거야, 괴담에 붙은 귀신을 약하게 만들 방법, 있어?”

지혜의 말에, 민규와 수혁, 수연은 장난은 그만두고, 진지한 얼굴로 자세를 고쳐 똑바로 앉았다.

수혁과 수연이 민규의 눈치를 살폈고, 민규는 다시 휴대전화를 꺼냈다.

그 사이 주영이 지혜의 어깨를 주무르며, 달래기 시작했다.

“쟤도 생각이 있겠지, 너무 그러지 마.”

“아니, 우리들한테는 말도 안 하고, 지 혼자 목숨 걸고 도박을 하는데 내가 화가 안 나?”

지혜가 인상을 쓰며, 민규를 노려봤다.

띠링-

지혜와 주영, 수혁과 수연의 휴대전화로 민규가 보낸 문자 메시지가 도착했다.

[괴담 쪽은 내가 미리 손을 써놨어, 문제는 귀신이지, 내일이 그날이니까 무조건 괴담 내용대로 나타나서 날 죽이려고 할 거야.]

[몇 시에 나타나서 죽인다는 구체적인 내용이 없으니까, 밤 12시가 땡 되자마자 괴담에 달라붙은 귀신들이 마구잡이로 나타나서 날 죽이려고 시도할 거라고 봐야겠지.]

[못해도 내일 하루는 내내 그럴 거야.]

일동 모두 민규를 바라봤다.

민규는 계속해서 휴대전화로 문자를 보냈다.

[여기서 너희가 좀 도와줬으면 해, 내일 하루 여기서 나랑 같이 고생 좀 하자. 무사히 마치면, 각자 오천씩 줄게.]

"오천?"

수연이 곧바로 질색했다.

"1억~!"

"1억은 줘야지."

수혁이 동생의 말에 맞장구를 치며 말했다.

"200억 넘게 갖고 있는 놈이, 목숨 구해주는 값이 1억도 안 하면 되겠니?"

[오케이, 1인당 1억, 무르기 없음.]

"어?"

"아?"

문자를 본 수혁과 수연의 표정이 시무룩해진다.

주영이 웃으면서 말했다.

"그렇겠지, 원래 1억 줄 생각으로 오천 부른 거지? 너희 둘 다

민규에겐 상대가 안 된다, 상대가 안 돼. 하하!"

"야, 정민규. 나는 돈은 됐으니까, 괴담 쪽은 어떻게 해결했는지 똑바로 말해."

지혜가 아직도 화가 안 풀린 듯, 눈살을 찌푸린 채로 물었다.

"귀신이랑 싸우는 거야, 싸우는 거고, 괴담 쪽에서 사람들의 믿음이 제대로 안 풀리면, 귀신한테 힘에서 우리가 완전히 밀릴 수 있다는 거 너도 알잖아? 전국적으로 퍼진 괴담인데, 사람들의 믿음은 어떻게 풀었어?"

[야한 콘텐츠로 만들어 버렸지.]

"이게 무슨 말이야?"

[괴담의 핵심이 뭐야? 우물 사진이잖아? 근데 그 우물 사진이 꼭 무서워야 된다는 법 있어? 괴담 그런 걸 믿는 애들은 단순해서 꼭 그럴 필요가 없다는 걸, 야한 걸로 알려줘야 해.]

민규의 문자를 본 수연이 휴대전화를 조작해서, 인터넷 포털 사이트에서 우물 사진 괴담을 검색했고, 괴담이 며칠 사이 변질되었음을 곧바로 확인했다.

검색하자마자 우루루 나온 사진들, 대부분이 우물 하나를 둘러싸고 아름다운 여성들이 섹시한 포즈를 취하고 있는 누드 사진이었다.

"이야, 이게 뭐야?"

수연이 황당해하며, 스크롤을 내렸다.

그런데 단순히 야한 사진만 있는 게 아니었다.

그냥 사진 가운데에 우물만 있을 뿐. 주변에 별의별 상황들이 벌어지는 사진들이 추가로 검색되어 나오기 시작했다.

우물에서 나온 소복 귀신이 아이돌 빰치는 엄청 귀여운 미소녀라거나, 우물 주변에서 누드 바디 프로필을 찍고 있는 남녀들, 우물 주변이 사막이라 '고마운, 우물!' 이러면서 사람들이 훈훈하게 우물에게 감사하거나…….

[야한 우물 사진들이 나오기 시작하니까, 인터넷 좀 하는 애들이 눈치챈 거지. '아, 남한테 보낼 우물 사진이 꼭 무서운 사진일 필요는 없구나!' 하고. 거기서 변종이 나오는 거야.]

민규가 의기양양하게 설명했다.

[이 정도면, 우물 사진을 받고 일주일 뒤 죽는다는 이야기는 애들 사이에서 완전히 믿음을 잃었을 거야. 며칠만 더 지나면 이 괴담은 아예 한물간 애들 유행 정도가 될 거고.]

민규의 문자를 본 주영이 고개를 끄덕이면서도, 한 가지 문제를 지적했다.

"문제는 그 며칠 후가 아니라 당장 내일부터 귀신들이 널 죽이려고 든다는 거지."

주영의 지적에, 민규가 따봉을 선보였다.

이에 지혜가 한숨을 내쉬며, 이마를 손으로 짚었다.

"과장이 아니라 진짜로 내일 하루종일 여기서 귀신들하고 싸워야겠구나."

"들러붙은 귀신들 숫자에 달렸으니까."

주영이 지혜의 말에 동의했다.

수혁과 수연도 각자 짜증이 난 얼굴로 민규를 째려보고는 한

마디씩 했다.

"전국적으로 퍼진 괴담이니 귀신이 너무 많을 것 같은데?"

"그러면 1억이 너무 싸지."

그 사이, 민규는 친구들이야 뭐라 하든, 탕수육을 한 개 젓가락으로 집고, 소스를 푹 찍고는 행복한 표정으로 바라보다 한입 쏘옥 먹고는 입가에 함박 미소를 지었다.

X

그 날 밤, 11시 50분.

민규가 이사 온 집 안방.

지혜와 주영, 수혁과 민규.

이 네 명은 각자 자신의 전투복 차림부터 무장까지, 전투 준비를 끝마친 상태로 안방 한복판에 모여 있었다.

지혜와 주영은 'T자형 톤파'라는 진압봉 무기를 각자 한 개씩 손에 들었고, 민규는 삼단봉. 수혁은 '한 손 오함마'라 불리는 작은 슬레지 해머를 두 손으로 들고 있었다.

수연은 혼자서 거실에 컴퓨터와 커피를 갖다 놓고, 보조할 준비를 끝마친 상태였다.

퇴마 인테리어 사장인 지혜가 친구들에게 말했다.

"사진을 받은 건 민규뿐이야, 그러니까 귀신들도 괴담에 맞춰 민규 만을 죽이기 위해 움직일 거야. 그러니 우리는 무시하고 민규에게 바로 덤벼들겠지. 절대 그렇게 놔둬선 안 돼. 알겠지?"

"우리 방어는 신경 쓸 필요 없고, 민규만 신경 쓰면 된다는 거지?"

주영이 반문하고, 이에 지혜가 고개를 끄덕였다.

그리고는 민규를 향해 경고했다.

"너는 우리가 놓친 애만 상대하고 앞으로 나오지 마. 이번에 최우선 순위는 널 지키는 거지, 귀신 퇴마가 아니야."

"11, 17, 18, 24, 38, 42!"

민규가 장난스럽게 경례를 하면서 외쳤다.

지혜가 이어 수혁과 주영에게 말했다.

"수혁아, 네가 민규 왼쪽 살짝 뒤에 서, 주영이 넌 오른쪽 살짝 뒤에, 내가 앞에 서 있을게."

지시받은 대로 각자의 위치에 서고, 지혜가 거실에 있는 수연을 향해 외쳤다.

"수연아, 지금 몇 시야?"

"언니, 지금 11시 55분!"

"수연아, 배전반 원격 스위치 확인!"

"확인! 하나, 둘, 셋!"

수연이 외치고, 집 현관문 옆에 있는 배전반에 설치한 원격장치의 모터가 돌아가는 소리가 나더니, 집의 전등불이 모두 꺼졌다.

"마지막 세 번 연속 작동!"

수연의 외침 후 집 실내 전등이 켜졌다, 꺼지기를 세 번 반복했다.

집 안이 다시 깜깜해지고, 지혜가 물었다.

"수연아, 얼마 남았어?"

"3분!"

"12시 카운트해 줘."

"오케이!"

수연의 대답을 끝으로, 안방에 있는 네 사람은 각자 무릎을 꿇고 기도를 드리기 시작했다.

지혜가 기도했다.

"하나님, 저와 함께하여 주사 저들의 목을 제 손에 붙여주시옵소서. 나사렛 예수 그리스도의 이름으로 기도드립니다, 아멘."

각자 기도를 마친 네 사람은 자리에서 일어나, 주변을 경계했다.

이번 퇴마에 퇴마 인테리어가 가진 이점은 싸울 장소를 이쪽에서 고를 수 있다는 것이었다.

집 안 곳곳에는 개신교와 천주교 용품이 놓여 있었고, 집 안 문이란 문은 모두 떼어내서 보일러실 창고에 넣어놨으며, 원격으로 조정하는 무선 LED 조명부터 블루투스 스피커까지 사각지대 없이 설치되어 있었다.

게다가 귀신들은 핸디캡으로 민규만 노리게 되어 있으니, 숫자가 아무리 많다고 해도 충분히 상대할 수 있을 거라고 판단했다.

"10초 전."

수연이 외쳤다.

안방에 있던 네 사람은 긴장했다.

지혜, 주영, 수혁이 삼각형 형태로 서고, 그 가운데에 민규가 서서 주변을 경계했다.

귀신이 어디서 나올지를 모르는 상황이었다.

"3초."

콰악-

지혜가 가죽장갑을 낀 손으로 톤파를 움켜쥐니, 가죽이 조이며 비벼지는 소리가 났다.

"2초."

수혁이 안방에 있는 창문을 경계하며 쳐다봤다.

"1초."

주영이 지혜의 뒷모습을 걱정스런 눈길로 힐끗 곁눈질했다.

지혜가 외쳤다.

"왔어!"

지혜의 외침과 함께, 수연이 다시 원격으로 배전반의 전원을 올렸다.

집안의 불이 전부 다 켜지고, 경쾌하고 밝은 음악이 집 안 가득 울려 퍼졌다.

안방 동서남북 벽과 천장에서 물에 젖은 긴 생머리의 소복을 입은 귀신이 두 팔을 벌리며 민규를 향해 달려들었다.

그리고 그와 동시에 지혜와 주영, 수혁에 의해 귀신들이 내동댕이쳐졌다.

천장에서 아래로 떨어지며 민규를 덮치려 한 귀신은 민규가 가볍게 옆으로 피하며 삼단봉으로 제압했다.

둔탁한 타격음이 쉴 새 없이 안방에서 들려오고, 수연이 있는 거실에서도 귀신들이 나와 안방을 향해 미끄러지듯이 움직이며 달려갔다.

[끄어어어어!]

수연의 옆에서 나타난 귀신도 있었다.

그 귀신은 수연의 옆에 서서 고함을 질러대며, 수연을 내려다봤다.

수연이 짜증 난 얼굴로 귀신을 올려다보며 말했다.

"난 사진 안 봤으니까, 저기로 꺼져, 븅X아."

고갯짓으로 안방을 가리키자, 귀신이 눈동자만 움직여 안방을 바라봤다.

방금 지혜에게 머리를 후려 맞은 귀신 하나가 힘없이 안방 밖으로 튕겨 나왔다.

그 모습을 본 수연 옆의 귀신은, 더러운 고함을 지르며 안방으로 달려갔다.

그리고 들어간 지 10초 안 되어 밖으로 튕겨 나왔다.

빽-! 빽-!

지혜와 주영, 수혁, 세 사람은 최대한 자기방어는 신경 쓰지 않고, 무방비하게 상체가 노출되는 자세도 거리낌 없이 써가면서 오직 민규를 향해 접근하지 못하도록 필사적으로 막았다.

귀신 하나의 머리를 쳐내고 나면, 곧바로 다른 귀신이 나타나니 팔과 다리가 쉴 새가 없었다.

민규 역시도 단순히 보호만 받고 있는 게 아니라, 친구들이 커버해 주지 못하는 천장과 바닥에서 튀어나오는 귀신을 상대하느라 정신이 없었다.

"헉, 허억, 11, 17, 18, 24, 38, 42!"

민규가 이 와중에도 복권 번호를 말하며, 괴담의 설정을 착실하게 지켰다.

그때였다.

콰악!

민규의 두 다리에서 통증이 올라왔다.

바라보니, 안방 침대 아래에서부터 기다랗고 검은 손이 바닥에 바짝 붙어서 기어 나와, 민규의 두 다리를 붙잡고 있었다.

그리고 당겨졌다.

"11, 17, 18!!!!"

민규가 쓰러지며 외쳤다.

그 모습을 눈치챈 친구들은 곧바로 움직였다.

주영과 수혁은 곧바로 끌려가는 민규보다 빠르게 침대로 향해, 침대 한쪽을 번쩍 들어 올렸다.

그러자 침대 바닥 밑에 상체만 내민 채로 입을 쩌억 벌리고 있는 귀신이 나타났다.

녀석은 두 팔로 민규를 끌어당겨, 그대로 입에 넣을 모양이었다.

지혜가 달려와 슬라이딩을 해서 미끄러지며, 들어 올린 침대 밑으로 들어갔다.

그리곤 군화를 신은 발로 귀신의 머리를 찬 다음, 손에 든 톤

파로 귀신의 두 팔을 파박 연달아 가격했다.

귀신의 손아귀에서 풀려난 민규는 곧바로 일어서서, 자신에게 덤비는 귀신 셋을 상대했다.

지혜는 서둘러 침대 밑에서 나와, 민규 옆으로 합세했다.

주영과 수혁은 침대를 바닥에 대충 던지듯이 내려놓고, 민규의 좌우 양옆에 붙어 섰다.

아래층 사람이 층간소음을 항의하러 온다면, 수연이 처리하기로 되어 있었는데, 수연은 내심 제일 골 아픈 업무를 맡게 되었다고 생각했다.

X

민규가 새로 이사 온 빌라의 3층 복도.

아무도 없는 복도로, 쿵, 쿵, 하는 소리가 울려 퍼져온다.

그리고 잠시 뒤, 복도 조명이 지직거리며 깜빡이더니, 복도 끝 어두운 곳에서 물에 완전히 젖어, 물을 뚝뚝 흘리며 나타나는 소복차림의 귀신들.

그들은 팔을 추욱 늘어뜨린 채로 터벅터벅 걸어서, 민규의 집 현관문을 스륵 통과해 들어갔다.

그리고 들려오는 쿵, 쿵 소리.

소리가 잠잠해진다 싶으니, 다시 복도의 조명이 지직거리며 깜빡이기 시작했다.

이번에도 어둠 속에서 똑같은 모습의 귀신들이 모습을 드러냈는데, 반대편에서 누군가 계단을 통해 뚜벅뚜벅 걸어 올라오는 소리가 들려왔다.

민규의 집으로 들어가려던 귀신들은 행동을 잠시 멈추었다.

소리를 들었기 때문이 아니었다.

그들은 본능적으로 자신들을 만나러 온 손님이라는 걸 알아챘기 때문이었다.

계단을 올라와, 복도 조명 아래에서 모습을 드러낸 인물은 하얀 양복 정장차림을 한 미청년.

바알이었다.

바알은 혀를 찬 뒤, 귀신들을 안타까워하는 눈으로 바라보며 말했다.

"곧 없어질 괴담 속 귀신 자리 하나 차지하겠다고, 그렇게 불쌍한 꼴을 하고 있는가?"

바알의 말에 귀신들은 개처럼 이를 드러내고 으르렁거렸다.

하지만 그 모습은 겁에 질린 개가 구석에 몰려, 꼬리를 말고 으르렁거리는 것과 다를 바 없었다.

귀신들은 자신들에게 말하는 자가 누군지 단번에 알아봤다.

바알이 그들에게 말했다.

"그 자리에서 나오거라."

귀신 중 하나가 바알에게 겁에 질린 모습으로 고양이처럼 하악질을 했다.

그건 바알에게 덤비려는 것이 아니라, '당신이 우리와 무슨 상관인데, 우리를 이 자리에서 내쫓으려고 하시는 겁니까?'라고 말하며, 내버려 놔달라고 애걸하는 것이었다.

이에 바알이 그들을 불쌍히 여기며 말했다.

"나를 따라 오거라, 내가 너희로 사람을 낚는 어부가 되게 할 것이니."

바알의 말에, 곧바로 일부 귀신들은 모습이 검게 변하더니, 그림자가 되어 사라졌다.

이내 하악질을 하던 귀신만이 남아, 바알과 대면하게 되었다.

그 귀신은 어쩔 줄을 몰라 하며, 안절부절 바알의 눈치를 살폈다.

이에 바알이 상냥하게 웃으며, 그 귀신에게 다가가 얼굴을 어루만져 주며 말했다.

"너는 나를 위해서, 다른 자리에 들어가 줘야겠다. 저 안에 있는 정민규라는 인간의 의도대로 부를 내려주렴. 저자에게 형제가 둘 있는데 그중 하나가 너와 마음이 무척이나 잘 맞을 거란다. 앞으로 거기가 네 자리다."

바알의 말을 들은 귀신은 입가가 정말로 귀에 걸리게 웃으며 좋아했다.

이내 그 귀신의 모습도 검게 변하더니, 그림자처럼 홀연히 사라졌다.

복도에 홀로 남게 된 바알은 잠시 정민규의 집 현관문을 바라보다가 몸을 돌렸다.

그러자 바알의 주변 풍경이 바뀌었다.

바알이 있는 곳은 정민규가 살고 있는 빌라가 아니라, 지방

시골.

그것도 민가가 주변엔 보이지도 않는 외딴 도로였다.

바알이 서 있는 도로는 산과 산 사이 골짜기에 나 있는 도로로, 차 한 대 겨우 지나다닐 폭에, 오르막으로 가는 방향 기준으로 우편에는 무밭이 조금 있었고, 좌편에는 큰 창고가 하나 있었다.

시간대도 바뀌어 밤이 아닌 낮이 되어 있었고, 날씨는 가벼운 비가 내리고 있어, 개구리나 벌레들 우는 소리가 청아하게 들려왔다.

바알이 도로에 서서 주변을 둘러보고 있으니, 저 멀리 도로 끝에서 오래된 밴 하나가 이쪽으로 오는 게 보였다.

밴이 다가오자, 바알은 도로 옆으로 비켜섰고, 밴은 바알을 지나자 차량 속력을 줄이더니 창고 앞 공터로 들어가, 정차했다.

잠시 후, 밴의 시동이 꺼지고, 운전석에서 주영이 내렸다.

주영은 창고 입구로 가서는 봉인지로 감싼 자물쇠의 상태를 요리조리 살펴보고, 열쇠를 꺼내 봉인지를 뜯고, 창고의 문을 열었다.

그리고는 밴의 뒤로 가서 문을 열고, 안에서 퇴마 한 귀신들을 가둬놓은 봉인함을 여러 개 꺼내 창고로 옮기기 시작했다.

떨어지는 비를 피해 최대한 빨리 봉인함을 옮긴 주영은, 마지막 상자들을 창고 입구 안쪽 바닥에 내려두고, 다시 밴의 뒤로 가서 문을 닫고 왔다.

그리고는 바닥에 내려놨던 봉인함을 다시 챙겨, 창고 안쪽으로 들어갔다.

창고 안에는 봉인함으로 채워진 진열대들이 여러 개였다.

진열대에 있는 봉인함은 전부 다 퇴마 인테리어에서 지금껏 퇴마를 하고 잡은 귀신들이 들어 있었다.

진열대는 괴담 위험도에 따라 색이 나뉘어 있었고, 흰색, 파랑, 초록, 노랑, 빨강 순으로 위험도 낮음에서 높음으로 나뉘어 있었다.

주영은 손에 든 마지막 봉인함에 적힌 괴담 내용과 위험도를 확인하고, 초록 진열대에서 빈자리에 갖다 놨다.

"흐음."

옮기기를 마친 주영은 잠시 창고 내부를 걸으며 둘러봤다.

비가 새는 곳은 없는지, 바람이 들어오거나, 외부의 침입 같은 건 없었는지 꼼꼼히 확인한 주영은 빨강 진열대로 향했다.

그리고 거기 놓인 봉인함들 가운데, 제일 구석 안쪽에 놓인 봉인함을 꺼내, 뚜껑을 열었다.

안에는 귀신을 담아둔 마대는 없었다.

그저 편지봉투만 하나 있었다.

주영은 그 편지봉투를 꺼냈고, 안에서 편지를 꺼내 내용을 읽기 시작했다.

지혜가 그 모습을 보고는. 옆에서 안쓰러워하는 얼굴로 주영의 머리를 쓰다듬어 줬다.

"또 읽게?"

"……."

주영은 지혜의 말에 별다른 대꾸 없이, 편지를 읽었다.

주영은 아랫입술을 살짝 깨물며, 눈시울이 붉어지는 걸 눈을 감아 꾸욱 참았다.

잠시 후 콧김을 한 번 길게 내뿜은 주영은 편지지를 다시 편지봉투 안에 넣고, 편지봉투를 봉인함에 넣어, 원래 자리에 놔두었다.

"그만 가야겠다."

자신에게 타이르듯이 말한 주영은 창고를 나와, 문을 닫은 다음에 자물쇠를 채우고, 바지 주머니에서 새 봉인지를 꺼내 붙인 다음, 밴 운전석으로 향했다.

그 사이, 바알이 창고 앞에 서서, 고개만 움직여 창고를 둘러보았다.

창고는 아주 미세하게 빛을 발하고 있었다.

창고의 모습은 위풍당당했고, 마치 콧대를 높이 치켜세운 사람을 바라보는 것 같아서, 바알에겐 마치 자신을 도발하는 것 같이 느껴졌다.

이에 불쾌감을 느낀 바알이 조심스레 창고의 벽을 향해 손을 뻗었지만, 미세하게 발하는 그 빛 때문에 창고에는 바알의 손이 닿을 수 없었다.

"재밌네, 재밌어."

바알이 감탄하는 사이, 밴은 한 번 후진했다가 전진하여 도로로 진입했다.

멀리 밴의 보조석에 앉아 있는 여성을 향해, 바알은 양복바지의 양쪽 주머니에 한 손씩 찔러 넣고, 웃어 보였다.
"좋은 하루 되세요."
남자의 인사를 본 지혜는 사색이 되었고, 그것은 바알의 소소한 즐거움이 되었다.
웃음을 거두고, 잠시 심호흡을 하며 차분하게 된 바알이 먼 곳을 바라보며 혼잣말을 하기 시작했다.
"아군은 많을수록 좋은 거니까, 방법을 한 번 생각해 봐야겠어. 너도 이런 생각을 하고 있겠지? 그래도 말이야……"
바알이 눈을 감고 말을 이었다.
"……네가 이걸 본다고 해서 딱히 달라지는 건 없을 거란다. 알겠니?"
바알이 이쪽으로 고개를 돌리며 눈을 떴다.
"사무엘아."

X

사무엘이 놀라, 부들부들 몸을 떨며 희미하게 눈을 떴다.
"기도 확보하고!"
눈앞에는 119구조대원들과 민규의 큰형, 현규의 얼굴이 보였다.
119구조대원들은 사무엘의 입을 벌려, 안쪽으로 말려 들어간 혀를 잡아 꺼낸 뒤 고개를 살짝 뒤로 젖혀줬다.
"허어억!"

사무엘이 숨을 들이쉬자, 안도하는 구조대원들의 목소리가 들려왔다.

"됐어, 숨 쉰다."

"환자분, 제 말 들리세요?"

구조대원 옆에는, 현규가 걱정하는 얼굴로 사무엘을 바라보고 있었다.

"괜찮으세요? 정신이 드세요? 신부님?"

사람들의 목소리가 머릿속에서 울리고, 사무엘의 시야가 흐려지더니 이내 깜깜해지며, 사무엘의 의식은 잠시 잠에 빠져들었다.

2권 후기

2권은 정민규라는 인물에 집중한 책이라고 우선 말씀드리고 싶습니다.

각 인물별로 자기 소개하듯이 중점적인 회차가 있어야 된다고 생각했습니다.

주영과 지혜는 전체적인 스토리 전개의 중심인물이기에, 전체적으로 이들의 이야기가 나오고, 반면에 그 주변 인물들은 따로 따로 중심이야기를 하는 게 맞지 않을까 싶었습니다.

제일 먼저 선택한 게 정민규라는 등장인물입니다.

천방지축에, 어느 정도라는 걸 잘 모르는 철없는 인물입니다.

반면에 남들이 쉽게 하지 않는 그 행동과 생각 덕분에, 퇴마 인테리어의 퇴마 방식에 많은 영감을 주는 인물이라고 할 수 있겠습니다.

3권은 박수혁이란 인물에 집중해서 이야기를 풀 예정입니다.

본 작품은 '믿음이 모든 영적인 일에 근원이 된다.'는 설정이 있습니다.

해당 설정은 본 작품 내 세계관에 있어서 불변의 법칙과도 같습니다.

1권에서도 수차례 강조하는 부분이지만, 사람들이 어떻게 믿느냐에 따라 귀신이 강해지기도 하고, 귀신을 퇴마 할 힘이 깃든 물건이 만들어지기도 합니다.

그렇기에 왜 작품 내 퇴마 인테리어가 작업을 하는 모습을 타인에게 보여주지 않는지도, 왜 주영이 계속해서 굿이나 제사 같은 걸 하면 오히려 귀신이 더 강해진다고 하는지도 여기서 알 수 있습니다.

그런데 그런 식이면, 굿이나 제사로 귀신을 퇴마 할 수 있다고 믿는 사람들의 믿음은 반영이 안 되는 걸까요?

믿음과 믿음이 충돌하는 순간은 어떻게 되는 걸까요?

작품 내에서 믿음과 믿음이 충돌할 때, 어떤 현상이 일어나는지에 대한 예시가 이미 있습니다만, 3권부터는 기독교의 퇴마 방식 말고도, 다른 방식의 퇴마도 등장하게 되면서 믿음과 믿음이 충돌하면 어떻게 되는지 써볼 생각입니다.

계속해서 이야기 전개 방식이, 과거 얘기가 중점으로 나오고,

현재의 이야기는 사무엘 이야기로만 짧게 진행되는 느낌이 들어서, 이 부분이 읽는 독자분들께는 불호일 수 있다는 점 잘 알고 있습니다.

되도록 빨리 퇴마 인테리어의 과거 얘기를 다 풀어서, 어느 순간 사무엘과 퇴마 인테리어의 얘기가 합쳐지는 순간이 오는 것으로 계획하고 있습니다.

앞으로의 전개에 대해 기대해 주시면 감사하겠습니다.

2권 후기는 여기서 마치도록 하겠습니다.

작가 인사말

먼저 독자분들께 감사하다는 말씀드리겠습니다.

이 책을 구매해 주셔서, 그리고 1권에 이어 2권도 봐주셔서 감사합니다.

원래는 23년 3월에 책 발매를 생각하고 있었는데, 생업을 병행하다 보니 무려 5개월이 더 걸렸습니다.

1권 구매 후 기다리신 독자분들께는 죄송하다는 말씀도 드리고 싶습니다.

다음 이야기가 빨리빨리 나와야, 독자분들께서도 이전 이야기를 잊지 않고, 재미있게 이어서 보실 텐데, 죄송합니다.

이것저것 핑계 대지 말고, 묵묵히 글을 써가는 게 제일 중요한 것 같습니다.

그리고 독자분들 외에도 2권 발매를 지지해 주고, 도움주신 분들께 감사하다는 말씀 전해드리고 싶습니다.

세레나 아우구스타님을 비롯해, 출판사 직원분들, 도서 판매와 유통에서 일하시는 관계자분들께도 감사하다고 전달해 드리고 싶습니다.

3권도 올해 안에 나오는 걸 목표로 열심히 쓰겠습니다.

앞으로도 많은 관심과 지지 부탁드리겠습니다.

감사합니다.

---

dptnsladngn@hanmail.net

레이몬드J파웰

퇴마 인테리어

II

시천 상가건물 편

초판 1쇄 발행 2023. 8. 21.

지은이 레이몬드J파웰
펴낸이 김병호
펴낸곳 주식회사 바른북스

편집진행 황금주
디자인 김민지

등록 2019년 4월 3일 제2019-000040호
주소 서울시 성동구 연무장5길 9-16, 301호 (성수동2가, 블루스톤타워)
대표전화 070-7857-9719 | **경영지원** 02-3409-9719 | **팩스** 070-7610-9820

•바른북스는 여러분의 다양한 아이디어와 원고 투고를 설레는 마음으로 기다리고 있습니다.

이메일 barunbooks21@naver.com | **원고투고** barunbooks21@naver.com
홈페이지 www.barunbooks.com | **공식 블로그** blog.naver.com/barunbooks7
공식 포스트 post.naver.com/barunbooks7 | **페이스북** facebook.com/barunbooks7

ISBN 979-11-93127-91-9 03810